里拉琴的弦网未能束缚他的手。

——里尔克《致俄耳甫斯的十四行诗》

·主编简介·

翟月琴，上海戏剧学院戏文系副教授，主要研究现代汉诗、中国话剧史论。华东师范大学文学博士，上海戏剧学院戏剧影视学博士后，美国加州大学戴维斯分校（UC Davis）东亚语言文化系访问学者。著作有《20世纪80年代以来汉语新诗的声音研究》《独弦琴：诗人的抒情声音》。文章发表于《清华学报》（台湾）、《东方文化》（香港）、《中国现代文学研究丛刊》、《文艺争鸣》、《扬子江评论》、《戏剧艺术》等刊物。

朝向诗的未来

To the future of poetry

翟月琴 主编

生活·讀書·新知 三联书店

Copyright © 2021 by SDX Joint Publishing Company
All Rights Reserved.
本作品版权由生活·读书·新知三联书店所有。
未经许可,不得翻印。

图书在版编目(CIP)数据

朝向诗的未来 / 翟月琴主编. —北京:生活·读书·新知三联书店,2021.3
ISBN 978-7-108-07033-3

Ⅰ.①朝… Ⅱ.①翟… Ⅲ.①诗歌研究-中国-当代 Ⅳ.①I207.22

中国版本图书馆 CIP 数据核字(2021)第 003987 号

责任编辑	刁俊娅
封面设计	崔欣晔
责任印制	黄雪明
出版发行	生活·讀書·新知 三联书店
	(北京市东城区美术馆东街 22 号)
邮　编	100010
印　刷	江苏苏中印刷有限公司
排　版	南京前锦排版服务有限公司
版　次	2021 年 3 月第 1 版
	2021 年 3 月第 1 次印刷
开　本	880 毫米×1230 毫米　1/32　印张　8.25
字　数	213 千字
定　价	48.00 元

目 录

001 / **序**

001 / **杨 牧**
文字是我们的信仰

027 / **多 多**
是我站在寂静的中心

057 / **陈 黎**
哪一位诗人不想当"玩童"

079 / **陈东东**
我不认为一个时代就只该或只配有一个时代的诗歌

105 / **车前子**
一幅语言幻戏图

131 / **蓝 蓝**
我亲吻祭坛,向缪斯献花

151 / **树 才**
节奏邀请我的想象力去活用语言

171 / **田 原**
想象是诗的灵魂

195 / **朱 朱**
我生来从未见过静物

213 / **周 瓒**
当代诗歌剧场与跨界实验

243 / 附 录

奚 密
现代汉诗：作为新的美学典范

序

20世纪初以来,关于"新诗的未来""新诗的前途"以及"新诗的方向"的讨论,可谓源源不断。"朝向诗的未来"是长达百年来诗人进退难舍、踯躅犹疑时,不可规避的隐形推动力。无论新旧观念之争,还是民族国家话语的框限,诗歌创作者、读者与批评家都参与了每个阶段诗歌现场的变局与动态。朝向诗的未来,或许也意味着不同代际的诗人"拨开历史风尘""看透岁月篇章"不得不坚定迈出的脚步。

回望这些年本人的现代汉诗研究,若说方法,多是先透视诗文本,探入语词、声音、意象缝隙,觅得情动与诠释之妙趣;而后转向诗人,由创作主体的神思奇想而潜心体会文本内外的承继影响关系。由此,我深知一首诗内幽深莫测的意象、繁复多样的形象、起伏有致的声线,字里行间流转的是诗人观念与意志、想象与感受力的往复运动。于是,与诗人们交谈,成了顺理成章之一环。

或许,当代诗人的对话、访谈铺天盖地,并不稀奇。甚至每位访谈对象都另有发问者,留有不少可供阅读的资料。我想,倒不必过分强调本书的独特性,或是高明之处。与相关文字对照、生发,多侧面解读诗人与诗的关联,未尝不可。需要说明的是,一方面考虑到读者的现代汉诗之惑,尝试从诗人的创作经验里提炼一些话题,供阅读者出入于古典与现代、本土与西方诗歌之间;另一方面则纵向审度诗人的书写脉络,发现他们从早年接触诗歌至后来逐渐形成个人风格，自我转型过程中的磨炼、经历与文化资源的选择，进而娓娓讲述这些诗人的个人诗歌史。

颇有意义的是，就本人已出版的著作《20世纪80年代以来汉语新诗的声音研究》《独弦琴：诗人的抒情声音》，以及即将出版的专著《以戏入诗：当代汉语新诗的戏剧情境研究》而言，一篇篇访谈可谓侧面佐证了个人的观点。在我看来，20世纪80年代以来，从抒情声音走向戏剧情境的营造，越来越成为当下诗人们探求的一条诗学脉络。通过杨牧的抒情独白体、陈黎的语言文字展演、陈东东的电影诗、周瓒的诗歌剧场实践，我们便可见一二。这与诗人不甘于单一而平面化的表达样式，而是渴望尝试立体而多元化的场景与声音不无关系。访谈中，涉及现代汉诗的历史发展与现实语境，同样涵盖了不同诗人对于诸如童年、成长、性别之类相关主题的理解。当然，由于访谈对象各有专长，或是擅长散文与工笔画的车前子，或是策展人朱朱，或是译者陈黎（英语、日语、韩语等）、树才（法语）、田原（日语），或是学院诗人杨牧，或是现代汉诗的研究者奚密，相对而言，算是跨艺术、跨语际展示了他们与现代汉诗结缘的际遇，深入探讨了各自关注诗学话题，幽微触及诗生活的乐趣与苦闷。

21世纪，第二个十年，我先后与田原、树才、杨牧、奚密、蓝蓝、车前子、陈黎、陈东东、周瓒完成访谈，其间陆陆续续，不觉已度过八九年的光景。选择的诗人，确是从文本开始读起，方对诗人的创作经历展开联想，因为某个机缘产生访谈的动机。犹记得2012年12月绵绵细雨的西雅图，以崇敬与紧张的心情走进杨牧先生的客厅，交谈中留下的是虔敬与暖流。2013年，即将离开戴维斯小城前，与现代汉诗研究的学者奚密教授于她的办公室畅谈，更觉不必以定式苛求现代诗，在批判的锐气之外，更应有宽广的胸怀。与诗人访谈的心绪，在每篇文稿前有所展露，唯愿让读者能更容易接近一位有诗心的普通写作者。此书之完稿,首先须感谢诸位诗人对"每一题"的"认真作答"。另有李章斌与多多、胡桑与朱朱的精彩对谈,恰可见现代汉诗走向"寂静"与摆脱"静物"之两面,以及声音与画面在诗平面中的立体造影。得这几位诗友授权,愿纳入本书,荣幸之至。另有几位诗人,或因未遇到合适的时机,或因还未找到更好的视角,就此错过了访谈,只能留待未来再继续了。我想,他们一定正在且仍在"朝向诗的未来"的蜿蜒小径上漫步。

全书部分访谈刊于《扬子江评论》《文艺争鸣》《上海作家》《当代作家评论》《世界华文文学论坛》与 Chinese Literature Today(《今日中国文学》)。感谢田原、张松建、李章斌教授的约稿,也感谢张涛、杨斌华等先生的编校工作。该著为上海文化发展基金会资助项目,上海戏剧学院地方高水平大学建设项目成果。在此也感谢三联书店倾力相助,特别感谢刁俊娅女士细致的编校工作,才使得文稿顺利出版。

谨以此书献给"诗的未来"。借诗人之笔,以飨读者。

翟月琴
2020 年 1 月
于名古屋

杨牧(郭英慧 摄)

杨牧

文字是我们的信仰

诗人杨牧，1940年出生于台湾花莲。1956年开始创作，曾用笔名叶珊（1957），后更名为杨牧（1972）。他的诗歌创作长达半个多世纪，因为融合中国抒情传统、西方浪漫主义及现代主义，高度重视诗歌的音乐性，语义精深，用词古雅，被誉为台湾、香港乃至整个华语地区最具影响力的诗人之一。与杨牧先生的这篇访谈，完成于2012年冬季，地点是他在美国西雅图的居所。

我在加州大学戴维斯分校的图书馆精读杨牧的诗歌一个半月后，准备了一些个人感兴趣的问题，乘坐二十四个小时的火车，从戴维斯到西雅图，听他逐一口头回答。长达两个半小时的访谈中，杨牧先生语调平缓，娓娓道来。在前辈面前，我显得格外紧张、慌乱。但是他很照顾年轻人，特意让夫人夏盈盈女士陪同招待。现在回想起来，这是一次非常难忘的经历，让我更愿意走进诗人的精神世界。回到戴维斯，我整理完访谈稿，用电子邮件发送给杨牧先生。他打印出文稿逐字校对，竟密密麻麻地改了十多页扫描给我。后来，他又打来电话逐个解释修订之处，以防我因字体辨识不清导致录入错误。我切实感受到他对于文字的信仰是那样质朴、虔敬。之后，我撰写两万余字的评论文章《静伫、永在与浮升——杨牧诗歌中声音与意象的三种关系》，也曾转给杨牧先生批评。夏盈盈女士扫描了他的亲笔信，发给我阅读，一字一句的点评与认可可谓弥足珍贵，也成为我日后治学的一种勉励。

2014年，我去台北参加"向杨牧致敬"活动。杨牧先生、夏盈盈女士还特意邀请我在他们台北的住处聚餐。饭后，杨牧先生赠一册《花季》（初版本）诗集，令我瞬间感受到青春记忆的传递和艺术的恒久魅力，不觉想起他曾写到一位小女孩将捕捉到的蝴蝶夹在书页里："这时我们都是老人了——/失去了干燥的彩衣，只有苏醒的灵魂/在书页里拥抱，紧靠着文字并且/活在我们所追求的同情和智慧里。"（《学院之树》）

2020年3月13日，杨牧先生辞世。他对于永恒与超越、抽象与疏离的追求，会永驻于读者心间。我们更愿意相信，他依然在另一个未知世界，与露水落叶为伴，持续着深邃幽深的探索状态，留给人间恒久而普遍的美。

翟月琴：首先恭喜您今年①获得了纽曼华语文学奖。据我所知，从20世纪70年代起，就不断地有文学奖项垂青于您，比如诗宗奖（1971）、时报文学奖（1979、1987）、吴三连文艺奖（1990）、花踪世界华文文学奖（2007）等。我想，这也是对您作品的一种肯定方式。那么，您又是如何来评价自己作品的呢？

杨　牧：前年七十岁的时候，台湾开了一个会，我被要求将自己的诗歌分一阶段。我想了一下，年轻时候的创作是一阶段，中年是一个阶段，现在又是老年的阶段。回头看来，每个阶段对我而言，应该都是一样重要的。只是总觉得那时候怎么会这样想，好像看别人的诗一样，无中生有地创造一个写法表现出来。每个阶段的表现方式不同，现在跟最早期是不太一样的。

翟月琴：1956年，您开始创作，并在《现代诗》《蓝星诗刊》《创世纪》

---

① 2012年10月，杨牧获第三届纽曼文学奖。

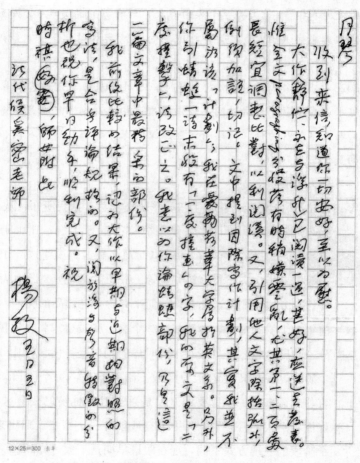

2013年5月5日，杨牧先生阅读拙文《静伫、永在与浮升——杨牧诗歌中声音与意象的三种关系》后的回信

《野风》等诗刊上投稿，还记得当初是什么触动您写诗吗？

杨　　牧：从一个阶段到另一个阶段的刺激，对别人来说会在其他方面找到反应的方式，而我刚好挑了文学。也不懂什么是文学，只是感兴趣而已。大概是在念初中时（十二至十五岁），就拿起笔来模仿，也不见得是模仿哪一个人，而是模仿几种文字，可以产生一种美得令人惊讶的效果。大概如此，再深入的，我也讲不出。我写过一本书叫《山风海雨》，后来收入《奇莱前书》，大致谈到小学时候的感受，其中对自己做过一些分析。

翟月琴：诗歌《学院之树》（1983）中，您回忆起小姑娘捕捉蝴蝶夹在书页中的场景，写道："这时我们都是老人了——/失去了干燥的彩衣，只有苏醒的灵魂/在书页里拥抱，紧靠着文字并且/活在我们所追求的同情和智慧里。"这种对艺术永恒的追求，是否能够概括您对诗歌意义的理解？

杨　　牧：这样解释，相当接近了。我在多处，尤其是在诗集后记中，总是提到时间。这代表了我的一个写作方向，我满意的作品在哪里，没有写好的又在哪里。时间是过去了，可文学还是留下来了。所以我对文字是有一个相当充分的信仰。

翟月琴：谈及记忆，童年又是弥足珍贵的。正如您所说的："儿童的习性决定了成年的容止、行为，塑造自己的现在和未来，也影响外在环境，甚至于有意无意识间赋他人以矩矱分寸的思考。"现在回忆起那些童年往事，您最愿意分享的是什么？这些记忆为您以后的创作带来了什么？

杨　　牧：大家对童年的感觉都是一样的，只是有人也许生长在大都市里，与我生长在乡下不同。我1940年出生，花莲是一个小地方，抬头看得见高山。山之高，让我感觉奇莱山、玉山和秀姑峦山，其高度，中国东半部没有一个山可以比得上。那时我觉得很好玩，因为夏天很热，真的抬头可以看到山上的积雪，住在山下，感觉很近，会感到 imposing（壮观）的威严。另外一边，街道远处是太平洋，向左或者向右看去，会看到惊人的风景，感受到自然环境的威力。当然有些幻想，对于广大的中国和人情等，都会有很深的感受。所以很多都是幻想，又鼓励自己用文字记下来。在西方文艺理论中，叫作 imagination（想象），文学创作以想象力为发展的动力。

翟月琴： 杨照将您的记忆称为"重新活过的时光"[①]，鲜活的过往经历会与您现在的参悟、未来的设想镶嵌在一起，这种唤醒的记忆画面在您的意识中又是如何重新叠加、组合的？

杨　牧： 一方面来自大自然和对文字的信仰；另一方面，自己以为经历过了，但其实我根本没有经历过，到了某一个年纪，又真的读了一些好的作品。

翟月琴： 其实，您的诗歌，语调平静、缓和，偶有波澜，也不会大起大落。这也许与您沉静的性情有关。在《死后书》中，您写过这样的诗句："记忆是碑石，在沉默里立起/流浪的云久久不去/久久不去，像有些哀戚，啊！/记忆是碑石，在沉默里立起。"大概对您而言，沉默总是一剂抵抗时间的良药，它让记忆凝固在片刻的安宁中。您认为呢？

[①] 杨照：《重新活过的时光——论杨牧的〈奇莱前书〉》，载陈芳明主编，《练习曲的演奏与变奏：诗人杨牧》，联经出版社 2012 年版，第 281 页。

杨　牧：我不太相信声音要提高几度才能够有力。只要你的语言文字清楚，和你的文法相一致，尽管不夸张，照样很有力量，甚至在你的控制下更为准确。刚才你提到的那首诗，是我十五六岁写的，你一讲，我才想起来了，我想现在我也不会否认还会有这么一首诗。我这样写，是想让读者感受到其中的声音。

翟月琴：谈到这个问题，饶有趣味的是，您诗歌中数字和感叹词出现的频率会比较高。比如《教堂的黄昏》中"十二使徒的血是来自十二个方位的夕阳"，比如《水仙花》中"哎！这许是荒山野渡／而我们共楫一舟而时间的长流悠悠滑下／不觉已过七洋／千载一梦，水波浩瀚／回首看你已是两鬓星华的了"，再比如《消息》中"一百零七次，用云做话题，嗨！她依然爱笑，依然美丽，／路上的鸟尸依然许多／执枪的人依然擦汗，在茶肆里／看风景"……您在选择数字和叹词的时候，是出于什么考虑？也有人评价，这是您在有意制造音乐性。

杨　牧：读到20世纪40年代，或者二三十年代的文学作品，会有很多感叹词，觉得这是白话文创作与文言创作最大的不同，为了让白话的面貌展现出来，也并不躲避感叹词。伴随着年龄的增长，看多了，慢慢摆脱了五四时代诗歌的表现方法，现在几乎不用，希望让读者来安置感叹词，摆在不同的地方。我相信读者常常会跟我不一样，那我觉得这应该就是你的发现，这也是我们两个的合作方式。就好像听音乐，听众听贝多芬，会跟指挥在语气或者声势上有一点小差别。我也希望我用文字创作出来的东西，可以提供不同的方式让读者approach（接近）。关于数字，有时候是真的，有时候是幻想的。比如"十二使徒"就是《圣经》里面真实存在的，"七洋"通常大家都会用来形容海洋的广阔,"一百零七次"就是猜的。有时没有效果,有时也会有音乐性的考虑。

翟月琴:既然已经谈到音乐性,读您的诗歌,让我印象最深的,也是这种语音、语汇、语法和语调上的音乐感。大概与诗歌联系最为紧密的艺术形式便是音乐了,您在《一首诗的完成》中也提过音乐对于诗歌的重要性。能谈谈您是怎么为诗意的语言插上音乐的翅膀的吗?

杨　牧:不晓得什么时候自己才恍然大悟,其实用白话文做自由新诗,对创作人是很大的自我挑战。本来作诗应该蛮容易的,尤其是六朝以后到唐朝,可以说相当容易。只要按照平仄、押韵,你做得对,人家就不会说你这样不像诗。即使毫无新意,也会觉得这是一首诗,因为声韵都对。可是,现代一百多年来,突然大家下了决心不要照那种方式做。祖宗那么多年想到的办法,现在要放弃,这就要我们自己想出个别的办法来。我想到的就是不要平仄,同时还要保证某种音乐性。这样一来,你的音乐性就跟我的音乐性不一样,比如大陆北方跟台湾的音乐性就不一样。我们要写的让大家都能感觉到这种音乐性,就是很大的挑战,还非常有意义,而且人生艺术的追求也能够在这里有所体现。就好像交响乐,管乐、弦乐,把它们凑起来写在一起,那些人也许做梦都没有想到会变得这么好听。所谓现代诗的创作人应该有这样的向往,把这种功夫练出来,又不只是家乡的口音那么美而已。我有些朋友会讲到,家乡话有多么好笑,多么有意思,你们通通都听不懂。这样说,就带有某种限制了。别人都听不懂,只有他自己,或者他那代人能够听得懂。这种限制,应该设法打开它,使大家都接受,这样文学才会普遍。

翟月琴：您刚提到1940年出生在台湾花莲，您总是不惜笔墨地提及这片土地。我揣测，这令您魂牵梦绕的花莲，就像奇莱山一样，或许它是母体，是寄托，也是想象和象征；它是政治的、美学的，也是语言的？

杨　牧：其实花莲就是一种象征。写花莲有很多原因。其中一个原因，我认为应该是抓住了一个"乡土"，渲染它的特异性，从中不断地扩大，变成不只是写这个"乡土"而已。可是我并不是在做报告文学，也不是在研究花莲，这点我希望你能了解。我是在写一个土地跟人、跟individual（个人）的关系。

翟月琴：1963年，您的诗作中出现了雅致清韵的江南风景。那首《江南风的双眉》，您在木桥、飞瀑中，带着酒意，在寻找着"江南的双眉"。您是否曾经下过江南？您对江南的想象源自于何处？

杨　牧：这是想象的，我从来没有去过。1980年的时候，我才第一次到了中国大陆。当时从美国到香港，转机上海，然后到北京下飞机。坐火车再到西安、重庆、成都、南京。在那之前，都是想象。其实很多地方都是想象，比如阿拉伯、圣保罗、阿富汗，还有西班牙，我并没有去过。当然我不好意思说我自己，但年轻人给我写信时，我总是会对他们说，能够描写没去过的地方，比描写去过的地方还要了不起。因为你去日本游历一个礼拜，写了一篇文章叫作《京都游记》，我觉得这个很容易。可是，我没有去过非洲，没有去过月球、水星，只要我能写得引人入胜，这个文笔可能比《京都游记》还要好。文学作品常常处理的就是这种地方。我有个朋友跟我讲："你对奇莱山这么多想象，不断在重复突出奇莱山，你要表现的是一种诗意。"

我很感谢他能够看出来。可是他认为奇莱山并不是很难到达，但我觉得不见得吧，其实蛮难到达的，有人爬奇莱山，后来就不见了。可是我不要去，我就是要远远地看它。

翟月琴：就您去过大陆的那些城市中，有没有给您留下什么印象？

杨　牧：因为是1980年，我有些记不清了。那时候正是"文革"结束，我碰到的朋友，只要谈得稍微有些深入时，就会提到那段很不幸的经历。客观地说，很多地方让我觉得很美。尤其不可思议的是，我们在杭州住在西湖旁边，早上起来，打开窗子看时，就好像在看图画一样，会觉得怎么有这么美的地方。当时，也没有什么人，因为那时候还没有很开放。大家觉得游湖可能也太奢侈了。在上海时见了巴金，我们也会谈一谈，但心里都很沉重，因为那时"文革"才过去两三年。从初中到二三十岁，我曾经不断幻想着去写的地方，那时候都通通看到了，自己心里也觉得很感激，但后来我几乎一篇文章都没有写。我只写过一篇文章纪念陈世骧老师。陈先生是河北人，北京大学毕业，后来在美国Berkeley（伯克利）去世。我写的《北方》就是纪念他的，把我到中国北方时候的感受结合了起来。另外一篇叫作《南方》，纪念我在东海大学的徐复观老师，他是湖北人。所以，我只泛泛谈过北方和南方。我就好像回到了小时候做梦的世界，有很多感受。

翟月琴："浪人""异乡客""离人""旅人""流亡"，这样的语词在您的诗歌中，显得很醒目。你在诗作《历霜》中，写道"咀嚼生命的流亡／如同咀嚼一株老枇杷的秋收"，这不觉让人好奇浪子一般的经历到底带给您怎样的生命体验？

杨　牧：我想很多都是想象出来的，甚至是听来的。这首诗是我在东海大学毕业以后，在金门写的。因为在台湾，大学毕业后要有一年时间服兵役，我当时抽签抽到了金门。我们只是预备军官，那时候就接触到了真正的老兵、士官，跟他们交朋友、谈话。因为当时很多年没有打仗，金门也没有什么事件，就听他们讲故事。

翟月琴：您先后在爱荷华和伯克利获得了硕士和博士学位，之后，又分别在马萨诸塞州和西雅图教书。您为旧金山、洛杉矶、波士顿、密歇根、普林斯顿等地写过诗歌，也数度游历欧洲、日本、韩国。有时是长居，有时又是旅行，这种地域变化，最让您触动的是什么？

杨　牧：其实倒没有，好像读书的生涯就是这样的。从爱荷华到伯克利，我就下定决心读PhD（博士学位）了。当时就知道走上了学术之路。在美国读完后要么就在这边教几年书，然后回台湾；要么就直接回台湾。刚好人家来请我，我就去了马萨诸塞州，只是那里太远，雪太大，感觉有点吃不消。这时候，华盛顿请我，我就过来了。来的时候，我给自己一个理由，就是这里离台湾比较近。有很多年，我去台大、东华大学，以及香港科技大学教书，但还是以西雅图为本营。其实我很多朋友在台湾，他们会问我："既然你在台湾这么高兴，会不会很怀念在这里中文很好的学生？"我说，那也不见得，我在华盛顿大学，就可以挑你们教过的学生来这里念硕士班、博士班。果然，这二三十年，总是在每年秋天就从台湾、香港和大陆收一些非常好的学生，来这里进一步深造。

翟月琴：既然地域没有什么影响，那么不同的语言环境呢，会给您的汉语书写带来什么？您是否用外语写诗？

杨　牧：我从来不用英文写诗。我曾经很清楚地说过，我是用中文创作台湾文学。

翟月琴：您提到常常会有孤独的感觉，就好像1976年您的诗作《孤独》中写道的："孤独是一匹衰老的兽／潜伏在我乱石磊磊的心里／背上有一种善变的花纹。"这种孤独感源自哪里？

杨　牧：一部分从性格，一部分从经验，一部分从读书的环境中而来。你提到的这首诗歌，我也记得很清楚。那时是1976年，有一天黄昏的时候，自己喝杯啤酒，坐在那里发现天已经慢慢黑了，又一个人在家，那时也还没结婚，偶尔会有这种感觉。当然，孤独也是对独立人格的保存，自古很多思考着的艺术家、诗人、哲学家都常常会感觉到孤独。

翟月琴：您在伯克利攻读博士学位期间，跟随前辈陈世骧学习古典文学。这期间，曾写下了《续韩愈七言古诗〈山石〉》《延陵季子挂剑》《武宿夜组曲》《将进酒四首》等极富古典主义情怀的诗篇。能谈谈陈先生对您的启发是什么吗？这段古典文学的学习生涯，对您日后的创作产生了什么影响？

杨　牧：影响还是蛮大的。我喜欢读书，可是从没下定决心去做一个学者。后来陈先生给我讲一讲，我也很快就搞通了，也就选择了我自己要做的古典文学。当时有一些从台湾来的同学，他们几乎都在做现代文学，没有人做古典文学。我当时就下定决心要做古典文学，一个重要的原因就是我不喜欢现代文学，不喜欢那个阶段的诗歌，甚至小说。刚好1936年陈先生与英国人阿克顿合作，编了《中国现代诗选》，那本书是中国新诗有史以来第一本用英文翻译过来的作品选。他和何其芳、卞之琳是好朋友，都是北大的学生。可是他自己却很少做，只是朋友做的时候，他帮忙把这个圈子弄得更大。我跟他讲，我不想在博士论文里面研究他们，陈先生就建议我研究古典文学。其实之前我就跟徐复观老师学古代思想史。像你刚才提到的创作，我有时候是写古人的遭遇，有时候是写自己的故事，把它们连在一起，做一个定位。假如我要做现代文学，又实在不愿意跟新诗人学。我宁愿跟屈原、建安七子学，所以把功夫都下在这里了。

翟月琴：您曾经说过："当兹另外一个时代即将开始的时候，我要建议我们彻彻底底把'横的移植'忘记，把'纵的继承'拾起；停止制作貌合神离的中国现代诗，积极创造一种现代的中国诗。"① 在您的诗歌精神中，一直保有对传统的深刻理解。您是否愿意谈谈汉语新诗所缺乏的传统是什么？

杨　牧：我抱着一个希望，大家一起来做这个事情。我那样的一种 statement（陈述）也是在严重地提醒我自己。其实并不是都应该走同样的思路，而是不要看不起传统的中国文学所达到的位置。之所以这样想，是因为我有朋友或者长辈言谈之间公开非常看不起中国文学，包括诗歌、词赋，认为中国文学一无是处。他们只是觉得小说还可以，其他简直不像样子，而小说又远远不如西方。但我没有那种感觉，我所谓的"横的移植"，其实"移植"本身就不太准确。我们受影响，也并不一定就是"移

---

① 杨牧：《现代的中国诗》，载杨牧，《文学知识》，洪范书店1979年版，第7页。

植"。伏尔泰、歌德也同样受中国的影响,中日文学也互相影响。一百年来,又都发展出了自己不同的传统,完全独立、完全骄傲的新传统。所以,并不是"移植"。"横的移植"也太狭窄了。

翟月琴:或许反叛和颠覆,也是一种对于传统的继承方式?
杨　牧:可以这样说。颠覆、反叛或者修改,再去检查,把它修改到某一个文学时代所需要的层次。

翟月琴:1965年,您阅读了《叶芝全集》,对这位爱尔兰诗人所投注的情感,几乎为您的浪漫主义创作奠定了书写基础。您在散文集当中曾梳理过对浪漫主义的理解:"第一层意义无非是扑捉中世纪气氛和情调;第二层是华兹华斯以质朴文明的拥抱代替古代世界的探索;第三层是山海浪迹上下求索的抒情精神,以拜伦为典范,为人类创造一种好奇冒险的典型;第四层是雪莱向权威挑战,反抗苛政和暴力的精神。"[1] 这些观念是否同样渗透到了您的写作中?
杨　牧:应该有。这也是我在提醒自己,这才是浪漫主义。有一次,奚密老师跟我提起浪漫主义最可怜,一天到晚被人误解,以为浪漫主义就应该像徐志摩、郁达夫一样。因为奚密老师也是外文系出身,所以她很清楚,浪漫主义并不像在书上通常讲的那样。我整理出来的结论就是,浪漫主义是有社会荣誉感和责任感的,对淳朴的、原始的社会有尊重。即使是现代化,也有理想在里面。

---

[1] 杨牧:《叶珊散文集》,洪范书店1977年版,第6—8页。

翟月琴：自然和爱是浪漫主义不可回避的两个主题。您在《一首诗的完成》中也提及："我们有时面对大自然会感到恐惧，或许正因为我们太依赖着它的爱，像孩童沉溺着父母亲的保护和扶持，并因为自觉那爱存在，而忧心忡忡，深怕有一天将失去那爱，因为我们犯了它所不能原宥过失而失去那爱。"如何理解这种自然和爱的关系？

杨　牧：有时候是在读书时候想到的。读中文的好奇心，天快黑时你走进一片树林，也会有这种感觉。其实，华兹华斯的一首诗中也写到，天黑时放船进湖心，看到山突然感觉害怕，赶快回来躲避那种恐惧。所以，自然美有时会保护你，但又会使你觉得犯了错。我觉得爱跟美的讨论，从另外一个方向来看，会有很多值得我们思考的地方。我写了一首《近端午读 Eisenstein》的诗，就提到太多的爱，太多的美，还可能是有害的。我在诗里举了一个例子，《白蛇传》中，许仙让白娘娘喝雄黄酒，但喝了就会现出原形。白娘娘太爱许仙，所以就喝了，最后变回了蛇。所以，即使是美，也还是危险的。

翟月琴：您一直将济慈的"美即是真，真即是美"奉为格言，这是否也可以理解为您的一种诗歌信仰？

杨　牧：应该接近。济慈的这句话出现在他一首诗的结尾地方。整首诗歌写他看到了一个古希腊的瓶子，这瓶子上的雕刻让他想到了一些哲学理念，我读后很感动。济慈总有一些道理是别人想不到的。这其中有一张图样，是一个男孩子在追一个女孩子，差一点就要抓到她的衣角了，但仍然没有抓住。他就说，幸亏没有抓住，所以他两千年以来一直还是处在一种追求状态里，对美和爱的追求。另外转过一张图样，是有一个人在吹笛子，不知道他在吹什么曲子，这时济慈就在想幸亏不知道，这样就可以想象，无论吹什么都可以。他总是从另外一个方面来思考，世界也就应该允许我们有这么多思考的方式。

翟月琴：20世纪五六十年代，由于政治语境的影响，再加上台湾对五四文化传统的选择性继承，可以说，徐志摩是当时极少数能够公开出版作品的五四诗人之一。您怎么评价这位浪漫主义诗人？

杨　牧：我觉得他相当不错。他在大概仅仅十年的工作时间里，还做了这么多东西。他也很勇敢，会讲一些与众不同、打破禁忌的话。他连政治的禁忌也会触碰，对政府的抗议也用诗写了出来了，那个时候可以有细缝去发表一些独立的思考。他无所畏惧，用诗来表达自己的情感，下了很大的功夫，也使用了很多不同的意象把爱情、友谊表达出来。我编过一本选集，他在处理材料的时候用了很多西方典故，有些不对，我也帮他修改了过来。他的散文也很有想象，记载外国留学的情况和对西方文学的评价，有些不是很深刻。但我想到他死的时候也才三十几岁，就办诗刊、搞政治、写文章，已经很不容易了。

翟月琴：刚才谈到徐志摩对政治的勇敢，其实您在伯克利读书期间，正是越南战争如火如荼之际，伯克利大学又是20世纪60年代反战运动的领导者，积极抗议美国政府介入越战。为此您也曾写下了一组诗篇，比如《十二星象练习曲》。您置身其中，是否还能回忆起当时的情形？

杨　牧：当时美国学生的激动和深思熟虑，对政府的反应讲得头头是道，对我冲击很大，因为在这之前我还没有经历过这样的政治运动。当时规定外国学生是不能参加的。因为外国学生是来念书的，不是搞政治的。我也只能在那里看，每天中午都在听他们轮流演讲，听多了也实在觉得这个战争太不应该了。一直到后来，在华盛顿教书时，也对政治保持着一种心理浮动，对政治很敏感。很多事情我都记得。我刚到伯克利那年是1966年，那时"文化大革命"刚刚开始，我天天看报纸，与大家一起交换信息。当时就很奇怪，这些人一边对政治关心到那种地步，一边还能读书。我有一个同学，他晚上读马克思的《资本论》，白天学希腊文。晚上睡觉时，总是会梦到马克思和希腊文。那个经验也让我在抬头看这个世界在做什么，中国在"文化大革命"，法国萨特他们在政治运动，日本又有赤军联示威。所以，我们在创作时会受到影响。

翟月琴：我极为赞同您的观点："诗是追求：诗可以干气象，而诗本身也是一种气象。"的确，诗是手段，"借着它追求一个更合理更完美的文化社会"，但它又不仅仅只是"干气象的工具"；诗也是目的，"是我们追求的对象"，"它还是一个独立的存在，一个令我们汲汲追求创造的艺术品"（《北斗行·后记》）。尽管您在诗歌中涉及一些政治事件，但我是否可以理解为，您更倾向于追求一种独立的诗歌美学价值？

杨　牧：对的，你找的句子也很具有代表性。

翟月琴：在您的诗歌中总会出现中西文化相互交错的场景，像《教堂的黄昏》《异乡》中那异教的僧侣，岩石和山寨似的耶和华，教堂里、黄昏下的钟声，古琴、棋座、浮云、念珠。这一系列的场景参差交错，将佛庙的景致与教堂的声韵切换得那样自如。

能谈谈您为什么会有这样的处理吗？

杨　牧：与看书和想象力有关。有些诗是诗人经历过的，比如岑参的边塞诗歌。但更佩服的是那些并没有亲身经历的对天外、云端等的描写，比如诗人李白的世界。我们根本没有办法跟上古代伟大的诗人、思想家，但我们也会受那些形象、观念的影响。你刚才提到基督教、佛教形象，我想也就是看到了，并没有深入去研究，可是总觉得碰到这样的情形就会有一种感受。

翟月琴：1957年您开始使用笔名"叶珊"，1972年您将笔名由"叶珊"更换为"杨牧"。这种笔名的更改对您意味着什么，您想要获得的是一种怎样的转折？

杨　牧：大概是另外一个阶段吧，后来还有人做研究说，应该在哪年改比较合适。我1970年离开伯克利，1971年开始教书，做助理教授，自己创作的东西也不太一样了。还写了一些散文，结集为《年轮》，也不同于我的《叶珊散文集》。有些朋友甚至觉得没有必要修改。不过，等到三十六岁的时候，我跟一些朋友合办了一个出版社，叫洪范书店。当时要重新印《叶珊散文集》，后来还是决定上面写"叶珊散文集"，下面写我的名字"杨牧"。也没有很特别的意思。

翟月琴：1976年，我知道您与老同学叶步荣一同创办了洪范书店，目前这家书店已经是台湾最具影响力的文学出版社之一了。还记得当时是怎么会涉足出版界的吗？

杨　牧：当时我在台湾，有的书店就问我能不能帮他们设计几套文学的书，然后让我来做主编。我大概三十五岁，哪里有这种时间。但他们反复讲了几次后，我就跟叶步荣提了这个事情，他说既然要做，那我们就自己做好了。"洪范"是我在书里找来的两个字，作为出版社的名字，下定决心只出文学类书籍。本来只出创作类，后来又加上了翻译类。

翟月琴：长期以来，您总是被冠之以"学院诗人"的称号。事实上，除了创作诗歌外，您还涉猎散文、文学评论和翻译。对您而言，它们之间最大的关联性是什么？学院的生活对您创作产生的影响是什么？

杨　牧：学院是我比较喜欢的行业，做研究我也蛮喜欢的。有一个老学生前几天发邮件给我，问我《诗经》的问题。当时三十二岁左右，我刚到华盛顿大学不久，写了关于《诗经》的论文。那时候的思考，现在仍然有兴趣。所以，学院里面的生活，虽然有时候比较琐碎，但大概比别的很多事情要稍微好一点吧。评论常跟学院的生活掺在一起，尤其是对古典文学的评论。对当代文学的评论和参加意见，我觉得是创作者、研究者、读书人都应该做的事情，有义务去参与讨论。老了以后这一些年，我在可能的情形下，觉得有话还是要讲。可是常常我也会觉得无话可讲，那时我就设法把它推掉，这样有些人能够理解，有些人大概就没办法理解了。同样，翻译也是一种责任感。翻译不见得人人都要做，但只要懂得一些外国文字的人，如果不做翻译，那别人就都看不到这些文学作品了。我们自己做翻译的过程也是相当大的挑战。可以有一个再创作的经验，别人以他的思路创作出一个好像是你的，又好像不是你的作品，是很有意思的，有机会我还想再翻译一点东西。

翟月琴：此外，您曾在《隐喻与实现》的序言中提到："文学思考的核心,或甚至在它的边缘,以及外延纵横分割各个象限里,为我们最密切关注,追踪的对象是隐喻(metaphor),一种生长原象,一种结构,无穷的想象。"您追求一种抽象而内涵丰富的文字想象空间。这让我不觉联想到您诗篇中的几个隐喻,比如蛇、苔藓等,这些隐喻是怎么在您的脑海中生长的呢?它们意味着什么?

杨　牧:蛇,是我经常提到的。蛇在文学史、思想史中总是有不同的解释。我们从小就觉得它既可爱又可怕。台湾甚至有很多毒蛇,但西雅图这边没有碰到过毒蛇。《圣经》里面也有蛇的故事,我们学西洋文学都知道蛇本身具有象征意义。苔藓,也是因为我看到的,是用来形容它的气象沉静。我对古代洪荒有很多想象,不知道为什么经过几万年、几亿年它都没有长大,也没有进化。恐龙都死了,但这些东西还在。最近还写了一首诗,就是关于苔藓的。我常常幻想一些古代的生物,听说鱼爬到陆地上来,就变成小虫或者大虫。我并没有一套完整的理论来说明一个意象到底代表什么,可是我对眼睛没有注意去看的东西,就会坐下来去想象它到底应该代表什么。

瞿月琴:您说"我的诗尝试将人世间一切抽象的和具象的加以抽象化",并且认为"惟我们自己经营,认可的抽象结构是无穷尽的给出体;在这结构里,所有的讯息不受限制,运作相生,绵绵亘亘。此之谓抽象超越"(《完整的寓言·后记》)。抽象的超越在您 1986 年以后的写作中表现得尤为明显,这是不是您所追求的诗性的正义和公理?"凡具象圆满/即抽象亏损之机"(《佐仓:萨孤肋》),是否能够解释为您对具象与抽象关系的理解?

杨　牧：文学当中眼睛看到的东西都是具象的，处理的东西也都是具象的，传统小说当中一个人物所遭遇的光荣与侮辱也都是具象的。但是哲学的思考，要把它讲出来，而不是总在重复情节，唯一的办法就是抽象化。把这种波澜用抽象的方式表现出来，成为一种思维的体系。我一直认为抽象是比较长远、普遍的。

翟月琴：所以，读您晚近的诗歌，抽象的世界里常萦绕着轮回、虚空、无限的精神结构？

杨　牧：我不必写一百个短篇小说来写三年的经历，而我可以用一首诗来讲得清清楚楚。我是这样向往的。

翟月琴：您说过："变不是一件容易的事，然而不变即是死亡，变是一种痛苦的经验，但痛苦也是生命的真实。"（《年轮·后记》）您的诗歌会让读者时常有一种阅读的期待。这种变化是您执着于艺术技艺的一种方式，也是您在无限地去扑捉宇宙生命的瞬息万变。这种自觉的意识是怎么逐渐形成的？或者说，是什么在激发您不断地变？或许这也是您在限制中所追求的诗歌自由。

杨　牧：只要不变的话，就无从写起，因为不想再重复自己。我讲这句话的时候，大概二十几岁。《叶珊散文集》出版的时候，我二十五岁，刚到美国留学。我实在不想再写同样的散文，诗歌也一样，想追求一种另外的风格。如果我不断地重复自己，那倒不如换一个行业，来做别的事情了。

翟月琴：我想，这也是您 1976 年创作《禁忌的游戏》的初衷吧？就是说您想突破一些限制？

杨　牧：对。那时候很奇怪，总是听到西班牙吉他的声音，读到一些西班牙的哲学和文学经验，然后把另外一个声音加进去，制造出其他的声音。旋律、故事也不一样了。西班牙诗人洛尔迦，他三四十岁不到，有一天在路上走，就被谋杀了。我觉得很恐怖，加上西班牙的音乐背景，所以，在那种触动很大的故事结构后面，有了一个音乐性在里面。先写了第一首，后来每隔一两个月又写了第二、三首，一共完成了四首。

瞿月琴：也许诗歌创作者常常会受到前辈的影响，有时在面对同一题材时，总会感觉到焦灼不安。但您采用"看"的视角，源源不断为自己的诗歌创作提供了不竭的源泉。从不同的视点，看历史，看现在，看自然，看人生。您"用理性的心灵去观察体会"（《出发》），相信主体的可控性。能否谈谈您认为诗歌创作主体到底在整个写作过程中处于什么位置？

杨　牧：大概每个人都会这样。导演也会看，然后用镜头表现出来，让观众了解。我也都是自己的看法，我在帮自己看，而不是帮别人看。这也是我跟别人可能合不拢的地方，因为大家看法不同。

瞿月琴：但您也说过："诗的主题意旨人人看得见。"（《有人·后记》）那么，除了"看"之外，您在诗歌写作中最看重的是什么？

杨　牧：其实，这句话本是歌德讲的。他在讲主题、爱、恨或者家庭不自由，比如我们看巴金的小说，都清楚他在讲什么。但是怎么表现出来，不是每个人能够做到的。巴金和曹禺的表现方式就不一样。所以，一个创作者需要锻炼自己，表现一般人都能看见的主题，包括爱、恨、寂寞、孤独。这样大家读下来，不会搞错，你写的是孤独而不是快乐。明朝、清朝到现在都有不同的写法，美国、德国和日本小说家写法也不同，但是主题又都是那些主题。有时政治会把大家冲击到另外一个环境，那时候这句话也须重新考虑。

翟月琴：在您的诗歌作品中，不乏口语的实践。诗集《海岸七叠》以最为日常化的语言写下了朴实无华、清新自然的口语化诗句。大陆20世纪90年代以后，也出现了大量的口语诗歌，您认为口语入诗的可能性何在？

杨　牧：我最近读到有人写散文，完全不修饰，想写什么就写什么。我在想，这简直就是天才。口语并不是要排斥，创作不可能永远文雅，而是要考虑放在什么地方比较合适。英文就是 organic（有机的），要配合你的场域、情景，配合作品有机组成的力量，配合那个势，刚好让你只能用它来写。

翟月琴：1980年以来，以方言入诗的写作，在大陆相对较少。不知道台湾人写诗会经常使用方言吗？

杨　牧：我有几个朋友是真正用闽南语写作，用闽南语发展出来的语调、趣味等等。有时候还故意犯错，制造出一种特殊腔调出来。有人反对这种做法。我不反对，也希望能够把它做成功。我结婚的时候，写了一句"你是最有美丽的新娘"。当时，朋友都在笑，说这是在讲闽南语，把"有"这个字放在形容词前面。可是《诗经》里面，古代也会这样，在形容词前面加个"有"。我是觉得形势让我做的时候，我会去做，甚至还会把注音符号 b、p、m、f 放进去。有人还因为对汉语的看法不同，卷进了一场官司。我觉得都是对艺术的判断，不见得一定要分得那么清楚,能够做到多少就做多少,大家一起努力就好。

翟月琴:在我看来,您1974年创作的《林冲夜奔》是一首极为独特的诗。因为它身上凝聚了您太多的诗学观念。它所传达的古典意蕴、急促的音乐感,以及叙事与抒情的夹杂糅合,会带给读者悲壮却畅快的阅读体验。能谈谈您对这首诗歌的构思吗?

杨　牧:1974年发表。我想1973年就在写了。《林冲夜奔》是旧戏,京戏里面就有了,我想把它改过来写,让山神、小鬼、风雪都参与进来讲话,使用另外一种形式,不是普通戏剧的表现方法。可以讲出人的性格、人的环境遭遇,以及戏剧结束时候要产生的结果、指标等。我自己喜欢这样的诗歌,后来就发展出来一个人物,后面跟着一个动作,比如《延陵季子挂帅》《郑玄寤梦》《平达耳作诵》《以撒斥堠》等。写一个个人的故事,可以发挥我年轻时代就喜欢的戏剧情节,还可以使用自己的声音完成一种戏剧独白体。

翟月琴:您的诗歌作品在台湾、香港以及其他华语地区影响深远,甚至年轻的诗人还会模仿您的写作。您曾经将十八篇写给青年诗人的信结集为《一首诗的完成》,现在看来,对于青年的诗人,您想说点什么吗?

杨　牧:曾经的那些青年诗人,现在也都六十岁了。当时他们二三十岁,我常常收到他们的信,有的我单独回信,都成了很好的朋友。也有人问我是不是只有那十八篇,还有没有想加进去什么。我提到过要读一些外国文学作品,即使读翻译作品也没有关系。但我现在觉得还应该加上多学一门外语,例如意大利语、法语、日语等挑一个,这对写文章的笔路会有很大的好处。其他我要讲的也就在那里面了，只是当时不必第一篇就谈"抱负"，大概现在人都觉得没必要那么紧张了。

翟月琴：最后，您已年过七十，但我知道，您仍会说："老去的日子里我还为你宁馨/弹琴，送你航向拜占庭/在将尽未尽的地方中断，静/这里是一切的峰顶。"（《时光命题》）生命不息，写作不止。那么，现在您是否仍然在记录着那些易逝的记忆，是否还在寻求着诗性的自由？就像您1977年写下的诗作《风雨渡》中提到的"我听到时间的哭啼如弃婴小小/即使没有向导的星，这时也须巍巍向前"。

杨　牧：会的。在可能的时间里，我还是会继续创作。

多多(获纽斯塔特国际文学奖时摄于美国)

多多

是我站在寂静的中心

多多,本名栗世征,北京人。生于1951年,1972年开始写作。20世纪80年代末旅居荷兰,2005年返回中国,在海南大学人文传播学院教授文学课程。任职到期后,目前居住于北京。即便多多并不愿意将自己列入朦胧诗人的行列,但通常意义上,"今天派"已成为认识诗人多多的一个标志。走过"文革"岁月,经历过流散境遇的"今天派"诗人还包括北岛、杨炼、芒克、顾城、根子、江河等。虽然有着相似的人生轨迹,多多却是其中极具个性化的一位。

多多似乎暗示自己:站在寂静的中心,环视流转的时空。记得他有一首诗,就叫《静默》,写的是墓园当中"鸦群密布的天空"与"窗外的世界静默不语",令人窒息的死寂与肃穆感。在这样的情境中,他说:"沉思,是静默的中断。"这更像是诠释了海德格尔对于沉默与言语关系的定义。海德格尔说:"任何表达,不管是用言语,还是用写作,都打破了沉默。凭什么沉默的呼唤被打破,打破的沉默如何达到语词发声?打破的沉默如何以诗行和句子发声形成短暂者的言语?"如此抽丝剥茧般层层发问,确实值得思考。多多的回答是,将自我剥离出现实环境,创造出自足的思维空间,在沉默里任由语言言说,让世界聆听。

读多多的诗,自然惊叹他巧用语言成音乐,同时也被这些旋律带进更深的沉思状态。比如他在《手艺——和玛琳娜·茨维塔耶娃》中,借用俄罗斯白银时代女诗人茨维塔耶娃的"移行",将其内心独白贯穿始终,将自我与他者的苦难青春交相叠映,像是洛厄尔的诗作《渔网》中所述"诗人们青春死去,但韵律护住了他们的躯体";再比如他在《依旧是》里,交替反复使用"依旧是""走在""词",透过语音的重复连缀出诗篇的套语结构,歌唱着出走与返回的生命记忆之歌。

南京大学的学者李章斌曾撰写多篇文稿,专题讨论多多诗歌的音乐性问题,包括《走向语言的异乡》《"保持老虎背上斑纹的疯狂":再读多多》等,相当具有说服力。本篇访谈是李章斌与多多的对谈,言谈间,可以体会到多多的犀利与倔强。这篇对谈从多多最初的创作开始,涉及他与时代、与诗歌的关联,尤其是对普拉斯、阿什贝利、保罗·策兰、穆旦诗歌的看法,显示他的诗歌阅读历史与创作记忆。不妨听一听,站在寂静中心的诗人多多,如何从嘈杂的世界里觅取一处静默之地。大概成为诗人,必须有这样一种能力,即降低噪音而聚集内心的最强音,专注书写个人的精神史。

李章斌:我们从头说起。您是从 1972 年开始写作的,那么最开始写作主要是由于什么样的机缘?

多 多:其实我确实是 1972 年开始的。直接触动的是我看到了陈敬容先生翻译的几首波德莱尔的诗歌,那时就给我一种感觉,哦,诗歌是可以这么写的,我愿意写这样的诗歌,很感兴趣。因为在此之前,像拜伦啊,雪莱啊,普希金啊,所有的这些我都读过,我没有起过这个念头。我觉得最直接的原因就是陈敬容先生翻译波德莱尔传神,这点也是极其重要的。后面 80 年代以后的翻译啊,再也达不到了,包括陈敬容的,她 80 年代的翻译不像以往,为什么呢?她后来的翻译特别注意准确性,就伤及了那个原文的内容。

李章斌:当时你看到陈敬容翻译的诗歌是发表在《译文》吧?(多多:

对,《译文》,1957年。)当时波德莱尔对你触动比较大的是什么?

多　多:没办法说得清楚。当然,他被称为象征主义诗人。实际上我对具体的定义不是很清楚,后来才知道。但是这种诗歌为什么会这样?我想还是因为它是波德莱尔写的。它有一种极其独特的美,还有它的颠覆性与硬性,它仍然是遵从诗歌的。其实波德莱尔的诗歌在形式上没有任何变通,从亚历山大体出来,完全是古典型,严格地遵从音韵,音乐性非常强。他颠覆的最主要的就是何为美,另外他对于恶的肯定。这些在我们的古典诗歌中是不可能的。所以这点很让人兴奋吧。

李章斌:当时你写作时的同代人,比如根子、芒克,也是相互促进、激励的,是吗?

多　多:那个时候还小。我刚才说波德莱尔很重要。他呢,师从谁?我也不知道,谁都不是。芒克没有文化,他是一个只读报纸不读书的人,每天看报。岳重嘛,他倒是有修养,各个方面,他是很早就读很多书。我们所讲的什么派别啊,没有,他没有任何理性的定位。所以,那我只能找波德莱尔,和他们没有太多联系。

李章斌:当时你们应该看了不少所谓的"黄皮书""白皮书"。印象比较深刻的是?

多　多:哎哟,那很多啦。很早我就从岳重那里读到了《人·岁月·生活》,爱伦堡写的,所以那个时候知道了茨维塔耶娃,其实不过是征引了她一两行诗(按:指《手艺》),还有一些身世的描述,但已经足够了,非常震撼我。另外嘛,其实黄皮书里的诗歌并不多，《娘子谷》，叶夫图申科的，那个时候就对他不感兴趣。呃……主要是小说，阿克肖诺夫的《带星星的火车票》，还有对我非常重要的是萨特的那本《厌恶及其他》，我把它抄了一遍，整本书抄了一遍。哈哈，因为我太佩服那本书了。萨特的什么辩证理性，这些东西我反倒看都没看，就是那个小说写得太好。所以对于我，萨特就是一个作家，而非哲学家。

李章斌：可能对于你来说，它里面对于人性的恶的一些看法，比如说"他人即地狱"，当时对你触动很大？

多　多：那当然啦，我们身处恶的时代嘛。所以，对于这点，后来我个人就深度反思了何为恶，何为善。恶是永远的，西方现代主义的一切作品，坦率地说，都是以恶为母题。为什么这么强调呢？历史残酷嘛，20世纪两次世界大战，我想清了，哪有什么解释呢？当然可以用正义反对非正义的战争来解释……但这些解释不了，就是人性恶，人性本身的东西。

李章斌：我补充一句——黑格尔说："恶推动了历史。"

多　多：西方关于恶的研究，对于权力的研究，在那个时候，我们只是懵懵懂懂，不就二十几岁的小伙子嘛，不是很清晰的，自己后来慢慢就进入了。我们那时经历了那么残酷的、残暴的岁月。我想这些都是特别重要的契机，就这样产生了。

李章斌：我记得你以前提过，你在一个舞台上看到一排展示的尸体，那是在什么情况下？

多　多：当时是在1966年嘛。8月之后，有一丝凉意，我就到了学校那个观礼台，裹着个大席子，下面是什么东西？走近一看，哦！那是我第一次见到尸体，是被打死的女人的裸露的尸体，都是肿胀的、灰白色的。哦，可怕极了！那种刺激，终生都不会忘记。呃……就是"女流氓"。

李章斌：当时所谓"批女流氓"，就是说，谈恋爱的就叫"女流氓"？

多　多：也不是批判，就是打死，什么都不管。所以说，什么是恶，什么叫暴力，我们那个时候都是很直接的、感性的认识。

李章斌：所以像这种经历啊，其实你基本上写进了诗歌里面。你自己有没有去想一想，就是说你们可能整整一代人都是有类似的经历？像刘小枫他也说过这种经历，一个年轻的女高中生的尸体被拉出去展览（见刘小枫《记恋冬妮娅》）。这种经历对一代人的诗歌写作路径有什么影响？

多　多：我觉得并不只是对诗歌，也是一种对心灵的刺激，对记忆的触及。和你们不一样，现在的青年人缺失了很多的经验。我们那个时代不是这样的。当然，我个人在"文革"中并没碰到那种极其残酷的命运。但是就是在这种大背景之下，读到一些西方的文学作品，天然就有这样的背景。另外一点，关于恶啊，还想说一句。其实如果从诗歌上讲，我们也是经历了现代主义洗礼的。什么叫现代主义？其一，就是主体的、主观的、非理性的，这些东西都有平等价值，不应当被压抑。这个与今天是完全颠倒的。你们是坐在课堂里，学诗学，学波德莱尔，学谁谁谁。它是某种知识性的、文字的、符号的传达。我们不是这样的，因为那个时候也并不只是诗歌，像电影、戏剧、小说等都指向了这样一种解放，对于人的解放，对于语言的解放。什么叫语言？无所不用其极。再有，写作是什么？都是在生死之间的时刻，用尽你最大的潜质，所以它是有效的。

李章斌：对！您确实给我们提供了很重要的经验和记忆，其实像你们这代人有特殊的经历，像"上山下乡"，多多老师好像还说过："我的大学在田野。"有这种经历，我想他的写作与现在学院教育出来的诗人区别非常大。学院教育出来的诗人在技术上有很多创新的地方，但是有的时候，其实缺少那种"存在的参与"，所以……

多　多：对不起，我插一句。你刚才说学院里出来的诗人在技术上有许多创新，这句我不敢苟同。他们在技术上有很多因袭，怎么叫创新？诗歌写作不是从知识中来的。知识中来的东西，怎么能够创新，哪里来的创造力？所以说，现代主义的洗礼是极其重要的。我说现代主义洗礼，实际上一直持续到20世纪80年代。我们那时候和星星画会的画家，关系都很密切，还有些搞音乐的、搞电影的，也是都在一起的。那么什么叫洗礼呢？就是大量这种西方过来的艺术，让我们看到更广阔的一面，全景性的东西。简单地说，就是属于疯狂的东西。疯狂在我们那里可能是褒义的，我们就是疯啦，我们为什么不疯呢？这个和现实不是直接对应，可是那是我们的追求啊，你搞艺术怎么能够不那样？而我们今天好像把艺术、诗歌规范得很窄，越来越窄。我们那时哪有课堂？我们谁也没上过学，朦胧诗人里没有一个大学毕业的，今天的诗人没有一个不是大学毕业的，这就是差异。这可以说社会在往文明化的路上走吧。我们那个时候，文明跟野蛮一直连在一起，无法把它拆开。

李章斌：西方的现代主义诗人，如果要列出五个人的话，你最感兴趣的是哪些？

多　多：因为现代主义的诗人很多，我直接说影响我的。20世纪80年代我感兴趣的，就是狄兰·托马斯、普拉斯。策兰呢，是到80年代后期才接触到的，没有什么很深的印象，还有勒内·夏尔，印象都不深。因为那时候是翻的，大概就读过两三首诗，根本谈不上有什么影响。那个时候洛尔迦对我们影响是很早的，70年代我就知道洛尔迦。当然还有俄罗斯的诗人，那个时候曼德尔斯塔姆的诗好像开始有翻译了，也不是大量的，还有茨维塔耶娃也是。我想那个时候的翻译也不像今天这么多，估计应该是一些外语学院的学生做的翻译，有时候就是拿着诗集当场译，就这样，激动。还有一些卑鄙的人吧，马上就把它变成自己的诗歌，也不加注释，反正你也不知道。

李章斌：你提到的这几个人，在80年代的时候，你觉得对你影响比较大的，或者说你觉得比较投合的是谁？托马斯吗？

多　多：最主要的就是狄兰·托马斯，还有普拉斯。

李章斌：那当时你觉得托马斯的什么东西带给你震撼？

多　多：狄兰·托马斯，我想在21世纪初的时候——或者是2012年？我忘了——记得专门有一个电视节目纪念狄兰·托马斯。当时狄兰·托马斯在英国、在欧洲、在全世界，影响极其大。可能今天，我想在中国，没什么人认同了，对吧？学界尤其不认同，时代变了。其实，狄兰·托马斯有大才气，我在西方见到一些人，他们都对他特别怀念，这个人就像流星一样过去了。

李章斌：我感觉他的写法对你影响很大，就是他诗歌的节奏上的东西。
多　多：我觉得影响是多重的，绝不只是狄兰·托马斯。那个时期我崇拜他，尽量收集他的一些东西，但是不是说我就要学狄兰·托马斯。齐白石讲"学我者死"，是吗？"似我者生"还是"偷我者生"（按：齐白石原话为"学我者生，似我者死"），就是这个意思。这些你最热爱的人，不是要学他，而是要和他发生共鸣，然后另外从你身上长出来。可能其中有他的偶尔的痕迹，如此而已，但是，你要学他，你就完了，就被他灭了，永远在他的统治之下。

李章斌：就想到艾略特说"小诗人偷，大诗人借"。
多　多：对。掠夺。小诗人不是偷，小诗人模仿，大诗人掠夺。

李章斌：狄兰·托马斯其实也是超现实主义。所以那种意象啊，其实和当时你的很多诗歌有很多共同的地方。
多　多：实际上，我觉得我们今天的诗歌就好像是啊，尤其学院派的，直接就展露了我们今天一个语境，就是后现代，沉静、无味、乏味、无趣。啊?! 这是诗歌？现代主义是什么？根本就是偷不过来，因为跟不上，没有那种疯劲儿了，没有那种东西！因此，狄兰·托马斯当时那个时代，你提到超现实主义诗人，那时候很多啊，都非常厉害，特别好。像超现实主义在中国根本就没有兴起来，学都不学，偷都不偷，抢都不抢，不要。为什么呢？这些其实恰好是作为学者应当思考的。我们这个民族的气质、我们的哲学、我们的存在感，恐怕一样……这点其实我也想过，我们太重视现实了，我们的批判现实主义，本质就是现实，就这么一个，你超越它一点儿，别人就受不了，自己就受不了。所以我们的学术全部都要还原,你诗里写的是什么,最终都要还原到现实,啊,你怎么怎么回事,都要说清楚。我所谓的现代主义洗礼,就是我们早就走出去了,不会再回来了,明白这个意思吧?但是,你们可能……我不知道,我不太了解。今天见了几个"00后",我感到很紧张。他们说见到我很紧张,我说我见到你们也很紧张,我完全不了解现在年轻人在想什么,所以,对不起,如果我说的一些东西……见谅。

李章斌:你觉得如果现在这个风气,刚刚你说的后现代风气,可能也跟整个时代的历史环境有关系,不纯粹是一个诗歌领域的问题。

多　多:对,是的,是的。

李章斌:技术风暴?

多　多:不对,是高科技。你记得,在80年代有那么高科技吗?全世界也没有。再有,市场,是吧!钱进入人际关系。80年代,无非就是有个温饱而已,是吧!那种环境其实对于文化,对于学问,对于艺术来讲,是一个黄金时代嘛,为什么?现在都奔钱去了,冲着利益去了,冲着硬件去了,几乎就取代了"精神"这个词。这种追求有什么意思?傻子嘛。我们那个时代不是,我们对于物质就没有什么追求,能吃饱了就可以了。所以你说那个问题和全球化的语境啊,它不只是诗歌。

李章斌:我记得你很多诗歌都有"纪念普拉斯"的副标题是吧?有好几首。大概什么时候开始读普拉斯?

多　多:80年代初,普拉斯就进入了中国,有一个"普拉斯热"。但是当时我没有读,一开始不是很信任她,因为她老是谈死亡,还有什么咒骂她的父亲等等。这和诗歌的选择有关系,当时的那个选择就是不知道普拉斯的真实高度。那么,我估计是要到了80年代后期了,岛子的翻译出来以后,才知道普拉斯的这个高度。以后呢,普拉斯的全集也出来了,小说也出来了,全貌都展现以后,我对普拉斯真是非常佩服。而且我感觉到,从技术上说吧,普拉斯很多东西我永远都不可能达到,为什么?我一直在想这个问题,最终归结点,她是女性。女性的这个高度,男人你不要做梦,包括特德·休斯,她的丈夫,那是英国大诗人,非常好的诗人,他和普拉斯相比,那个强度就不行。其实我非常尊重女性,伟大的女性。

李章斌:她的诗歌好像有一种,也可以称之为"神经质"的东西,她有抑郁症?

多　多:哎呀,所有伟大的女作家、诗人必须得如此。一直说诗人是有病的,写作就是治疗。一个完全健康的人,写诗干什么?诗歌源自于什么呢?深层的东西。一个人如果这一辈子都很幸福地,所谓"幸福地度过一生",那么坦率地说,他和艺术没有关系。普拉斯的伟大,不只是我们所说的"神经质",这些都不重要。她后期的东西被称为"辉煌的嚎叫",这是对普拉斯的一种形容。"辉煌的嚎叫"就是她的那个音调非常之高。其实普拉斯非常理性,从她写的小说你就能知道。她不是那种什么意识流,不是那种。但是没有那个东西,没有那种疯狂,她的词语不可能有这样的高度。就是说,为什么现代主义洗礼极其重要?就在这儿了。潜意识、非理性冲破了词语,才有创造的自由。怎么创造?我们根据定义就能创造诗歌吗?门都没有,试一试就知道。就是在一种高血压下——都快脑溢血了——这个时候，词语出现某种奇异的变动，这就是创造，所以说它是需要生死投入的。

李章斌：其实普拉斯身上也有你说的那种疯狂的气质。

多　多：每个女人身上都有它，你不知道吗？就是女性特别厉害，女人的直觉，你结了婚就知道了。所有的丈夫说："行了，我服了你了。"你根本就不是个事儿，那时候，你就知道她能量要比你大，大得多。为什么呢？她的本能强。像普拉斯这样的人，如果读她的传记，她在二十多岁就自杀过。并不是说她只是到了与特德·休斯离异以后，带着孩子（那是很悲惨的），所以她这样。早年很顺利的时候，她就这样。这个具体病例我们就……

李章斌：你以前也提过，在精神气质上，你更侧重一种所谓比较欧陆式的东西，就是说相对于英美的诗歌。

多　多：当然啦，地中海国家的文化、气候、环境、艺术，还有食品。你知道你到德国去，到英国去能吃什么？我们中国人都是美食家。可是你到希腊、意大利，那太会吃了，太舒服了，风景如画，是吧？还有人都那么爱说话，友好。你到英国、德国那边都是大苦脸，我不喜欢。但是呢，作为诗歌来讲，我觉得德语诗歌的深度、重量是特别高的，法国诗歌也是。我有一句话，是80年代我自己撰出来的，叫"冷疯狂"。什么叫冷疯狂？热疯狂那是无意义的，没有张力，就是疯了。冷疯狂，厉害吧。我现在觉得我一生写作的有某种行为，就是一直处于冷疯狂中，张力的构造，其实就是冷疯狂。

李章斌：所以，像这种疯狂的东西它会体现在词语当中，会让词语产生内爆的景象。这也会导致有些人对你的诗歌有些误解，有的人觉得你80年代后期的诗歌比较难读，但我个人并不这样认为。不过你可能不是很在意这个。你写作时会不会担心读者理解的问题？

多　多：我从来不为读者写作。在我写作的时候，心里没有读者，一辈子都如此。所以我以前很奇怪我回国以后还受到这么多人的欢迎，尤其是年轻人，还有这么多读者。这不是我追求的。我从来不拉拢任何人。我基本的规矩就是，你不懂，不懂才好！就这样。为什么要这样？这样还是要牵涉到艾略特说的三个声音的问题，写作为他者写，为自己写，还有就是对上帝，就是这三种。我不知道我为的是什么，反正它是一个高地，我不给它命名。简单地说，我不是为了周围人而写。当然我早期还有周围的人，不是说我写了以后了请岳重看一看，说我是为他写的，不可能的。我凭什么为你写？没这个意思。如果说为自己而写，为什么还要为自己啊？我都写出来了，我还为自己？显然也不是。我觉得读者对于我不是很重要，一直不重要。因此我可以很平静地接受任何人的批评，你读不懂就读不懂吧，又怎么样？你批评就批评吧。

李章斌：这让我们想到保罗·策兰的《死亡赋格》之后的晚期作品，也是这样一种态度。

多　多：实际上很简单，我写作不是"为了什么"而写作，是"因为什么"而写作，这是最关键的区别。现在大部分都是"为了什么"而写作。"因为什么"而写作，就厉害了，你有一个强大的情结，你不能不写。而我没有目的，我就写了，发表不发表都不在乎，如此而已。

李章斌：所以在我印象中，你到了90年代之后有很多和保罗·策兰共鸣的、对话的东西。

多　多：这个我应该怎么说啊，现在终于说到保罗·策兰这一段了。严格地说，到90年代我还没有对他真正地感兴趣。因为是在2001年王家新的译本出来以后，才看到策兰的面貌，才看到策兰这么一个深不可测的诗人。我也曾经试图翻译他，但是就觉得没有办法，翻不了。王家新的翻译也是非常冒险的翻译，也受到批评，但我仍然认可他的译本。因为我做过，我知道他是不可翻的，你怎么翻都不行，都是错误的。这需要胆量，需要非常狠。王家新的气质比较迎合这种，他硬，湖北人。（笑）所以，策兰的东西呢，非常吸引我，这和年龄也有关系。2001年的时候，我已经五十岁了，人生走到另一段了，不再追求狄兰·托马斯式的喧嚣。经历了太多东西以后，要向诗歌本体内部、深处去做点什么。因此呢，开始简化。

李章斌：感觉你后来的诗歌里面空白、沉默的东西变得更多了，是吗？

多　多：这也不只是受策兰的影响。空白与沉默，这种东西其实在中国绘画、中国的艺术里面，占极其重要的位置。空白，就是让别人去揣测，就是点到为止。你说几句话，是为了能够把那个沉默的部分调动出来。这是比较高级的阶段，因此也同样需要阅历，你写透了，你才会走到这步。

李章斌：我感觉你可能在写作的时候是有意识地在突破自己，超越前一个阶段？

多　多：未必。有意识地规划任何东西，在诗歌这里都是无效的。不是你不想那样做，而是你无力规划自己。人们都想知道什么是好的，什么是不好的，都想把不好的去掉，然后我只保留好的。但诗歌不允许你这么做！它要求的是真实，也没有什么叫好，也没有什么叫不好。当然，人为的、纯粹技术的部分是可以做到的。而诗歌作为一个总体，你是没有办法的，就是你人格的、当下的一种显现而已。所以，每次都是到写完了，我才知道我写的是什么，终于说这个我完成了，这时候理解了我的写作。而在整个过程中，尤其是一开始，是完全不能明白也不应该明白的，这个过程和这种开始，我称之为自由。你想怎么做就怎么做，给自己以最充分的自由，不要管它有没有道理，不要管它合适不合适。如果你不能这样的话，如果你现在就开始调整它，就没有以后了。所以我写作要改很多次，就是这个意思，给自己以自由。这个世界上没有自由，可我能够给我自己以自由，我不压制它，这个还是一个内在的力量、内在的世界。它非常强大，它比你厉害，你必须听它的，你的这个脑子没有用。而且写作的人都知道，必须得喝酒把它给灌傻，让大脑不工作了，这时候它才能够开始。所以经常说聪明人写不了诗，成不了大诗人，就是这意思。它要涉及混沌的部分，混沌才是更大的诗；清晰的部分都是小的，或者被我们固化的东西，或者说是一种成定理的东西、公共性的语言。诗的语言从哪里来？必须从最内在、原始的部分去发掘。这个过程，尤其是要变成一首诗的过程，你想想，多麻烦啊。我是一个很没有耐心的人，但对于写诗，我是最有耐心的。我画画都没有那么大的耐心，我写小说更没有耐心，两遍就行了。诗歌我可以放十几年，我都不完成，完成不了的。为什么呢？我也不知道。

哈哈，我有病，是吧？这个里面就是有某种宿命的东西。我就是干这个的，我就愿意这样做，没有目的，不是为了什么读者，也没有诗歌以外的东西，我就是为了完成这首诗，想要完成它就得这样做。有可能也完成不了，完成不了就让它完成不了，就是未完成状态。

李章斌：我以前听说你每首诗都要改七十遍？

多　多：哎，那是一个比喻。

李章斌：你自己在写作经历中有没有这样的情况，比如改了之后，反而觉得不好？

多　多：那太经常了。但并不意味着白改了，这些天的工作白费了。你不能心痛这一点，你必须付出劳动。技巧是对虔诚的考验，这也是老话。你说你对诗歌很虔诚，忠实于诗歌，那你就要好好磨炼你的技术，否则就不虔诚。所以……刚才说哪儿来了？

李章斌：就是改七十遍。

多　多：哦。这件事情我就愿意这么干。抽烟，喝酒，摧毁自己的健康，就是这种态度，一点都不后悔，就这么做。熬到夜里几点，像疯了似的投入，然后第二天早晨一看，写的什么东西啊？这种失望、挫折，每天都要经过这个，哪有这么快乐啊？不是说你付出得越多，最后就弄得越好，才不是呢。有的时候就是不经意之间，也不知怎的，哎，这诗我认为就这样了，实际上这种变动很小，最后的一点改变。但是如果你不付出，不走那么多的弯路，你就到达不了这一点。我和别人一样，没什么不同。

李章斌：那一般到了什么时候，碰到什么样的感觉，你会觉得这首诗已经完成了？

多 多：哈哈，就是叶芝说的，他打了个比方，就像一个盒子嘎哒一声，你听到这个声音了，就完成了，一样的。也不知道为什么，就这样了，这样蛮好了，我说服自己了，这样太好了，就这样。或者有的时候，好也罢，歹也罢，它就是这个样子，它完成了。我没有说它多好，但是它就是这样了。当然你还可以把它毁了，把它用到什么地方，都可以。可是毁了，心疼嘛，谁不心疼啊？你好不容易编织出一个东西来，把它砸了，重新来，这个勇气是要鼓励的，但有时也不是说都可以这样。有的时候，不是理性可以完全判断的。

李章斌：我有一个技术上的疑惑，就是说这样一种高强度的反复修改，它也可能导致句与句之间联系比较松散？

多 多：不自然吧，是吧？你要把它做到羚羊挂角无迹可寻，你能写到如此流畅的话，那是千辛万苦才达到的。当然现在我不这么做了，不费那个劲儿了。诗歌，一个年龄一个境界。过去那样的歌唱性，大家都欢迎啊，都说，多多，你现在怎么都写这种东西了？我才不在乎别人怎么说呢。我现在有什么就写什么，直接进入我想要说的。所谓截句也好，这些都是外在的。好几位大诗人，晚年都一样。这些老头子们啊，晚年不再费那种劲儿了，也没有那个力量了，你跟人家比力量？现在写的是人生彻悟，最终的几句话，把它说出来就行了，就是一首诗。这就是我现在写得越来越短的原因，越短我心里越踏实，越高兴。原来都是，啊……（用手比）有这么长，那是你有那个力量，可以这样做。现在觉得自己很傻气，你写那么多干什么？人生啊，不可苛求，你早年的、中期的、晚年的，都是不一样的，它怎么能不变化，只是一个调呢？

李章斌：我感觉50年代出生这些诗人中，你是不多的到现在还不断有新变化的。你怎么看待你和同时代人的关系？

多　多：我根本不管他们，I don't care（我不在乎）。其实在80年代，我们就有一种很自觉的说法——不读同代人的作品。所以现在很多人还要互相嫉妒啦，互相……我没这个，我根本就不看他的东西。这可以避免同质化，我写的就是我的。我读什么呢？我读好的，我不是完全不读同代人的，你好我就读，不好就不读，不在乎他是不是我周围的。我从80年代以后，就和周围那些人没什么交流，你写你的，我写我的。

李章斌：那在整个新诗的发展史中，如果要列出你比较欣赏的三个诗人，你会列谁？

多　多：中国的三个啊？穆旦是一个，这个不用说了。可能第二个就很难说出来了。

李章斌：那第二个算半个呢？

多　多：没有。这个不重要，我根本就不在乎文学史。我和学者的看法不一样，我的阅读也不一样，我喜欢谁，我就读谁。你想想啊，天上有多少颗星星，是不是都要知道每一颗星星的方位以后才能确定自己的位置，然后再开始自己的写作？不可能的。你和谁近，这是天然的，你就喜欢那颗星星，就那几颗，你就属于它们，就这样。然后你就越来越喜欢他们。哎，也不一定，怎么那几颗我也很喜欢。其实人一辈子，大概就是这种情况。

李章斌：关于穆旦，你觉得他真正出色的本质是什么？

多　多：简而言之，就是他写作的现在时态和终极性的共同出场。他有终极性的东西，这是穆旦非常厉害的地方，二十一二岁就有，我选的那两首诗（按：指《春》和《控诉》）都是他二十一二岁时候的作品。这个年龄的人同时具有这两方面，一个是当下的那种紧迫感，直观的、直感的；另外就是他的终极性的寻求，两者密切地编织在一起。在中国诗人里面，像他这样的，我可能还没遇到第二个。比方说，我们说郑敏的《金黄的稻束》，我也给学生们讲了很多次，《金黄的稻束》也很好，但是它和穆旦的作品还是不一样，它思维的痕迹是很强的。当然她思得也很好啊，可深度上跟穆旦不是一个等级的。

李章斌：你刚才说以前选穆旦两首诗来讲，《春》和《控诉》，当时选它们的原因是什么？

多　多：就是直观的，我就喜欢这两首。给学生们选《控诉》时我就在想，选这个干什么？还有就是我选不出第三首，其他的我并不是太感兴趣。那天我粗粗地翻了一下他其他的作品，还是这种感觉。

李章斌：关于《春》，你当时最感兴趣的是什么？

多　多：他的那些东西，奇异的意象，今天也没有几个中国人能写出来。穆旦二十四岁就把这些东西写出来了，确立了，传世了。当然，我们都知道意象主义从西方来的，其实意象是中国早就有的。但是穆旦的意象那种坚实性，还有奇异性，这些啊是很难,他的这两下子是很不容易的,他的手艺是很好的。至于《控诉》就更复杂了,它有深度,对于人性的发掘不露声色。穆旦很厉害的,也不是说他有面具,并不是欧美那一套的东西。他就是用某种极其冷静的一双眼睛在观察,在观察他自己和他的诗歌。就是那种东西很吸引我,所以我觉得他不是单线条的,他是一种和声,他高级。这就是我的基本看法。

李章斌:穆旦与你的诗歌在写法上也有一些共鸣,比如你的《教诲》,也是有另外一双观察的眼睛,好像有第二自我在观察这首诗歌一样。这与穆旦那首诗歌类似,像《控诉》里面说:"谁该负责这样的罪行:/一个平凡的人,里面蕴藏着/无数的暗杀,无数的诞生。"但是在你们刚开始写作的时候,并没有接触穆旦……

多 多:那时候可能听到过穆旦的名字吧,模模糊糊的。我们没有父辈——就是中国现代诗人——没有楷模。当然,徐志摩、戴望舒我们都读过。穆旦呢,《九叶集》的作品我在出国前就读过,没有太深的印象。穆旦这两首诗,是我从国外回来以后上课,必须得给学生发掘教材,这时候才找到了。现在我感兴趣的也只限于这两首诗,第三首还没有找到。

李章斌:那关于《控诉》,你最感兴趣的是什么?

多 多:最感兴趣的就是,他控诉的是谁?我问学生,他在控诉谁?谁在控诉谁?我提这几个问题。那学生都被难住了。他控诉谁呀?他控诉坏人啊,他控诉当时的什么,都有可能。诗里面的一些耗子、汉奸、奸商,很多负面的东西,这些我们都能理解,就是说在"二战"大敌当前的情况下,这些人仍然在发国难财。这好像很简单就把这件事说清楚了。那么，他干吗要费那么大劲儿写呢？在那里没完没了地说。那首诗很长啊，他在说什么？如果继续追问下去，就会发现绝对不是那么简单。那么，最后归结就是他对于人性的控诉，控诉的是人性。我在80年代末读到过英国历史学家汤因比的一个采访，他说，积我六十年之研究历史的经验，对于人的观察，我发现在过去六千年里，人类有一件东西是基本恒定的，就是人性。这句话当时对我很震撼。过去老在读萨特，读存在主义等等，但是从来没有看过这样否定性的看法，说人根本就没变化。什么现代化之类，都是外面的、外表的。人性没有变，和五千年前的人相比没有什么根本变化。经历两次世界大战之后，可以说20世纪是人类历史上最为残酷的世纪，死了多少人啊！所以汤因比是很沉重地在谈这个事，我们没人愿意这样想。那么，穆旦当时就完全清楚了，否则他不可能设置这样的问题，这是我个人的看法。

李章斌：我非常同意你的看法。穆旦的写作，到了今天还保持着和我们的相关性。

多　多：就因为在这里他有终极性的拷问。否则，这样的诗歌就是大敌当前，抗日，然后后头多么好……那样的东西它很快就会过去，不能成为诗歌的本质的内涵。这种题目就这样，会事过境迁的。

李章斌：而且，你有没有想过，穆旦实际上是在很强的精神压力下，包括历史方面的压力、个人的压力下写作，他的语言也在这种压力下变形，爆发。你活在另一个时代，你觉得你自己的作品是否有类似的内在机制,还是……

多　　多：我无法想象我活在另一个时代,我不知道那个我是什么样子……

李章斌：我们现在的历史可能已经跟穆旦那个时代有一定的区别。穆旦他其实经常会把一些历史性的东西放进诗歌里面。这点呢,有人批评,也有人欣赏。我不知道你是怎么看?你自己有没有这样的看法,比如说会更多地涉及一些历史方面的内容……

多　　多：不会。我很爱谈社会,很爱谈历史。但我在诗歌中几乎不提。因为我的出处不是从历史中来的,所以它也不会回到历史上去。

李章斌：就是说,你的写作不是一种现实性的写作。

多　　多：我也不觉得有什么不同,像穆旦的《春》,怎么能够不是现实的?我也是带着现实的,我从来没有回避现实,我要把自己变成一种超现实。我们不可能直接描写现实,如果是那样的话,诗歌也没有意义。我也不是一个玩语言的人。但我的现实,不是那个意义上的现实。怎么说呢?这个词很重要,现实,还有经验。什么是现实的,什么是非现实的?其实我喜欢用存在与非存在来取代这一组关系。存在与非存在,在诗歌中,都是非常重要的。不过人们一谈现实,它就好像非常具体,过于具体,然后它是有规定的,所以我就避开它,不去谈现实,但我还是谈存在。比方说,我们的想象、幻觉、梦,种种妄想、疯狂,以及很多心理上的东西……它们都是一种存在啊,你不能说它不存在,是吧?它们就是现实的,我们现实中有很多种经验,比方说你的思考、感怀等等,我们往往把这些置于所谓的现实之外，那么剩下的什么叫现实？就是过日子吗？就是我们真实发生的事情吗？就那些最无趣的东西吗？这样的话，诗歌怎么能写好？其实幻觉、幻想是最本质的，没有这个，根本就没有诗歌的存在。诗歌从何处来？没有这个，诗歌就没有自由，对吧？现实主义诗歌中那种东西我们受得了吗？诗人创造语言的存在，诗歌就是这么回事。它不等同于那些现实的、真实的、能还原的东西。不是的，它用不着还原；它能还原，就不一定是诗歌了。

李章斌：所以你自己还是注重写作的历史感和现实感，只是它没有以那种直接描述的方式。

多　多：它是由此（按：指现实）出发的，但是它不能只停留在这里。它要去哪儿？我们不能控制。我刚才说了，别把现实规定成一个规范化的东西。这种东西叫现实，那个就不叫现实。我说了，什么都可以称之为现实，什么都可以称为非现实，就是这样。在诗人词典里就这样，这是一种自由。如果你觉得我这说的那个事情有点玄啊，这样别人能不能理解，你这样想你就完了，你就终止了。

李章斌：这当然也是一种写法。但是也有一些诗人喜欢纳入更多的现实因素。

多　多：他们要喜欢纳入现实，他们就只配纳入现实，这就是我的话。他们没有被纳入诗歌，我们要求的是进入诗歌，而不是进入现实。所以（问题）在这儿。

李章斌：所以说，比如说像奥登那样的写作……

多　　多：奥登？那不是我的楷模。

李章斌：所以，实际上你自己有一个诗学体系，但是对于你自己体系之外的诗人你认同吗？你承不承认他们的成就呢？

多　　多：这就是我们之间的不同，我不是学者，你们要对说的话负责的，我不负责。我只对我的写作负责，对吧？所以我没有必要那么公正，那么客观，那么什么都得说得清清楚楚的。我用不着。所以你刚才说的那点，我根本就不关心，我有权利提出我的一些看法，而且称之为偏激，这也未必就叫偏激。什么叫我的？任何东西都是相对的。谁也没有那样的权力垄断一种话语。实际上，今天中午我也跟你谈到了，批评家们有这种权力意识，他以为他可以审判什么了，谁给他的权力？审判别人，审判诗歌，审判穆旦，这让我非常气愤。他们本身对于写作一无所知，然后就敢于这样进行宣判，提供各种指标性的任务，这些都是荒诞无比的。所以我呢，我就不管这些。我只做我感兴趣的事情。

李章斌：我觉得这确实是诗人的特权之一。可能诗人的批评，永远都是独抒己见。艾略特说有两种批评：一种是诗人的批评，他永远都是站在自己的角度上，自己的创造力发生的角度；但还有另外一种批评，就是站在一个旁观者的角度，这可能是两种不同的批评。但是，我们以前也谈过，现在的一些批评家，不管是批评你的诗歌，还是批评其他人的，都是会有那种技术化的倾向，就是抓住某一个点大肆发挥。对此，你有什么看法？

多　　多：随便抓吧，你抓到哪个点，你就算哪个点。

李章斌：但是，因为我自己也写点批评，我感觉他们也有不得不这样做的原因。不能说是合理，而是自有原因。

多　多：什么原因呢？

李章斌：就是说，首先它是现代学院体制的产物，他要让他说的东西言之成理，他要让他的东西自成一说。所以有时候我们写论文，甚至包括我们指导论文，都说可以抓住一点做，不能什么都去写，你只能有所为有所不为。所以这就意味着现在的学术批评，往往都是一种偏见，往往都是片面的判断。我自己也在反思这个问题，在想有没有可能写一种更有包容性的，或者说没那么理性的东西——类似于古代的诗话、词话的文体——它们一直都被理论批评所排斥。我听说你从来不写评论文章，原因是……

多　多：其实就是我没这个能力，我写不出来。如果我能写出来，我很可能也就做了。因为我觉得很费劲儿，我要想写那么点东西，我很费力。我不愿费这劲儿，我愿意把我所有的力量都投到写作中去。当然这是一开始，80年代就明白了，这两者完全是两码事。而且你一旦具有理论性的能力，你的创造力很可能马上就会受到损伤。所以从那以后，我就更加自觉，就是绝对不写。可是并不妨碍我看它们，而且我爱说，说起来是个话痨。谁要想记啊，我就说你别录音，咱们不留证据。我说完了我很高兴，你也很高兴，不就行了吗？干吗非要变成记录下来的东西，给别人去检验，按照理论的东西来挑你的毛病，我不是自找苦吃吗？（笑）我没有这种学术野心的，何必呢？你刚才说的我是这么看的，我并不是反对和抵制学术理论，我只是抵制低劣的理论，我非常赞誉伟大的诗歌理论，西方有好几个，我都非常佩服的。但是，即便是他们，我也仍然觉得他们虽然具有理论本身的价值、批评本身的价值、解释本身的价值，但绝不能指导我的写作。我从来不会去按照艾略特的什么理论去写作，不可能的，你想那样也做不到。我举个例子，美国有个批评家叫威尔逊，在20世纪初写《阿克瑟尔的城堡》的时候，瓦雷里也写了很多诗歌理论的文章。我很喜欢瓦雷里的诗歌理论，但是威尔逊就说，他完全就是假理论，他没有任何理论能力，瓦雷里算什么？到了今天了，我个人认为啊，威尔逊算什么？瓦雷里是谁？这个地位对比太明显了。后来我看到谁在评论瓦雷里时讲到，瓦雷里所写的根本就不是理性，所以威尔逊批评错了，它不是一个学术理性的东西，它是超理性的，如此而已。威尔逊没有超理性的能力，我可以这样说吧。对于美国的什么布鲁姆之类，我都不喜欢。英美的这一套诗歌理论，我都是反感的，我也可以公开地这样说，我对他们一点都不感兴趣。

李章斌：反感的原因是什么？

多　多：反感的原因就是他们无趣，最简单，没意思。而瓦雷里的理论，你读一读本身就多好啊，是不是？别拿它非要当现实的、真实的东西，英国人就那么现实，美国人更是这种思维，和我们都有关联。我们跟法国人、意大利不一样。当然每个人都有自己的选择嘛，是吧？我们没必要变成同一种人，要有自己的个性和选择，这就可以了，不是说谁对谁不对，不是说谁是谁非，而是要百花齐放。

李章斌：所以，比如说像美国的阿什贝利这样的诗人，你怎么看？

多　　多：我可欣赏阿什贝利了。在 2000 年的时候，我第一次读到马永波翻的阿什贝利的《凸面镜中的自画像》，我感到非常震撼，太厉害了，他那首诗确实是非常非常棒。当然，后来在读了那三本诗集以后，觉得每首诗都差不多了，当然会减色。但无论如何，这个人的能量、能力太厉害了。当然，他是属于那种解构以后的诗歌。

李章斌：我感觉他的写法和保罗·策兰、勒内·夏尔有点区别，所以你欣赏的也未必都是自己的路线上的诗人，是吗？

多　　多：我欣赏什么，推崇什么，和我自己的写作不是一回事。我们推崇什么那可能是个人修养问题。个人修养取代不了创造力，创作仍然是不可模仿的，它有偶然性，没有什么必然的。但是修养也要提高，我们都要去学习，要读书，这是极其重要的。可是这种东西就能决定你会写出什么东西吗？不是那么回事，无法规定。

李章斌：我们以前也谈过，当下青年一代的写作可能有一种纯语言的倾向，你怎么看？

多　　多：我根本就不认为他们进入了纯语言，他们根本没有能力进入那个境界。纯诗，那是不得了的东西。瓦雷里他们推崇的是纯诗，纯诗是非常高级的。而且，坦率地讲，没有什么纯诗，谁都做不到纯诗。你做一做就知道了，你达不到。所以说，为什么很多人把现实抬得那么高啊？还要把它固化，提倡现实主题，这个就"走成一顺儿"了，没有张力了。

李章斌：我记得安德烈·纪德批评过像瓦雷里等象征主义诗人，说他们只提出一种新的美学，而没有提出一种新的道德。你怎么看？

多　多：我还是这么个看法。诗歌、艺术要超越道德，不能用人间的、社会的、生活的、现实的、道德的东西来审判艺术和诗歌。因为诗歌有什么罪过？它伤害了谁了？它就是创造了语言的存在。你如果不把它还原的话，你就必须得容忍这个，无论它激烈、偏激到什么程度，这在西方是公理性的，不应当因此而去谴责什么。当然啦，我们也知道仍然是有界线的。但是不可以用狭隘的道德来审判……

李章斌：就是说你理解的道德，是一种道德律条，可能也有别的理解……

多　多：你说的道德是什么样的？

李章斌：我理解的道德感是一种对于人和人关系的充分的、宽容的理解，并不是作为一种审判的方式。因为简单地把人性理解为恶，可能对人的观察还是会简化。我的意思是，有没有这种可能性，就是道德因素进入诗歌，或许可以丰富诗歌的表现内容？

多　多：我不同意。诗歌就是诗歌，不要连带那么多。你连带那么多，就没办法往下走，最后等同于生活。诗歌不能等同于生活。有一些诗人也是在写（道德），是吗？像西莫斯·希尼、米沃什都属于这类的，很仁慈的，很道德的。这也是诗歌的不同种类吧，怎样写都是可以的。但是，像策兰的诗歌，这样的所谓的道德在哪儿？他本人的生活、家庭都完全被这些东西摧毁了，他怎么可能还这样写作？没那个处境，你说的是不一样的，发掘点也不一样，深层的所谓潜能也不一样。所以没有什么统一的东西。但是，用善与恶来限定诗歌，我是不同意的，过于弱化了。这样其实对诗歌很危险的，最后就是让我们陷入某种禁忌，弱化我们的本能。还有你刚才讲到的人与人关系的道德性的问题，我并不是说我们要突破这些，要大肆书写恶。而是，比如说爱与恨，你能拆开吗？表面上书写的是对于人的恨，它们本质上也可以排列一起嘛，否则就没有这个词。我还是觉得我们头脑中的律法太强了，这也是这个时代的精神特征。你要看 20 世纪初的超现实主义诗人，他们有什么禁忌？如果有那样的禁忌，怎么会出现那么伟大的作品？不可能的。

陈黎

哪一位诗人不想当『玩童』

陈黎

诗人陈黎1954年生于台湾花莲，20世纪70年代开始写诗。长达四十余年的创作生涯里，他在台湾地区出版的诗集包括《庙前》《动物摇篮曲》《小丑毕费的恋歌》《家庭之旅》《小宇宙：现代俳句100首》《岛屿边缘》《猫对镜》《苦恼与自由的平均律》等十四部。

2015年，我在台湾花莲参加"杨牧文学研究会"时，又见陈黎老师。他热情相赠《轻/慢》《陈黎诗集Ⅰ》《陈黎诗集Ⅱ》《陈黎诗集Ⅲ》《跨世纪诗选》《想象花莲》等多部诗集、散文集。会议期间，夜间无事，便待在房间读诗。作为大陆的诗歌研究者之一，在阅读这些诗集之前，对这位诗人的印象无例外地流于刻板化，即《腹语课》《战争交响曲》《不卷舌运动》等音像诗呈现出的明显的语言游戏。事实上，陈黎确实追求"新奇"，这大概与台湾现代主义诗歌运动的整体努力方向有关。但求新求奇，并不意味着一切尝试都指向语言本体。他聚焦于汉语迸发出的奇思妙想，同样展现出无所不能入诗的奇特景观。无论是城市街道、历史古迹、宗教文明、神话故事、日常生活，还是工具书、旅游志、新闻报道、音乐戏剧、语言文字，都可以成为他写作的对象。因为熟悉多国、多地区的语言，接触不同类型的音乐，又深受不同诗歌前辈的影响，他的诗歌似乎别有洞天，语词与语词、诗行与诗行、标点与标点之间总能织补出新的曲式和音调。我在惊异于他对语言文字的灵敏、对音乐形式的自律之外，更为他持之以恒的"尝试心"所折服。

撇开研究者的身份而作为普通读者，在我看来，陈黎诗歌的动人之处就在于——"从一颗心荒废的杏核里重新回味"——每一寸疼痛的光阴都能够激荡出新的生命力:"牙痛与新月一夜阵阵增辉/老妪枯指下少女的琴音流泻/病后的宇宙坍塌,绿豆稀饭上/一点点细砂糖:足够甜蜜。"这是衰朽与狂喜、苦涩与甘甜的交响乐。2011年他患有手疾,牵及脚伤、心忧和视衰,他几乎不能用电脑创作。在病痛中,那些文字拼图好像高度兴奋的化学分子,互相缠绕、结合又分离,总是在他的头脑里活跃。语言文字形式结出的奇异果实,制造出独特的声音效果,渗透于他的日常生活与精神世界,既是朝夕相伴的快乐精灵,也是苦难疾病之河里抓住的一根稻草,将他送往生命的伊甸园。

对大陆读者而言,因为翻译聂鲁达、辛波斯卡等,陈黎的译者身份被普遍接受。但作为诗人,却刚刚进入他们的视线。这些年,我所接触到的诗人陈黎,思维高度运转,走路行色匆忙,穿着人字拖参加各类诗歌活动。看似不拘小节,但对文字的"计较"却令人发指。《蓝色一百击》《小宇宙》《跨世纪诗选》等诗集相继在大陆出版,想必读者会逐渐理解他为何会说:"哪一位诗人不想当'玩童'?"那其中"玩"的深意,绝不仅限于语言游戏。我想,他是玩出了"新诗界"。

翟月琴:您的母亲通客家话。父母都讲闽南语,日常交流以日语为主。在台湾师大读外文系时,第二外语又是西班牙语。多种语言的生活和学习背景,为您日后的写作带来了什么影响?

陈 黎:中文(普通话)、闽南语、客家话、日语是我从小在台湾日常生活里,经常说或听到的语言,加上耳边有时流转的阿美族和泰雅族朋友的原住民语,自己求学时所习的英语和西班牙语——多语喧哗的情境,的确让我在写作时,自觉或不自觉地挪用中文以外其他语言的某些语汇,增加自己文字的趣味,或者帮助自己跳脱习惯的思路,迸出一些较鲜活的想象。

翟月琴：请问什么样的训练或成长背景对您的文化心灵影响最大？

陈　黎：在台北读师范大学英语系时，我透过原文或翻译，开始阅读许多外国诗人的诗作，包括叶芝（Yeats）、艾略特（Eliot）、罗宾逊（E. A. Robinson）、惠特曼（Whitman）、金斯堡（Ginsberg）、史蒂文斯（Stevens）、里尔克（Rilke）、波德莱尔（Baudelaire）、兰波（Rimbaud）……以及某些日本俳句诗人。身为英语系学生，我像台湾很多作者一样，受到西方文学的影响。譬如罗宾逊，他诗中的悲悯情怀，激发我创作了一些以小人物为主轴的诗作；譬如艾略特，他的诗作《荒原》（*The Waste Land*）对于20世纪文学有十分深远的影响，艾略特带着批判和怀疑的眼光审视西方文明社会，以"荒原"象征战后文明表层下枯竭的精神层面，进而探索救赎的可能。我想我在诗集《庙前》里有一些作品多少受到了他的启发，譬如说《旱道》。艾略特的诗作激发我于1974年2月写下《旱道》这首诗。"旱道"两字一如"荒原"，用以指涉生命的平原的贫瘠干旱。我在诗前引用了艾略特另一首诗《普罗弗洛克的情歌》（"The Love Song of J. Alfred Prufrock"）的诗句："We have lingered in the chambers of the sea / By sea-girls wreathed with seaweed red and brown / Till human voices wake us, and we drown."（穆旦译：我们留连于大海的宫室，/被海妖以红的和棕的海草装饰，/一旦被人声唤醒，我们就淹死。）这首诗写的是一个人要跟女朋友见面，心中却老是被其他想做的事情盘踞，艾略特想借诗中人缺乏成熟的行动力，影射现代人行动能力的分崩离析，经常被心中所想象的事物所绑架，因为生命一片干旱，海中美丽的女妖听到人声便会散去，如同海市蜃楼一般，海中美景转眼便成虚幻，溺毙在想象的荒原中。艾略特诗中的意象对我有所启发，我当时也企图借由花莲这样的介于山海之间、富于母性的湿润的空间，去反衬孤寂荒谬的都会生活。又譬如金斯堡，他那首1959年写成，火箭似的投射出来，长句、无标点，开放形式的《怒吼》①（"Howl"），触发我在1975年写出《李尔王》这首诗。

我在大学时代强烈地受到现代主义的影响，阅读蛮多的西方文学作品，受到西方文学想象的熏陶；大学毕业之后，我试着通过英语和西班牙语翻译西方作品。我在写作诗集《动物摇篮曲》（1980）前后就注意到拉丁美洲文学，并且开始做译介的工作。大学毕业后我和我太太张芬龄一起翻译了许多外国诗人的诗作，例如拉金（Philip Larkin）、休斯（Ted Hughes）、普拉斯（Sylvia Plath）、希尼（Seamus Heaney）、沙克丝（Nelly Sachs）、巴列霍（César Vallejo）、聂鲁达（Pablo Neruda）、帕斯（Octavio Paz）、辛波斯卡（Wislawa Szymborska）——他们都影响了我。其中，聂鲁达的影响似乎更明显，因为我们至少译了四册他的诗集或诗选。

高中时我就喜欢听音乐，作曲家如巴托克（Bartok）、德彪西（Debussy），很早就影响启发了我。后来，韦伯恩（Webern）、雅纳契克（Janacek）、梅湘（Messiaen）、贝里欧（Berio）……也成为我的最爱。上了大学后，从画册里我接触了许多立体主义、超现实主义、表现主义、抽象表现主义等画家的画作（譬如毕加索[Picasso]、布拉克[Braque]、达利[Dali]、马格利特[Magritte]、恩索尔[Ensor]、柯科西卡[Kokoschka]），他们也影响了我的美学经验。大学时图书馆管理员送我一本过期的《芝加哥评

---

① 简体字版译为《嚎叫》。——编者注

论》——1967年9月出版的"图像诗专号"——让我印象深刻,对我后来创作图像诗或许有些影响。

翟月琴: 长久居住在花莲这一非都会区,您如何认知世界?

陈　黎: 对我来讲,大胆/保守、通俗/前卫,岛屿/世界,似乎都是一线之隔。有人说我大胆,但其实我是保守的,从小到大读书循规蹈矩,名列前茅。有人看我下笔很快,创作加上翻译,作品近五十本,似乎活力充沛,不受拘束,其实我成篇很慢,一改再改,一想再想。但为什么我说自己不是大胆的人呢?因为我的举止、思想,从小就被书上读到的那些古圣先贤格式化了。孟子说:"说大人,则藐之。"又说:"舜何人也,予何人也,有为者亦若是。"或者"自反而缩,虽千万人吾往矣。"这些话非常潇洒,充满浩然之气,就像竹林七贤的行径,从小就影响我。七贤把天地放在内裤中,胸襟十分开阔。所以我不是大胆,而是向前人学习而来的。到过我家的人会以为我开录像带出租店,因为我有好几千片CD及DVD,听这些片子、看这些片子的时间都不够了,怎么还有时间出远门?我经常想人生有限,可以做些什么事,所以我用我自己的方式,在岛屿边缘花莲阅读、写作、翻译,俯仰宇宙,自得其乐。

翟月琴: 您的《腹语课》《战争交响曲》和《不卷舌运动》是读者最熟悉的诗篇。因为语词环绕出的图像和音响效果,甚至被贴上"陈黎体"的标签。焦桐称您的诗为"前卫诗的形式游戏",孟樊又谈到您诗歌的"语音游戏"。您擅长书写图像诗,对文字游戏情有独钟。或许诗歌本身就是一种游戏,您从中获得了思维的乐趣?

陈　　黎：从小，很多人说我是"顽童"；长大了，还是很多人这样说。但我觉得每个人终其一生，体内都住着一位"顽童"或"玩童"，特别是每一位诗人。古往今来，哪一位诗人不想当"玩童"，不想玩文字的游戏、声音的游戏、形式的游戏？从杜甫、李贺到杜牧、杨牧……每个诗人都是。古代诗人有格律当麻将桌，小小的空间里翻牌、组牌，千变万化，玩得真容易，真惬意，真凶，真耽溺！现代诗人也一样不用客气——中文字视觉、听觉的巧妙怎么可能被玩尽？没有固定格律的现代诗，每一首都可能自成一格律，都可能是异于其余的独一无二的"玩具"。2018年这一年我意外完成一件事，大量阅读了两位日本俳句大师芭蕉与一茶之作，各自选译了约三百五十首，以《但愿呼我的名为旅人：松尾芭蕉俳句300》和《这世界如露水般短暂：小林一茶俳句300》之名结集成书。在翻译过程中我惊讶地体悟到，这两位深受陶渊明、李白、杜甫、白居易以降中国诗影响的日本古典诗人，从头到尾都是不悔、不改的文字游戏的高手——把玩声音、意象，翻转可能的形式，逍遥、乐于其中，无殊于任何一个时代或国度的诗人。他们十七音节的俳句中也有许多汉字，他们毫不客气地把玩这些汉字，绝不逊于以汉语为母语的诗人。好几次，半夜，读译他们的诗，我在电脑键盘前罢手长叹："啊，那不就是不断想在既定的文字（或非文字）间，玩出新东西来的我自己吗？"

翟月琴：您常集合一些怪字，是对当代文字沟通的嘲讽吗？或是揭示一种新的沟通语境？

陈　　黎：以我1994年诗《腹语课》、2004年诗《情诗》为例说明之：

《腹语课》

恶勿物务误悟鎢坞骛鹜恶呦薀瓢痦逜垭芴
軏朳婺鹙垩汅连逻鋈矾矹阢軏焐虺焥扤屼
（我是温柔的……）
屼扤焥虺焐軏阢矹矾鋈逻连汅垩鹙婺朳軏
芴垭逜痦瓢薀呦恶鹜骛坞鎢悟误务物勿恶
（我是温柔的……）

恶饿俄鄂厄遏锷扼鳄薢馂崿蛾搹圔軶貏貌
颚呃愕罍輀陃鹗垩谔蚅砐砨櫮鑩屻堮柅腭
萼咢哑崿搤峉阏頞堨堨頞阏峉搤崿哑咢萼
腭柅堮屻鑩櫮砨砐蚅谔垩鹗陃輀罍愕呃颚
貌貏軶圔搹蛾崿馂薢鳄扼锷遏厄鄂俄饿（
而且善良……）

　　此诗集合了电脑里所有"恶"（wù）音与"恶"（è）音的汉字，灵感来自中文电脑的注音输入法——只须敲入一个注音符号，所有的同音字全部出列，初读时或许会让人以为只是文字游戏。第一、二行将三十六个不同的"wù"音字聚合在一起，和第四、五行是颠倒对称的。这一长串大量列出的字群，只在中间被加了括号以不同字体印出的"我是温柔的……"打断。第二诗节出现了四十四个读音为"è"的字。和第一诗节相仿，两组文字也是颠倒对称的。第十二行加了括号以不同字体印出，和第三、第六行的片断字句，恰好组成一个完整的句子——"我是温柔的……我是温柔的……而且善良……"

　　就语义结构来看，两个诗节的第一字是同一个字，发音

（"wù"和"è"）和意义（"厌恶"和"邪恶"）却不相同。不过，这两个字都具有负面的含义。它们和括号内的字——"温柔的"和"善良的"——形成明显的对比。

这首诗为何名为《腹语课》？就第一层字面意思而言，此诗显示了一个初习腹语术者的困顿：他只能一次吐一个令人不解的单音。他仿佛口吃般，想说"'我'是温柔的"，却只能吐出"wù"的音；他想要说"'而'且善良"，却只能吐出"è"的音。而"无声母的入声字"准确地戏仿叙述者的木讷、吞咽，也营造出抑郁的气氛，因此就另一层面而言，诗人可能有意借腹语术的意念，点出人与人之间沟通的盲点和局限，一如诗中的腹语学习者虽然努力想表达一个柔性、美善的意念（也许是向爱人表白），吐出的却是一大堆恶行恶状的字眼，因此实际传递出的，只是一些隐含邪恶的声音（极可能产生截然相反的效果，让对方误会，甚至退避三舍）。

因此，从隐喻的层面来看，"wù"字和"è"字与括号内的句子之间的意义的落差，正暗示出表象与真实、外在形式与内在本质、"眼睛所见"与"耳朵所闻"之间的差距和矛盾，也触及"面恶心善"或"爱你在心口难开"的普遍主题，和20世纪90年代赵传所唱流行歌曲《我很丑可是我很温柔》以及迪士尼动画《美女与野兽》互相呼应。

《情诗》

赇蛯旰，宅岁奎柸
极笺蛆程挟蚁赵，眹
岆玲达衮苤。茼蚾

皴窨彶衸刉俴岳衺眫

　　陃忼硌砐挾欤赽妑
　　挵胞剒皴砐扢：
　　枩埏，呇呇，俴俱
　　痀陓呻洼覀郏枂——

　　聊昳，歺眺怷虸秖
　　（珤恸肒圄肮夲）
　　眅囦洓筤氿扲，眣赻
　　狟菨蚼朼芶鄄圲寀抳

　　夭夭籵毟毟，覀覀吽
　　屾屾。猁岍，瓴萦
	迵歀旮渼釴囵。殊伙
　　寀耗逌，屠崒庈……

　　这首诗仿佛是电脑上出现的乱码，由一般字典上查不到的废字或罕用字所组成。有趣的是：作者还煞有介事地加上标点，仿佛整首诗是有意义的，正认真地在传递某种讯息。理论上，这是一首无法朗读的诗，但是它也可能是一首有无数种朗读方式的诗——朗读者得自行发明语言，如电影《魔戒》里精灵国的语言，或如乩童起乩时喃喃道出的无法辨识的另一个世界的话语。既然情人眼里可以出西施，那么，情人眼里、耳里当然也可能出情诗。

　　读法一：诗人借此诗隐喻情人间的密码和默契，不是旁人可用世俗的、通俗的、传统的方式去解读的。

读法二：此诗嘲讽所谓的"情诗"往往是一堆屁话，无意义的废话。诗人借此对文字的霸权进行颠覆、挑战或挑衅，对情诗传统提出质疑。

翟月琴：1993 年，您开始用电脑写诗。这与过去的手写文字相比，有什么差别？

陈　黎：使用电脑写诗与先前用手写字相较，我的审美观应该没什么大改变，但随着创作工具由笔转成键盘，日日面对 WORD 文件或网页浏览器上，剪下、复制、贴上等图示，以及工具栏、插入列、格式栏里种种电脑便利书写辅助物的我们，创作方法自然会有所改变。我大约 1993 年前后开始使用电脑写作，从 1993 年 1 月写的《为怀旧的虚无主义者而设的贩卖机》开始，可以找到许多明显受到电脑写作影响的诗例。譬如 1994 年的《一首因爱困在输入时按错键的情诗》《腹语课》，1995 年的《举重课》《战争交响曲》《三首寻找作曲家/演唱家的诗》《不卷舌运动》、1998 年的《红豆物语》《巴洛克》《小城》《为两台电风扇的轮旋曲》《有音乐，火车和楷体字的风景》、2000 年的《消防队长梦中的埃及风景照》《孤独昆虫学家的早餐桌巾》《在我们生活的角落》、2001 年的《迷蝶记》、2002 年的《世界杯，二〇〇二》、2003 年的《天下郡国害病书》、2004 年的《情诗》《硬欧语系》《阿房宫》《简单的诗》《连载小说：黄巢杀人八百万》、2005 年至 2006 年《小宇宙 II》里的某些诗、2006 年的《一首容易读的难诗》《慢板》、2007 年的《隐私诗》、2008 年的《国家》《一〇一大楼上的千（里）目》《噢，宝贝》《寂静，这条黑犬之吠》《秒》《白》《长日将尽》《唐诗俳句》《白 No. 2》……这些诗主要是因为习惯用 WORD 文件书写后得到的刺激。但另有一些诗是受到上网浏览、搜寻这些日常行为影响迸发出的，譬如《双城记》一诗里一大堆我全然不熟悉的化妆品、服饰品牌、商家名号等等，是从岛上某家大百货公司网页复制过来的。自然，有些影响并不见得那么外在、直接，而是比较幽微，或说已内化成为思考模式的一部分。我记得有些诗的写作，常常是上网"抓"或"复制"一些材料，而后很快"围堵"出一首诗，或诗的雏形。另外，电脑书写易于修改、复制、搬动，精确计算、安排字数行数，都有助于写作者试验、探触新可能。我近几年写出的呈现台湾岛形状的《十八摸》、呈现台湾一百零一层最高大楼的《台北101》，以及《玫瑰圣母堂》《金阁寺》《一百击》《与AlphaGo对弈》等都是新例。

翟月琴：电脑技术一度令诗遭遇危机，有些人以为，复制、粘贴、删除似乎就可以任意拼贴出一首诗。在您看来，诗与非诗的界限是什么？

陈　黎：我比较不在意在口头或理论上争辩什么诗与非诗、艺术与非艺术的界限。就让创作者与读者/观者，面对真真实实迸现在眼前的作品去论证吧。行动永远比雄辩有力！从小起，做一个读者、学习者，我一直是这么感觉的。

翟月琴：2012年，您患手疾和脚伤期间还坚持写作。这段时间，您仍离不开语言文字，尝试圈字游戏，完成了不少有趣的诗篇。甜蜜和痛苦交错相生，似乎是您诗歌的主要情绪基调。时隔七年，再回忆这段苦乐参半的时光，您的写作方向是否因此而发生了些许的变化？

陈　黎：2012年因手疾、脚伤，不断看诊，吃精神科药，一整年困顿后幸存的我，居然惊觉老天以如此（不）仁慈的方式让我收获了一些东西。我的写作因之而获得的变化，具体言之有二。一是对生死的体悟更阔、更深些，写作诗集《轻/慢》（2009）以来自己"口头"标榜、企求的轻/慢风格，终于有一点内化而形于外，诗集《朝/圣》（2013）中的《五季——十三行集》那五十六首十三行诗即是明证，诗集《蓝色一百击》（2017）中的《蓝色一百击》《晚课两题》《无言歌》《风景No. 3》等诗也是。二是没想到让至2012年止三十七年间（1974—2011）已写作、出版了十一本诗集，以为已穷尽书写方式的我，还能柳暗花明、峰回路转地在过去这六年间（2012—2017），痛快、大胆地迸生出《妖/冶》《朝/圣》《岛/国》《蓝色一百击》这四本诗集，且一再在内心里告诉自己："他们说的下笔有鬼神，真的不假……"像组诗《十二朝》《十二圣》《五季——十三行集》、图像诗《一块方形糕》《五环》《台北101》、融古诗与现代诗于一炉的长篇异作《蓝色一百击》等，都是先前未料到能这么快速、新奇、"有型"地创构出的。诗集《妖/冶》（2012）里那些圈组前人或自己既有之作而成的"再生诗"，则让我重新体会超现实主义或达达主义式的"自动写作"或"半自动写作"，并且再次领悟到所谓格律、节制、规范等等，也可能变成让写作者得以大胆跳跃、飞腾的想象的跳板，格律不是给诗人限制，反而提供他们一个大胆、超乎寻常的选字、写作的新可能。对于这些，我要说"感谢诗神"。

翟月琴：您写的《唐诗俳句》就是圈字而得。您擅长写各个朝代，还重新编排古典诗词。您觉得中国古典文学对您有何影响？古典与现代的关系是什么？如何以现代的眼光重写古典诗？记得您的一首诗《新古典》，写着"告诉大家一个复古翻新/资源回收运动开始了"。

陈　黎：少年以来阅读的中国古典文学作品，对于以中文创作的我自然很有影响。乐府诗简单而大胆，狂野又细腻，朴拙然而热情，对我诗歌的个性有定调之功，一如巴托克的音乐。陶渊明的作品影响我创作或生命的情调，一如小林一茶这样的俳句作者。楚辞给我惊奇，元曲教我糅杂雅俗、文白、华"夷"、粗细。唐诗如李白、杜甫，教我诗的技艺；李商隐、李贺亦教我诗的技艺。"江西派"宋诗黄庭坚、陈无己等"点铁成金""夺胎换骨"精神，在某些方面和我的创作理念是相通的。对汉字的敬意，近年来则开启了我某些新尝试。

在诗集《苦恼与自由的平均律》（2005）的后记里，我说："这本诗集的写作……许多诗是传统声音或形貌的翻转或更新……宋朝周邦彦以'六丑'为题，以绝美难唱之声调写蔷薇谢后，意念之新颖，让人印象深刻。我也效颦写了一首《六丑》，并且在其他一些诗里适当探索丑的美学……我也试验了一些声音诗，或者融合了视觉与听觉效果的诗作。如果说《硬欧语系》是一首以硬'欧'［ou］音写成，带着某些极简主义以及某些达达或超现实主义机会或自动书写趣味的诗作，那么《阿房宫》则是一首紧密结合了形状与声音要求的诗作……"《阿房宫》，是一座注音符号"ㄚ"（音"阿"［"ɑ"］）形的大厦，全诗每字都含"ㄚ"这个音，以声音建筑诗。相对地，我还尝试以"视觉押韵"，在诗集《我/城》（2011）中写过一首《达达》——全诗充满"辶"部的字，借"字形"节制、调制诗的韵律，追求一种"视觉的音乐性"。

诗集《苦恼与自由的平均律》里的《六丑》《世纪末读黄庭坚》《添字〈添字采桑子〉——改造李清照》《木鱼书》等诗,可说是中国文学某些大小传统的翻转或改造。《木鱼书》挪用了广东说唱文学《客途秋恨》。《添字〈添字采桑子〉》改造了李清照的词,将她的《添字采桑子》又添了几个字,让12世纪的李清照来到21世纪,抛掉那些隔靴搔痒的闺房怨叹,把伤感的芭蕉叶变成情趣用品,大胆抒发自己的情欲。诗集《轻/慢》里,隐唐诗之字而成的《唐诗俳句》十二首,将唐诗"现代诗化"或"现代俳句化",也是类似的尝试。我从一首唐诗中依序选若干字组成一首"现代俳句",其中第六首化李白《静夜思》为"床是故乡"四个字,第十二首用一条表示对调字词的校对符号(S形的线),将孟郊《游子吟》变成非常当代的"慈母游子线上密密言"(线上即"在线"之义)——既是一首现代俳句,又是一首图像诗——那条S形线刚好从原诗中慈母"手中"穿引到游子"身"上:

　　　　慈母手中线，游子身上衣，
　　　　临行密密缝，意恐迟迟归，
　　　　谁言寸草心，报得三春晖。

在《轻/慢》后记里我说:"辑二'隐字诗'可能是喜欢买字典、喜欢给学生猜谜的我,积累多年进出的恋(汉)字癖并发病……这本诗集里的诗其实很多是无法外译的(譬如辑二里那些诗),部分因为从诗集《苦恼与自由的平均律》以来,我尝试在诗中挖掘中文字特性或中文性(Chineseness)所致。"此处所谓"挖掘中文字特性或中文性(Chineseness)"究竟何指?《苦恼与自由的平均律》里《硬欧语系》《阿房宫》两首

"声音诗",可以说是对中国传统诗"押韵"或"平仄设计"意义的考掘或呼应,我发现古典诗人苦心孤诣找字押韵或切合平仄,其实不是用字的束缚、限制,反而是一种解放或跳跃,甚至带着一些20世纪"自动写作"的喜剧效果。本来依照日常一般书写、表达习惯,绝不会用到某些字,但为了满足押韵或平仄所需,翻遍辞书,迸出了大出意外或异想天开的奇字,如是造成想象力意外的飞跃。《硬欧语系》一诗,如果不是为了符合"硬'欧'(ou)音"(四声、三声或轻声的"ou"音)之要求,我是不可能创造出"肘媾"这种新型的"交合姿态"或者让"觳鹀鹫狃狖鼬"这些怪兽出场的:

受够喽,柩后守候。
狩六兽(觳鹀鹫狃狖鼬)
昼媾宿媾,白朽垢臭后
又购幼兽,诱口媾肘媾
逅荳蔻,授鞣酎
抖擞漏斗,又吼又咒
斗九昼又九宿,胄锈斗瘦
蚓漏透。就冇喽

够糗谬,酒后秀逗
丑陋露
旧漏斗,寿骤漏
有救否?

这样的文字或诗的趣味是中文所特有的，一如只有中文才能在《阿房宫》一诗里同时让那些字在视觉上满足"丫"此一造型、图像的要求，又在听觉上满足押"丫"音的要求。《轻/慢》辑二"隐字诗"里，那些《字俳》《废字俳》，那些图像诗，都是对这种中文特性的开发。

翟月琴：您曾说您《轻/慢》里的《荼蘼姿态》一诗有特殊韵律，能否说明之？

陈　黎：在若干诗里，我实验某种诗的形式或风格。唐代称五言、七言绝句和律诗为"近体诗"，乃当时之"现代诗"（modern poetry）。我仿古代格律诗对于每行字数的限制，发展出我自己"有规律的自由诗型"，姑称为"X（±1）言诗"：每行诗句（包含标点在内）的字数是规律的（即字数相同），只在某些诗行做"误差为正负一个字"（多一字或少一字）的变化，这些诗行又往往连结成块状。我企图以古典格式进行前卫思考；我回归古代，寻找后现代。诗集《岛屿边缘》（1995）里的《牡鹿》《奥林匹克风》《小城》《听雨写字》《齿轮经》、诗集《猫对镜》（1999）里的《巴洛克》《音乐》《有两个梦的气象报告》《电情报》《快速机器上的短暂旅行》《猫对镜》《留伞调》《十四行（十首）》《白鹿四叠》、诗集《苦恼与自由的平均律》里的《苦恼与自由的平均律》《车过木瓜溪》《在白杨瀑布》《世纪末读黄庭坚》《我怎样替中文版花花公子写作爱的十四行诗》《情诗》《春歌》《冬日旅店梦中得诗》、诗集《轻/慢》里的《慢板》《荼蘼姿态》《唐朝来的墓志铭》《慢陀螺》《回陈黎email》《海滨涛声》等诗，都属此类实验的产物。

　　以固定的格式或模式表达时，"破例"或"破格"之处

（拗处，或罗兰·巴特所谓的"刺点"），往往是"诗眼"所在。以《荼蘼姿态》为例：此诗基本上是一首长达五十行的"九言诗"（每行九个字），第三、十七、三十二、五十行为十个字，凸出的四处分别是"了""？""梦"和"……"："了"（"结束"之义）点出"荼蘼"所隐含的幽微、悲伤的生命本质；"？"暗示对此种生命本质的困惑、质疑或不愿妥协；"梦"是人类在现实生活中可能逾越框架的美好时刻；诗结尾处的破折号"……"之后本来应该再加上一个"下引号"，全诗才算完整。我刻意省略"下引号"，借此赋予此诗开放的结尾，暗喻局限人生仍有可塑之处。虽说开到荼蘼花事了，人生岂可在愤恨无奈开骂之后就此认命？我以逆向文字造句（将"去他妈的人生"改成"来他妈的花生"）开启逆向思考的可能，并且回归文字源头，让"意符"（the signifier）凌驾于"意旨"（the signified）之上，将"真烂的花生"刻意曲解为"真灿烂的花的一生"，歪打正着地点出看待生命的另类态度。

再以1995年所写的《小城》为例。此诗为"十三（±1）言诗"（每行十三个字，有些地方为十二或十四字），以规则如棋盘的格式呼应滨海小城少有波动的规律生活形态（"像唱针在唱片上循轨演奏"）。"破例"之处出现于第一节最后一行：十五个字。"啊，洄澜！"一句的惊叹号仿佛"溢出棋盘外的生命波浪"，为周而复始的现实生活带来"低限而灿烂"的小小波动。第二节重复出现的"啊，洄澜！"，在形式上就像溢出的浪花"在最高处坠毁"，随后住在小城的人们又回归规则如棋盘、反复如唱盘的生活作息。节制但适当的诗型有时可以更有效、更有趣地协助诗人呈现或呼应内容。

翟月琴：您的读者能理解您写《轻/慢》的用心吗？有没有遭到文字游戏（贬义）的质疑？如果有，您如何告诉他们如何区别两者？

陈　黎：作为一个以中文写作，特别是写诗的人，我觉得中文由于其象形字、单音字、一音多字（中文有很多同音字）、一字多义、谐音等特性，有许多其他语言中没有的趣味。而使用繁体字书写的中文诗，转成简体字后，某些趣味也许就流失掉了。所以，我感觉，在台湾的我书写的中文或中文诗，绝对具有一种其他语言，或其他地方的中文使用者所无的趣味。

《轻/慢》的辑二"隐字诗"收录有九十多首以一个"字"或一个字的"部分笔画"为题的诗作，可视为我"积累多年进出的恋（汉）字癖并发病"。我始终觉得最初造字的人是巫师、乩童，人与天之间的媒介，现在解字、写诗的我们也是巫师、乩童，在没有诗的地方找诗，重审汉字，在平常的地方挖掘不平常。一个小小的汉字常常就是宇宙或部分宇宙的缩影。譬如，写《蝶梦》这首诗时，我发现，一个"蝶"字就是一本生物课本。

这些"字俳"的写作时间和发想过程或许快速而随性，但我仍以一贯认真的态度看待这些创作——它们是严肃的文字游戏。时而望文生义，目的在于松开惯性的认知枷锁，颠覆僵化的传统意义，拆解文字之后，再加以重组新意，期盼读者随作者"以陌生的眼光去看待熟悉的事物"；时而以不同趣味（带点情节或童趣，带点幽默和天真）替这些"文字"讲述它们的故事，作者成为另类的说文解字者；更多时候，我试图让这些"死"的文字和"活"的现代生活、人类情感连上线，赋予它们新的生命元素。在写作《废字俳》时，我是文字考古员，让被遗忘的文字出土，将之重新上色，赋予新貌。在写作《隐私诗》时，我解放禁忌文字（"尻""屌""屁""屎""尿"），让读者用显微镜、放大镜去检视这些被鄙视或羞于面对的文字，让平日不登大雅之堂的文字登上诗歌殿堂，也算是"丑的美学"的再造。

至于读者能否理解我写《轻/慢》的用心，我乐观地以为：应该会的。2016年出版的厚千页的英文《牛津现代中国文学手册》（The Oxford Handbook of Modern Chinese Literatures），编者之一的Andrea Bachner教授以近二十页篇幅讨论《轻/慢》中这些诗，让我深庆海外犹有知音。她说："陈黎的诗创作为中国文字以及语言的多样性开启了一个更宽阔、更繁复的视野。陈黎援引中文字的特性，让他的诗歌实验在材料与媒介上更具特异性。同时，他的诗有力地拓展了'中文字特性'的范畴，让边缘的东西入列。陈黎欣然接纳'隐字诗'／'谐隐诗'此一边缘类型，不仅将之提升为高端文学，还不时刻意表现出不逊甚至粗鄙的语调。他如是改造刘勰在《文心雕龙》中所指出的与'谐隐诗'及不雅幽默联结的负面评价，将之逆转为正面、值得肯定的文类。"

翟月琴：您写过黄庭坚"夺胎换骨"，也化用过康德六百感冒胶囊词，信息时代您对模仿或摹本有何看法？

陈　黎："夺胎"（借用旧有的语言、形式或意念）只是手段，"换骨"（创造新的题材、意象、意念，或赋予新的意义或氛围）才是目的，这是诸多"旧瓶装新酒"的策略之一。模仿，对许多写作者是便捷的手段，如何推陈出新、化有形于无形，恐怕是模仿的最高指导原则，其精神在于求新求变，加以重组、改装、变形、转化，形成新的面貌，最终目标乃求自成一家。一如我在《世纪末读黄庭坚》中所言:"他们说诗/岂能是炼金术或外科手术?/他们不知道外科也要用心/文章本心术。诗人重写/时间留在水上的脚步,刻出/新的诗句,但不曾留下疤痕。"

翟月琴:信息时代您觉不觉得人与人日益疏离?身体器官大量出现在您诗中,是因为这一层因素吗?

陈　黎:我不觉得身体器官大量出现我的诗作中。我在诗中常用到影射情欲的意象,但是在使用时,会考虑到诗作的氛围,所欲传递的讯息,前后意象的呼应,以及在诗中可能产生的张力或效果。我通常更喜欢以隐喻的方式去呈现,譬如在诗集《猫对镜》中《在岛上》这组诗的第三首里,我以黄黑湿黏的"捕蝇纸"比喻女神私处,而白日象征"阳",黑夜象征"阴",男子股间的"肉器"在情欲勃动之后成为新"石器",后来造成许多小泰雅族人的诞生。这首诗自然十分情色,或色情,但国族的隐喻、神话的追溯皆在其中。

　　在有些诗作中,我使用性器官或不伦、不雅的字眼,企图冲撞传统礼教,展现出不愿与现实妥协的叛逆,或对平凡单调人生的反抗,虽然很多时候都只是悲壮或苍凉的姿态或手势。诗人之所以写诗,是因为生命存在着太多的伦常纲纪或规矩,诗人通过诗的不伦,来化解现实的束缚、困顿。譬如我经常跟小泽圆交欢,但因为是在梦中,所以无所谓道德或不道德,伦理或不伦理。诗中的想象的就像梦一样,能让现实中不可能的事物,做"倾斜的平衡"。

陈东东(钱小华 摄)

陈东东

我不认为一个时代就只该或
只配有一个时代的诗歌

上海诗人陈东东，1961年生。自1981年开始写诗以来，始终坚持知识分子写作，对于语言高度自觉。他的诗被柏桦誉为"吴歌之美"，被臧棣指认为"华美"的言辞。初见陈东东，还是2010年。时值民谣歌手、诗人周云蓬在复旦做活动，特请诗人陈东东担任主持。刚来上海这座城市不久，读到他的《我在上海的失眠症深处》《外滩》《冬季在外滩读罢〈神曲〉》《海神的一夜》几首诗，醉心于宁静的街景、魔幻的建筑，逐渐形成了最初的上海印象。

2011年暑夏，因为撰写诗评，我开始抄写陈东东的诗。户外"浩大的太阳"和居所"芦席的清凉"，正与当时的阅读情境相呼应，自然有所共鸣。文字间，有回环往复的乐感，可听得到情韵的流转回旋；升腾跳跃的诗思，更是看得到生命的绵延无尽。这些年几次碰面，深感这位诗人并不健谈，甚至有些羞涩。可又总是能聊一些有趣的话题，引起朋友们的阵阵笑声。近几年，他为《收获》"明亮的星"专栏写作，涉及一位位同时代诗人，包括昌耀、食指、骆一禾、张枣、杨炼、欧阳江河、陆忆敏等。但是他自己，又是如何从20世纪80年代一路走来的，是我想了解的。

这篇访谈，等了足足半年。我想，面对这些问题，有的陌生，有的熟悉，他一定需要时间重新整理自己的过去。从1981年开始创作至今，经历过激情燃烧的岁月、金钱至上的年代、众语杂生的环境，无论是沉潜低吟，还是独自歌唱，他一如既往地专注于词与词、行与行之间的律动感。这种律动感，有内蕴有外化，总体而言，是他从外部世界回到自我心灵的一次次努力。诗人陈东东无疑是上海诗坛、文化界一颗璀璨的"明亮的星"。

翟月琴：张枣去世后，您给这位远行的知音写信："八十年代的方式恰是如此——因为诗和理想主义而互相找寻、彻夜长谈、剖腹倾心、结盟江湖……对此我一向并不响应，因为不适应，对那种夸张的激情和轰轰烈烈还颇为反感，常常就以消极冷处理。"能不能谈一谈那时候的诗歌创作氛围以及您的疏离感？

陈东东：20世纪80年代的诗歌氛围，从当时开始一直到现在，已经被沉浸、议论、描述、回忆和想象了很多，似乎越来越朝着被夸张、被传奇化、被作为美谈、被当作一个黄金时代来重新塑造的路子走下去。我也一直主动、被动地讲过不少80年代的诗歌氛围以及这种氛围里的人和事，大概也免不了这么个路数，比如你引用我在张枣去世后不久所写的那几句话，就有这种意思。那样讲是由于张枣之死的激发，而多年以后也的确对于那个方面最有印象，觉得最值得重点指出；另外，或也为了反衬你所说的我的"疏离感"。

　　总的来说，70年代后期和整个80年代，中国大陆的诗歌态势和格局由官方诗坛和起而反对官方诗坛的青年诗歌运动（所谓"新诗潮"）构成。青年诗歌运动中的诗人们多为新手或默默无闻（只在某种圈子里有名声）写了多年的一些人，他们的个人意识、政治态度、美学倾向，对世界、对国家、对历史、对社会、对人生和存在的看法和想象，跟那个官方诗坛和围绕此坛的众多作者、读者、理论家、批评家和宣传官员是不太一样的。从"今天派"/"朦胧诗"到"第三代"/"后朦胧",他们的作品大多遭官方排斥,严重些的还被敌对和打压。他们以读书沙龙、圈子聚会、相互串联的诗歌江湖和自编自印自办发行的杂志等等,形成一个自己的诗歌体制,有一种对峙的性质。

不过,这个散漫的体制(仿佛有另立一个诗坛的意思)跟官方诗坛其实结构相仿,而青年诗歌运动中的许多诗人如果没想过"彼可取而代之",渐渐也会在这样那样的情境里被"招安"过去——途径往往是先处于青年诗歌运动里一个引人瞩目的位置,尔后被官方诗坛或勉强或热烈地接纳;而得到官方诗坛接纳的诗人,有时候反过来又会在青年诗歌运动里得到瞩目,变得更瞩目。当然,也有根本不屑于去爬官方诗坛的诗人,那往往正是不太热衷于诗歌江湖和诗歌运动的诗人,这比较有意思。另一方面,官方诗坛也有一些人并不排斥而是在接应青年诗歌运动的诗人,并且,官方诗坛受到"新诗潮"的冲击和影响,也会仿效"今天派"/"朦胧诗"和"第三代"/"后朦胧"……到后来——到现在,一眼扫过去,官方和民间诗人好像全都混在了一起,比如很有些来头的官方诗歌大员会跑去参加民间诗歌活动,还要拿土制的民间诗歌奖;要是再考察一下,也许会发现有些诗歌大员当初正是从诗歌江湖上混出来的……当然要是更加细察、甄别,就会知道在有些诗人那里,情况是不一样的。

形成70年代末和80年代诗歌创作氛围或格局的还有另一些因素,不妨一提的是西方国家的一些驻华外交官(大使馆的文化参赞之类)、在华工作的专家、留学生,尤其汉学家、翻译者,以及西方一些文化和文学机构、大学、出版社、基金会,还有国际文学和诗歌体制……他们以他们的需要和标准对主要是青年诗歌运动中的某些诗人（一开始，北京的诗人更便利于他们）的挑选和青睐，会造成趋向与态势的变化。比如事实上或传言中受到过西方的某种哪怕小小待遇的诗人——诗被翻译过去，在上档次或不上档次的什么杂志报纸上发表，人出国去参加了什么活动——很可能就会在官方诗坛和诗歌江湖两面都获得瞩目。那时候"冷战"尚未结束，中国在改革开放，无论诗歌江湖还是官方诗坛，仿佛都觉得汉学家、西方报刊与出版社、大学、机构、基金会，国际文学和诗歌体制更高一两级（所谓"美学的上级""名利的高端"）——对许多青年诗歌运动中的诗人来说，能被西方、被国际文学和诗歌体制接纳，是一种更好的结果。情况到了现在，一般而言，不仅仍是这样，而且还要更甚。

我特意这么去强调，是想说，除了理想主义的、自主自由自在兴风作浪的一面（这一方面能够谈及的东西非常多，好像也已经被非常多地谈及），80年代的青年诗歌运动更有被挤压、被抑制、非常功利化和受到诱导乃至诱惑的方面，其氛围并不真那么"黄金时代"。

我在80年代的开头几年写诗、出道，实在也只能处在这样的格局氛围里，很大程度上为之所左右。不过我很快意识到了那是怎样一种情形。我对青年诗歌运动中的人和事都很感兴趣，也曾深度参与其中，也办地下诗刊，也接待各路好汉（串联却很少，不是不喜欢出去玩，是没有条件），对当代诗歌生活和写作算是有过一些推进。我对官方诗坛、国际文学和诗歌体制没有热情，从未想过被"带着玩"，不过也并不强烈排斥——也参加过它们的一些活动（为了了解和体验一下？），觉得它们还是在为诗歌做一些事情。我只是对嵌入、沦入某个体制,得要去遵照某种规矩、某套玩法、某些门道非常受不了。官方诗坛、国际诗坛当然都足够体制化,80年代以来的所谓诗歌江湖也越来越有其游戏规则,也差不多是一个体制了。接触其中的人和事渐多,被莫名其妙地要求(甚至强迫)过几回,让我对之起了反感。

有时候并非我不愿做那件事情,而是那种规定情境使得我不愿意。记得有一次(大概1985年初),在华东师范大学的丽娃茶室举办"海上"俱乐部成立大会,要让与会者每人交一笔参会或俱乐部的费用(大概两三块钱),我当时觉得很滑稽,觉得这也太有加入组织感了……据别人回忆(我自己记不确切了),我就借口上厕所委婉地拒绝了;又据说,这招来愤慨,大致意思是陈东东不抽烟不喝酒没啥开销竟然也这么小气!——所以,我想我没资格被当成正式的"海上"成员。这算是疏离之一例,另外,比疏离更严重的是我对诗歌江湖上有些诗人的作为乃至人品的憎厌。比如那种心计过深的言论和标榜,那种利用年轻人对诗歌的痴迷设局下套造成身体侵害和精神伤害的事端(有些正在被披露出来)——诗人而为人可怕,会让我觉得恶心。

我的性格比较内向,遇到陌生人还会羞涩,不知所措,又不会喝酒,不会抽烟,讷于谈吐,不懂交际,最怕发言和表演,缺乏在场面上混的任何才能,也并无任何利益资源,所以我所谓疏离,大概也是一种自知之明吧——当然,它首先是,而且越来越成为我的原则。我避开(无论中外)那些被体制化、权力化、精英化、明星化、腐败化的活动、事项和节目,以免"湿鞋";之于诗歌江湖,我却仍会是一个参与感很强的、很开心地待在一边的旁观者。我真正疏离的,是一些变得时髦起来（从诗歌江湖时髦到官方诗坛到一些汉学家）的写作做派和写作谋略。写作属于个人，或完成或未完成，并不妨碍诗人和诗人成为朋友。说起来，对 80 年代以来诗歌江湖上许多诗人的搞法我还是觉得蛮佩服，我也的确在我佩服的那些人里面交到几个朋友。我想这些朋友才是我比较真实的写作氛围。

翟月琴：这种疏离感或许也使您的诗区别于韩东、于坚等反叛传统的声音？你如何理解传统？

陈东东：形成我诗歌声音的原因非常多，我的疏离感一定是原因之一，但绝不会是最重要的原因，很可能连重要原因都不是。但所谓反叛一定对我诗歌声音的形成起过大作用。反叛在我们这些 80 年代出现的诗人这里是一个都能用得上的词，而且当时都还很年轻，反叛正是那个年龄的一个属性。反叛跟反叛传统应该还不是一回事，但在 80 年代，好像有反叛精神的年轻诗人也都反叛传统——我那时也觉得自己反传统，也曾刻意去反传统，至于究竟有没有真的反，有没有真的反成，那时候的自己未必真的明了。

　　这里不提文明和文化的传统等等，只说诗歌传统——现在看起来，我那时候对一些同辈诗人写作倾向和谋略的疏离，对"今天派"/"朦胧诗"的不满，对官方诗坛推崇的曾特别甚嚣尘上于"大跃进"和"文革"的政治运动抒情诗、阶级斗争抒情诗的不屑，对五四以来许多新诗主张、作品和诗人的大概不认同与稍许认同，对古代汉诗的重新发现和估量，对越来越多翻译过来的外国诗的取舍（比如我会比较偏重欧美和南美现代主义诗歌而非俄苏和东欧诗歌），其实是在自觉不自觉地打量着我所来自的诗歌传统，在这个整体里加入我自己。我刚刚提到的每一项都可以视为诗歌传统的一个方面或数个方面（比如外语诗歌及其汉译，就有许多个方面），它们跟我的写作距离和关系是不一样的，我想我多多少少都在吸收它们，也都在反叛它们。

所谓反叛传统其实也已经是一种写作传统，我同样吸收和反叛着这种写作传统。每个诗人都由传统而诞生，传统恰是每个诗人写作之出身的那个血缘或基因环境。对传统的反叛，不过是反叛这个环境的某一些方面，而去认同和强调这个系统的另一些方面。我想不可能有绝对彻底全然的反叛传统。（语言便是一种传统，诗人真能够彻底反叛语言吗？）诗人出自传统又还得贡献给传统，令这个（一直在变动的）环境有所改观——这话当然是我听来的，我在此表示同意。我想就我的情况（也是就新诗/现代汉诗的情况）说明的是，我所说的这个环境必然包含古今中外——东西或中外对立这种观念，在我这里几乎是没有的。并非说东西或中外之别不存在，那是在传统这个整体环境之中的差异性；古今也同样，有别然而相接。在我这里也没有传统这个整体环境之外的现代——传统与现代、现代与前现代或后现代、现代性与非现代性等等，在我看来，也是传统这个正在进行时的整体环境的不同方面。

翟月琴：1981年，您开始写诗。那时您在上海师范大学中文系读书，同学王寅、陆忆敏也是诗人。四川诗人李亚伟曾写过《中文系》，能谈谈您在中文系读书、写作的状态吗？

陈东东：我那时读的那个中文系跟李亚伟笔下的《中文系》区别还真是不太大，我在其中的读书状态，说起来可能要分成两种：1. 对中文系规定的各种课程（甚至体育课），我都非常消极，能不上就不上，能逃课就逃课，到场了也基本不听，而是看自己私带的书，要么在课桌上写信或写诗，再就是跟同学说话、传纸条，破坏课堂纪律；2. 出没最多的地方是学校的图书馆和阅览室，读各种各样的书和杂志，我寝室的床上也堆满了书，晚上熄灯了甚至会打着手电读书。也许还可以专门提一下读诗，那基本上就是抄写，把自己从各种书籍杂志上找到的认为不错的诗（主要是翻译诗）都收集起来，抄在十几个日记本上。这种抄写是我最认真的读诗时刻。

至于写作的状态，现在回顾，让我觉得很佩服，也很羞愧。那是个十足的学徒期，我非常起劲，有个阶段甚至进入高烧状态，几乎每天都在写，写非常多的诗，然而成品实在是太少了。在大学中文系期间我跟同班同学王寅、陆忆敏和成茂朝组成了一个"诗歌四人帮"，还办了一个属于我们四个人的油印小杂志，出了有二十期，经由这个杂志，交了不少朋友，我们的写作也很快被当作了青年诗歌运动的一个现场。我那时那种起劲的写诗状态，跟这一点是分不开的。

不过在大学中文系的四年，我基本上还是处在一个玩乐和瞎胡闹的时期（从童年和"文革"中的少年时代延续而来），以尽量消耗青春期的过多精力为主，读书写东西也不过是这种消耗之一种。哪怕进入高烧状态的诗歌写作，办诗歌杂志，也难免玩乐和瞎胡闹的成分。说起来，玩乐和瞎胡闹其实也一直是青年诗歌运动的一种气质，后来我的疏离，跟自己慢慢告别这种气质也有关系。

翟月琴：大学毕业后，您的第一份工作是在上海市第十一中学担任语文教师，后来又调到上海市工商业联合会史料室工作。1998年，您离开上海市工商业联合会，彻底告别职业生涯。为什么会选择离职而从事自由创作？

陈东东：我本科毕业的时候大学还包分配工作，我被分到上海市第十一中学任高中语文教师，现在看上去这似乎不错。但那种分配使得你没有任何自主选择，到了那个强令你站在那儿的岗位（讲台）就不准你再离开。而以我当时的识见（比如对诗歌的识见），我觉得那种语文课本我教不了，至少其中那几首新诗，我认为我不该把它们教给学生。当然还由于更多个人原因，包括我对自己作为一个诗人的设想，让我不愿意做一个教师（我的确也不适合做中学老师，尤其不适合做班主任）。80年代的时代风气趋向开放，带给我一种莫名其妙的挣脱的势能（我想也是我的年龄使然）。凭着这种势能和一个机缘，我终于从中学里调出（一次挣脱），但进入上海市工商业联合会的史料室对我而言还不是彻底挣脱。在最终离开上海市工商业联合会之前，我曾有过几次离开的经历，种种原因又让我未能离开（其中就包括暂时离开一段时间后的无稳定收入状态，使得我选择了重回单位上班）。彻底告别上班生涯一直是我的愿望，我以为这会更便利自己去做自己想做的事情，那当然是指写作——当你在写一个篇幅比较大的东西的时候，每天被迫撂下笔出门挤公交车上班，真是一种刑罚。当然我迟迟没有彻底离开，因为顾虑到离开以后的收入问题怎么解决，另外，最大的顾虑是周边的那些人（比如家人、女朋友）将会怎么想——每个工作日的上班时间，站在上海街头，人们那种急迫赶赴的步伐，一定会让无所事事者觉得羞愧——所以，我彻底告别职业生涯，在我三十六岁那年，是由一个（或一串）事端被迫造成的。古怪在于，我是以主动辞职的方式被动离开的，它并非更合我愿,尽管实际上那是我的所愿。

不过我其实可以回答得很简单——"为什么会选择离职而从事自由创作"这个提问本身就是回答——为"自由创作"而"选择离职"。我可能是一个特别不愿意处在任何体制里的人,当然在如今这样的世界上几乎没有可能不跟体制有这样那样的瓜葛牵扯,但我愿意越少越好。或许正因如此,我曾被很严重地束缚、监控甚至下狱。选择从一个体制挣脱出来,不会没有代价。另外我想说,也许并无所谓全然的"自由创作",这在我冲着"自由创作"而"彻底告别职业生涯"以后更能够体会……

翟月琴:20世纪80年代,出现了很多诗歌民刊。您也作为编者参与其中,能谈谈那时候的诗歌民刊现象吗?

陈东东:我曾在《收获》杂志上写过一篇回顾自己80年代的文章,重点讲了我办诗歌民刊的经历。我的热情不低,在这方面好像也很能干,前前后后就参与和主办过三个民刊。那是传播的需要,青年诗歌运动或"新诗潮"首先经由这种方式呈现出来。也正是由于这种方式,青年诗歌运动或"新诗潮"得以形成和壮大。我对诗歌民刊的态度和看法,跟我对诗歌江湖的态度看法相联系,因为二者紧密关联在一起。一个多月前我在香港科技大学的一间教室里讲过一番话,其中有一些话,跟"诗歌民刊现象"有关:

……《今天》杂志之后,出现了非常多的"地下诗刊",油印的、铅印的、胶印的都有,它们大多是"第三代"所为。"第三代"诗人的出道跟"今天派"如出一辙,往往是组织一个团伙,办一份地下刊物,发一通宣言,制造一种流派,以集体亮相的声势引起瞩目……"非非""莽汉""他们""撒娇"等等就很典型。在1986年《诗歌报》和《深圳青年报》的"现代诗群体大展"上,这种样式泛滥开来,漫画般充分夸张地呈现了七十多个"流派"……

曾经有人注意到诗人们在青年诗歌运动中的"杂志写作"现象——这在诗歌江湖上颇为普遍——诗人们通常都围绕着某个(或几个)杂志在写作,为《非非》杂志写作的诗人写"非非"诗,为《他们》杂志写作的诗人写"他们"诗……官方诗歌杂志选择诗歌江湖上"允许发表"的诗;诗歌江湖上的诗人为了上官方诗歌杂志而去写"允许发表"的诗……这种以无论油印还是铅印、胶印的杂志的不同"口径"为依据的写作,跟官方宣传部门规定的"口径"也许很不一样,却同样受制于诗歌政治的规定性,或从这种规定性自觉出发——它甚至发展到对所谓国际诗歌风气的揣摩和追随,为了能够被"带着玩"而去处理"国际诗歌圈"(似乎还真有这么个诗歌圈)的时髦话题,去找到(比如说)诺贝尔文学奖的"口径"……这种"杂志写作",正可见诗歌体制的制约。另外"杂志写作"的时效性、对诗歌篇幅和形制的限定等等,也影响着中国当代诗歌的品质,在互联网时代,这种品质特征变得更为突出。稍稍追究,就能发现这也是诗歌政治的结果……

比这还要早许多,我书面回答过一个俄罗斯人娜塔莉娅·阿扎罗瓦"关于诗歌报刊的提问",其中谈到我对诗歌报刊的看法,当然也包含着我对诗歌民刊的看法。她最后一个提问是:"你自己觉得理想的诗歌杂志应该是什么样子的?我们现

在到底需要诗歌杂志吗?"我回答:

我想说,没有理想的诗歌杂志,或诗歌杂志是不理想的。

文学/诗歌杂志是我们处身其间的文学/诗歌系统和体制的一部分,非常重要的环节。这个世界性的、国际化的文学/诗歌系统和体制除了杂志、报纸还包括书籍出版、销售、阐释、批评、论说、研究、史述、翻译、教育、授奖,及各种活动(讲座、笔会、诗歌节、朗诵会、交流、互访……)等等。不能说它的每一个环节、每一个细部都是为市场、为商业的,但总的来说那是个市场的、商业的运营系统和体制。现当代诗人几乎无一例外,都在这个系统和体制里写作,即使像艾米莉·狄金森这样的诗人,后来被发现,被承认,被著名化,被经典化,也是由于被纳入了这个系统和体制。那么,这大概已经能说明为何没有理想的诗歌杂志,或诗歌杂志是不理想的。

文学/诗歌的杂志是写作者和读者进入这个系统和体制最基本的、通常的、有效的、便捷的通道,它对于写作者和读者有至关重要的影响和规定性,某种程度上,是它形成且左右人们的写作和写作观念。它带给人们这样的错觉——只有能够通过编辑的审稿而在文学/诗歌杂志上发表的东西,才称得上是作品,是诗歌……然而杂志、报刊是具有时效性、市场针对性的,作为消费品和消耗物,其现代社会的价值属性,在我看来,跟诗之间实则有一种根本的对立。中国大陆官方系统和体制下的文学/诗歌杂志,更要服务于意识形态的宣传,为各种阶段性的政治、经济任务和统治策略设定用稿标准,乃至美学原则,其管控、操纵下的时效性和市场针对性,跟诗之间,更是有着极为严峻的对立关系。现实之中的无论哪一种(包括非官方的）文学/诗歌杂志都是权力化的，总是很容易伴随各色腐败，官方的文学/诗歌杂志尤甚。所谓理想的诗歌杂志，大概就得是去除了上述种种特点和情况的诗歌杂志，然而，它就不再是什么杂志了。相对而言，非官方的，同仁化的，体现写作者自己的主张和阅读期待，不被政治意志或市场意志管控、操纵的文学/诗歌杂志要理想一些，也是必要的文学/诗歌杂志。然而，这样的文学/诗歌杂志仿佛对立、对抗于官方文学/诗歌体制，甚至，仿佛对立、对抗于那个全球化的文学/诗歌系统和体制，实则却不过是模仿和补充。

那么，我们又为何非得要在这些个文学/诗歌系统和体制里弄文学和诗歌，为之写作呢？我们真的就不能像这些个文学/诗歌系统和体制还没有建立之前的诸多置身于写作之中、消失于诗歌后面的诗人那样去写作吗？我们真的就不能有所发明，在不同于以往和现在的场合与情境里写自己之所写？比如说，我们可不可以不去为杂志写作？

最后那几句说得很理想主义，过于理想主义了，而且有点儿盲目，也许——并且我又何曾离开过这个系统，何曾离开过杂志，无论民刊还是官刊，还是一些境外报刊……不过我想我表达的那种偏颇、那种偏激和极端化、那种自欺欺人，也并不是不必要的。

翟月琴：《点灯》这首诗已经成为当代汉语诗歌的经典。怎么会想到写"把灯点到石头里去"这样的诗句？有没有考虑过这首诗被经典化的原因？

陈东东：这是我在三十三年前，1985年写下的一首短诗。是在怎样的情境里写下了这首诗我差不多已完全忘记。后来好像奚密曾以"把灯点到石头里去"为题写过一篇有关当代中国诗歌的文章,大概这句诗正好能体现中国当代的诗歌精神。而这一句是怎么出现在我稿纸上的,我当然也已经不能记起。前两年偶尔翻到《点灯》的草稿,发现它是写在一页五线谱上的,也许那天我在上海音乐学院的某间琴房里玩?至于这首诗是否被经典化,原因如何,我都回答不了。

翟月琴:您想过用上海方言写诗吗?

陈东东:上海话是我的母语,最经常的日常表达用语,我能够最为熟练精准自如到仿佛不假思索脱口而出的语言,我的口语。但上海话不是我写作的语言。

  这当然不仅由于哪怕你再怎么一心一意照搬口语,你能写下的,也还是书面语(被书写和阅读的语言)——关于这一常识,我觉得相对于"文言文"的"白话文"这个词就已经表述得很明确了。新诗(新体诗)亦称"白话诗"——其构词法同于"白话文"——"白话"在此意指汉语口语,那么将"白话诗"这个名称替换成"口语诗"也并无问题。"白话诗"即语言方式上倾向汉语口语体或口语化的诗歌,即用"白话文"写作的诗。"口语诗"这个名称可与之相当,也正有着同样的含义。新诗之新体正在于白话体、口语体,如果非要在"白话诗"/"口语诗"这个新体诗范围里给"口语诗"一个什么另外的定义、特别的标榜,那就有点搅浑,有点犯浑,有点浑水摸鱼了。

  相对于古典的文言文和泛文言化的倾向,我的写作语言一定也是汉语口语体或口语化的——我的诗(跟所有新体诗人所写的一样）也只能是所谓的"白话诗"/"口语诗"。但我更愿意用的一个名称则是"现代汉诗"：以现代汉语为基本诗歌语言的现代诗。至少对我来说，这种诗歌语言离开我的母语，与我最熟习的口语有不小的距离——由于现代汉语的书写尚无法书面化地真切记录、描述和体现上海话这种方言口语的语音、语调和专属语词；而上海话这种方言口语，又还没有一种自己的（比如广东话那样的）书写方式或书写系统，所以，从语音语调、口气口吻到用词用字，我的写作就不得不使用一种并不真正跟我的母语/方言/口语相一致的语言——现代汉语——那是一种被国家机器规范化的，称之为普通话的现代标准汉语。要是去查验它，去体察它的运用，考究它的变异，追溯它的来历，了解它的宏旨，注意它给出的思维方式……它五味杂陈里颇为突显的"老大哥"滋味就会涩嘴结舌……很大程度上，我的写作也不会允许我轻易因循沿袭地去运用这种语言，你得去突破、重塑、发明和新生这种语言——我们这一代汉语诗人的写作，大多都要做这份针对性的工作。然而我在做这份针对性工作的时候，却很难从我真正的母语、我的方言、我活的口语里获得直接的助力和资源。它造成的劣势显而易见，但它其实也给予我优势——让我不那么想当然，不那么自然而然，让我可以最大程度地超脱自己的日常语言习性，更少积惯、更多无拘无束地想象和创化自己的诗歌语言。

另一方面，我也曾知难而上地想过用上海方言写诗，也有朋友向我这么提议。于是我试着写过一种叫作"沪俳"的诗，已经在一个小本子上积累了好多句，但对它们实在是没有信心。我以为单写那么一句要比写一整首上海话的诗好办一些，结果发现未必如此。我感觉我还是没找到方案，没找对方法。

不过，用上海方言写诗作为一个隐约的写作方向，有时候也还是提供给我某种方向感——在我跟我所使用的写作语言较量的时候，很可能，上海话也会是一个方面，从很远的地方赶过来支援。

还有几句跟这个话题并非毫无关系的话，或可讲一下。上海诗人王小龙说"我们希望用地道的中国口语写作"，重申的正是当年胡适他们的"白话文"、"白话诗"／"口语诗"主张。王小龙的重点在"地道的"——相对于普通话，我想，方言、地方话才是每个中国人的真正母语及"地道的中国口语"——作为上海人，我的"地道的中国口语"恰是上海话。我要是跟王小龙见面闲话，也最习惯用上海话，因为那也是他最"地道的中国口语"。显然，上海人王小龙同样面临很难用上海话写诗的问题，细读他的诗，我发现他同样是在用跟他的上海话距离颇远的普通话在写作……只不过，上海话正可以是他诗歌语言的一个重要方向，这情形跟我可能有差别，但也差不多。相对于我的母语上海话，我可否勉强把普通话认作"父语"？那么，关于这种写作语言、诗歌语言，就不仅是生出自己父亲的问题了，而是要自己去成为自己的父亲。这或许有助于去想"用上海话写诗"的问题，有助于去看待"新体诗"、"白话诗"／"口语诗"和"现代汉诗"。

翟月琴：《院落》那首诗，很容易让人联想到卞之琳的《寂寞》。您还写过《仿卞之琳未肖：距离的组织》，想必受其影响颇深。包括卞之琳在内，您曾受到哪些中国现代诗人的影响？能否谈谈他们的特点？

陈东东：看到你这个问题，我一时既想不起我的《院落》，更想不起卞之琳的《寂寞》,所以都查看了一下。我的诗,改来改去的,你说的《院落》,也许是指最早题为《木匠》,最后定稿又把题名恢复为《木匠》的那首诗吧——我是直到你这么说了,才把它跟卞之琳的《寂寞》放在一起看了一下想了一下,也可以说二者是有互文关联的吧……至于《仿卞之琳未肖:距离的组织》这个标题,属于我跟一位朋友间的玩笑,后来我把此题改成了不太花哨的《大客车上》。卞之琳不属于对我构成什么影响的诗人,当然我倾向于认为所有诗人、任何世事都在影响我,所以他不可能不影响我,尤其他译的瓦莱里那首《海滨墓园》;但显然他没有像早期的郭沫若、何其芳,中后期的戴望舒、昌耀,还有全部的鲁迅和废名,大部分的冯至和穆旦(他绝大部分的译作)那样影响过我。我一向认为把外语诗译成现代汉语诗的许多优秀译者肯定也在中国现当代诗人的行列,比如楚图南、梁宗岱、赵萝蕤、王佐良、巫宁坤、李野光直到黄灿然、陈东飚、梁小曼等等,他们也对我构成了重要影响。他们的特点,就不一一谈了。

翟月琴:您特别强调语言的自律,这是否意味着一种内在节奏感的外化?

陈东东:我记得我说过新诗/现代汉诗是"自律诗",这当然关乎"语言的自律",重点则为了说明新诗/现代汉诗的音乐性方案。显然,它跟"一种内在节奏感的外化"也是大有关系的。"自律诗"是相对作为韵文的古代汉语诗歌,尤其格律严明周密精致的近体诗而言的,那是一种规定了程式,可以共享外在音乐性的"他律诗"。新诗/现代汉诗这种用散文写作的诗,其音乐性却要从写作每一首独特之诗的独特内在必要性"分泌"出来,成就仅属于这首独特之诗的独特音乐性,独特的形式并不能与其他新诗/现代汉诗作品共享。内在性和独特性,是为新诗/现代汉诗写作之根本,那因而是所谓"自律诗"。

翟月琴:您的诗,包括《点灯》《纯洁性》等,也曾被音乐人歌唱。您认为诗与歌是怎样的关系?

陈东东:诗与歌曾经一体,一开始,人的喉舌必定是最重要和最方便(也几乎是唯一)的媒介,喉舌以歌将诗唱诵,传播,后来有了书写,有了比如说草叶、泥板、甲骨、鼎器、石头、布帛、竹简、纸张,这些不会发声(更别说歌唱)的新媒介的可靠性和传播范围要大于人的喉舌,印刷术更是可以让书面化的诗歌大量复制、扩散和保存,如今又有了电子文档和网络……我想诗与歌正是在媒介的改变过程中渐渐分道的——诗的音乐性因沉默的媒介而越来越内在化……就诗与歌的关系问题,我其实没什么独特的看法,就是说我能谈论的基本上都是别人也能谈论的或别人已经谈论过的。我记得有许多这方面的谈论非常不错,而我没必要在此复述。实际上我不太想区分诗与歌,平时也习惯了将诗指称为"诗歌",至少有一个阶段,我的不少诗行几乎是唱出来的。我诗行的音乐性服从内在的歌唱性,当我默诵我的那些诗行,一副想象的喉舌会被我幻听。也许,正是对想象的喉舌的幻听让我不可能去朗诵出自己的诗歌,也让我几乎接受不了别人对我诗歌的朗诵,因为它们总是跟对想象的喉舌的幻听有着不小的差距。

翟月琴:新世纪头十年,您仅创作了四十首诗。创作量减少的原因是什么?

陈东东：好像马尔克斯为抗议他所面对的政治现实曾经宣布举行文学罢工，搁笔了五年。照这么说，新世纪以来我写得少，只能算作诗歌怠工，而怠工是不便宣布的——对时代和世事，对面前的各种现状，包括文学和文学界、诗歌和诗歌界的种种怪现状，这种怠工是否也可以传达出我的不满和抗议？实际上，写作速度的变化正是写作态度的变化。新世纪以来，下笔之前，我想得更多了，比以前写东西更磨蹭了，更慢了，或许更仔细了……我对写作有效性的要求更高了。记得张枣喜欢跟我说"诗人一句顶一万句"，我没那么迷信，但也自信十年四十首对我已足够有效。新世纪到现在过去十八年了，我写了不到八十首诗。

翟月琴：您似乎对创作叙事诗的兴趣不大？

陈东东：要叙事的话，我首先会想到散文、小说，电影和戏剧也会被考虑，当然还有别的方式，比如诗歌。叙事诗是一种诗歌类型，如果用诗歌叙事，我会把重点放在诗歌上、诗艺上。我写过一些包含许多叙事的诗，比如组诗《傀儡们》和长诗《喜剧》《断简》《解禁书》等等，还有诗文本《流水》，它们首先是诗，叙事目的则在其次，很可能还在更次，在第四、第五位。所谓叙事诗或叙事的诗，大概相对于抒情诗和哲理诗，但诗人以诗歌这种类型来写作，通常为了传达情感和思想，即使像是仅仅记述历史、传说、神话和宗教故事的史诗，也一样有其情感倾向和教训、讽喻的企图。所以，叙事诗或叙事的诗也只不过是更多直至专门动用叙事方式的抒情诗或哲理诗——纯叙事的话，又何必诗？另一方面，抒情诗和哲理诗里，最经常的语句正是陈述、叙述，叙事成分在其中也总是占有不小的比例。中国当代诗歌有一度对叙事有所强调,要去发展更多叙事方式的诗,我没有那么去强调和提倡。对诗人来说,诗是第一义,为此才动用包括叙事方式在内的所有诗艺、所有诗歌手法。过于强调某种专门的诗艺、专门的诗歌手法,一定有其针对的必要性,但完全不必要的。就像有诗人专门去强调所谓综合能力,一定也有其针对的必要性,然而每一首诗的完成,从来就是诗人综合能力的结果,我不认为不具备综合能力有可能成为一个诗人,有可能写下哪怕一行他自己的诗,所以这种强调也是无的放矢。我拿不准要不要在此也无的放矢,脱裤子放屁一回——其实也是重复前人所说——诗有别材,因地制宜、随机应变而已。那么,需要写叙事诗的时候,我就对它感兴趣了。

翟月琴:您说过:"我不相信长诗,这种不相信也包含着不相信长诗真的不可能完成的意思。"您写过《月全食》《喜剧》《傀儡》《断简》《解禁书》等,这些长诗对您意味着什么?关于海子、骆一禾的长诗写作,您怎么看?

陈东东:说过"不相信长诗"的,据我所知有两个诗人:一个是爱伦·坡,另一个是张枣。我觉得他俩讲得都蛮有道理,所以我说"我不相信长诗",是表示听了他们对长诗的说法以后的赞赏。但是我写作长诗(包括组诗,我视之为长诗的一个类型)的需要乃至冲动让我不相信爱伦·坡或张枣对长诗的不相信,尽管我仍然赞赏他们的识见。今年我重新整理和修订我 2011 年出版的长诗集《夏之书·解禁书》,增补进一些作品,新版的《夏之书·解禁书》计有二十首长诗和组诗。这些作品,包括你提到的《月全食》《喜剧》《傀儡》《断简》《解禁书》等,是我写作的重要构成,可以说是我写作最重要的部分。我也仍然在写着一部长篇作品,一部长诗,我称之为"一部电影诗",题为《空间》。

　　海子、骆一禾的长诗写作,留下了一些完成和未完成的作品,我愿意把这些作品跟他们的诗学主张和诗歌理想联系起来看,但更愿意像个普通读者,只是去读一下他们的长诗作品而不考虑他们的诗学主张和诗歌理想。但愿我并不知道那是海子和骆一禾留下的长诗,而能没有先入之见地读出我自己的感受、感想和感动。

翟月琴: 您的父亲是上海音乐学院的教授,母亲是老生张桂凤门下的越剧演员。父母对您的写作有什么影响?

陈东东: 我说过世事万物都对我的写作有影响,我父母当然影响到我的写作。但我不知这是怎样的影响,也许是由这两个人主持的我家的那种氛围在潜移默化我。我不记得我父母曾故意指示、挽引和教导过我,他们两人甚至都从未关心过我从小到大的功课和考试,也从未注目过我的写作。当然,我也从不会将我的作品拿给他们看上哪怕一眼……我跟父母的关系:相互爱着但各忙各的,大概就这样。

翟月琴: 1986年,您就写过《宇航员》。90年代写《月全食》,后来又创作《宇航诗》,这种对于宇宙的想象,是否暗示着您对于诗的未来的理解,像是您说的"宇航员驰往未来晦暗"?

陈东东: 我还真是写过不少跟宇航、跟太空、跟外星、跟天文学意义上的宇宙相关的诗,除了你提到的那些,最近的一首大概是《另一首宇航诗》,再早有《七夕夜的星际穿越》,二十年前,我在诗文本《流水》里,也专门处理了这一题材。我同意罗伯特·

潘·沃伦的那个定义："诗歌就是生活。"生活即"人类生存过程中各项活动的总和，尤指谋求幸福的各项活动的总和"。诗歌从它们而来，不仅说出它们，还力图说对它们，以诗性的（我认为那正是人性的，或人性中偏于神性的）感受力、洞察力和想象力反思、省校和启示它们。而这种反思、省校和启示，也是生活不断为诗歌所做的事情。我不认为一个时代就只该或只配有一个时代的诗歌，这个时代的诗人就只该或只配去处理这个时代。跟着当代诗歌的普遍转向朝某方向转也许时髦，去关注那些时髦人物都在关注的问题也许不错，但诗歌和生活却更广阔，关照着宇宙全体。我写宇航之诗不是什么转向，时髦人物也未必在意，却也在处理这个时代，也是一个时代里该有和配有的一个时代之诗歌——因为，我们的确早已来到这么个时代了。

我的诗多少都会呈现我对诗的理解和设想，宇航之诗也没有例外，但它们是否说出了诗歌的未来，比如"宇航员驰往未来晦暗"，我并不明确知道。有一次，在云南，就"我们的写作——世界之内还是世界之外"的话题，我扯上宇航，说过一些看法：

宇航这件事情，好像很方便地就显现了世界之内和世界之外这样两个空间。我们可以把地球大气层以内当作我们的世界之内，地球大气层以外当作我们的世界之外。世界之内是一般人能够触及的现实世界，世界之外则是推测、想象的世界，是超现实世界。宇航，则正可比作我们的写作。……写作有一个很重要的任务，就是从世界之内去想象世界之外，去发现世界之外，把世界之外纳入世界之内，扩展我们的世界之内，然后又从新的世界之内再次出发，投身进新的世界之外。……写作的航天器从世界之内发射出去，到世界之外，带回世界之外的消息，无论真实的还是虚构的，都会丰富和扩展我们的世界之内。朝向世界之外的写作也是为了说出我们的世界之内，这就跟有的航天器把我们地球上的声音、音乐、语言、文字、物质、元素带往太空，期待被有可能存在的外星文明收到和看明白，并终于找到我们一样。我们的写作既是为了我们自己，也是为了各种各样可能的未来。我们的写作，可能是在世界之内和世界之外间的穿梭往还。在这种穿梭往还里，写作一方面改变着世界之内和世界之外的边界，一方面也改变着写作本身。而这些改变既是生活的内容，又是对生活的纠正，它说出的也无非——"诗歌就是生活"。

翟月琴：2007年，您和张耳合作编选过英汉对照的当代诗人诗选《另一种国度：中国当代诗选》(*Another Kind of Nation*: *An Anthology of Contemporary Chinese Poetry*) 由塔里斯曼出版社（Talisman House）出版。可否谈一谈合作的经过，您认为所选的二十四个诗人是否能代表中国当代诗人的最高水准？遴选的标准是什么？

陈东东：张耳先有了编一本英汉对照的中国当代诗选的计划并落实了出版社，尔后邀我一起合作编选。她为这本书做的很重要的一项工作是组织英译者翻译入选诗人的诗，后期的印务方面的许多事宜，也都由她在美国联络处理；我的一项重要工作是向入选诗人约稿并编辑他们的诗，最终把形成的诗选中文书稿提供给张耳。书中的诗人人选是我和张耳（其实还有另一位在纽约的华裔美国诗人参与，但他没有将这件事情做到最后，中途退出了——这本诗选拖了有四年多，太长时间了）一起选定的。同意参与编选这么一本诗选当然首先有一个自我估量，觉得自己对中国当代诗歌的情况还算比较了解（包括对自己也有所了解），更重要的是有对中国当代诗歌的观点（这个观点在我撰写的那本诗选的中文序言里是有表述的）。这本诗选，多多少少体现了我对中国当代诗歌的一些认识。不过因为并非我一个编者，而主要的编者、出版社，包括译者乃至读者，都在美国，所以可以说这主要不是一本关于我对中国当代诗歌认识的选本，各种美国（或曰国际）因素是首先被考虑的——尽管参与其中的我其实很少考虑和干脆无从考虑这种因素。因此，这不会是一本"代表中国当代诗人的最高水准"的诗选，编选者并没有以此为编选目的——比如，编选原则里有这么一条：诗作在美国（或英语世界）有过一定量的被翻译及出版的汉语诗人，就不入选了；而港澳台的诗人，基本也不会入选；而且，原则上只选入出生于20世纪60年代和70年代的诗人——仅这三点，就不是为编选"代表中国当代诗人的最高水准"的诗选设定的……实际上，这本诗选是想呈现中国当代诗歌不太为美国（或英语世界）读者（当然包括其诗歌界）注目（而编选和翻译者认为值得被注目）的生动现状，我自己的遴选标准，就有"已经写下了颇具创造性的可观诗作，并且显现着值得期待的创作后劲"这一条。而作为一本得要翻译成英语的诗选，入选的诗人、选入的诗作，各种条件限制还会有很多。很多原因使得这本书不如人意，仅从印制方面看，就有不少问题，翻译方面我判断不了，但我读到过提出异议的书评。我想这本书的选题和立意是很不错的，但愿有可能改订、重版，使之变得完美一些。

车前子（易都 摄）

车前子

一幅语言幻戏图

出生于1963年的苏州诗人车前子，自1974年开始写诗，直到1983年《青春》刊发四首诗《城市雕塑》《以后的诗》《三原色》《井圈》后，其诗作备受关注，同时也引来不少争议。因为车前子较之同龄诗人更早就开始创作，风格又介于朦胧诗与"第三代"诗之间，一时令习惯于分类分派的诗歌评论界不知所措。

这位精通琴棋书画医卜花茶美食的诗人，透过"新鲜的语言花枝"，开启了"一个陌生而鲜新的语言异域"（黄梁）。阅读车前子的诗，无疑是有难度的。可正是由于隐秘幽微，格外引人入胜，让人总想探个究竟，探寻他到底要表达什么。最先注意到的是，他对"自我"的层层深剖。"我"的肉身极具伸缩性，渴望自由又饱经苦难。更具体化的体现于，加诸天然、天生的"面孔"之上，有一张张人工制造的"面具"。

车前子愈发感受到人性与动物性的某种关联，二者互不替代，却又互相审视。想起阿德伍德在《彼国动物》中对于人与动物的思考，以一句"在彼国，动物/有着人的面孔"开端，又以"在此国，动物/有着动物的/面孔"转折，最后以"他们有着/'无人'之脸"结尾。其中，被戴上人的"面具"的动物，讲究礼仪，斯文而优雅；而保持动物面孔的动物，它们的生命一闪即逝又无所谓优雅，这种逆转颇具戏剧效果，又以看似平静、克制的笔调反讽地还原了人与动物的差异，同时更是揭示出动物性与人性的区别。

表象是二者无所谓优劣，只是在边界线上，各自有各自的王国；但实质是,动物的肉身却戴着人的"面具"则显得荒诞,所谓的动物性与人性的差别,不过是一张形同虚设的皮囊而已。这点阿德伍德的诗歌《胡闹》里戴着"兽面"、举着长矛抵抗的人倒是更有说服力,诗歌结尾那句在冲突时戛然而止的逆转与问句:"停。变回人类?"① 极尽可能地凸显了人类只能假托"兽面"反抗的悲哀。车前子看似感性又自我,却不乏冷峻的一面。他画着一幅幅语言幻戏图,渴望从中发现"高于自我"的部分,逐渐让遮蔽的阴影变得澄明。这样的一种创造力和想象力,也是他对于传统与现代关系的最好诠释。

翟月琴:记得黄梁在为您的诗集《散装烧酒》作序时提到:"车前子最动人之处在'无我',诗中主格的'我'跟生活中的'老车'是两码子事。"紧接着他又指出:"'无我'来自'反对我',来自渴望自由的我。"能谈谈您笔下的抒情主人公"我"与现实中的自我有什么差别吗?

车前子:当初,也要十多年前了,见到黄梁先生这段话,我想我是"反对我",是的,"反对我"。写作与作品——写作之际,我是当局者;作品一旦完成,我是不是旁观者呢?我有这个爱好,或许有这个爱好,喜欢旁观自己的写作……以便展开"反对我"的业余爱好。而在写作之际,我却一无所知。很多时候,我只听闻(语言的)胎息,或者接受(语言的)教训。现在想来,这种反对,就是验证——我在哪里?我常常并不知道我在哪里,我通过写作偶尔知道我在哪里,然后,有些侥幸,通过作品"反对我"。为什么要"反对我"?写作对我而言,多少是种

---

① [加]玛格丽特·阿德伍德著,周瓒译:《吃火》,河南大学出版社2015年版,第118页。

苦行，苦行就是对"我"的反对吧。看来事情要复杂得多，"反对我"在写作上只能以观念亮相，我相信具体到文本——文本是诗人的白色涂改液，我并不能用一首诗"反对我"，我仅仅"涂改我"。所以，我希望我的作品，有涂改液般的品质：条约，简洁，苛刻，覆盖，间断……生活里，我好像不是这样的，待人接物，较为温和；作品，我了解我的作品（那些诗、那些铅笔画，而不是散文，不是水墨，散文和水墨是另外面目，它们与我的待人接物倒有不少"自画像性"），以及读者反应，有一次，有读者谈到我的诗，说了三个字："神冷淡。"我说："嗯，宇宙是冷淡的。"其实，没有"我"，只有"文本"，也就是说，我并不"反对我"，我反对的是，我做的是——"反对文本"。为什么"反对文本"？这个问题，我至今还在思索，但并不想知道答案。

翟月琴： "一个我穿着宽大的白袍（不是白大褂），与另一个我交谈。另一个我在橡皮树的暗影子中"，这另一个"我"为什么在暗影中？

车前子： 喜欢晒太阳的人总在暗影之中：真实的"我"，就是太阳下的暗影，才能与尘土区别，但一区别，就又没有"真实"了。终究没有"真实"一说。在写作上谈论"真实"，是不道德的。写作上只有"幸"与"不幸"。很不幸，我是过敏体质，几天晒不到太阳，就会生病。当然，这段文字由于"橡皮树"的缘故，"暗影"成为比喻，是对汉语的比喻，是对汉字的比喻。汉语的暗影是抽象的，其他语言的暗影也是抽象的，而汉字的暗影却很具象，其他文字好像并没有这点——一目了然，或许一叶障目，于是不可说。小时候，我十五六岁吧，突然开悟，觉得汉字立体，每一个汉字立体，有自己的空间，自己的暗影，有轻重，有浓淡。汉字是有分量的，不是笔画繁复的汉字分量就重，笔画简单的汉字分量就轻，比如"人"这个字，我估算有一斤三两，而"神"这个字，笔画比"人"繁复，分量却只有七钱。所以"人"是沉重的，影响到我的写作，许多年里写不出一个飘逸的句子。一首诗也是有分量的，我希望我的诗，分量在七钱上下，而不是一斤三两左右。诗是"神话"，并非"人言"。人言可畏，神话在这个时代与我更为亲近。至于夸大的说法，"在暗影中"，即在宗教感中。是宗教感，对，我就是这么认为的，汉字的暗影让我具足宗教感。

翟月琴：那么，隐藏自我乃至反对自我，创造出的是一个"高于自我"的形象吗？

车前子：隐藏自我，反对自我，不是为了创造出一个"高于自我"的形象，而是——仿佛可以创造出一个"未知形象"。这句话可以加上两个不同的主语：而是——自我仿佛可以创造出一个"未知形象"；而是——语言仿佛可以创造出一个"未知形象"。能够殊途同归吗？它们不能殊途同归，但它们都有"未知形象"。自我创造的"未知形象"是短暂的，语言创造的"未知形象"是恒久的。语言创造的"未知形象"理所当然有人的某种性能，甚至性别分明。更可能的是，语言创造的"未知形象"有神的某种性能。另外的说法，记得我过去说过，"没有自我"，既然没有自我，当然也就不会有什么东西可以"高于自我"。现在我大概会这样谈论自我：你认为有自我，它就消失；你认为没有自我，它就出现。自我是什么？在完成的作品里，它是语言。在写作之际，自我从来不是语言，语言从来就是语言，它拒绝被自我化——这是语言创造的"未知形象"出现的保证。语言创造的"未知形象"到底是创造还是显灵？我在《圣迹》中写道：

胭脂显灵吧！
胭脂显灵！
大碗冷冷的鸡血，
"胭脂显灵了"。

这首诗改名《胜迹》，也许就会有旅游者到来，哈哈。

翟月琴：波德莱尔曾提及诗人所享有的特权："他可以随意保持自己的本色或化为他人。他可以随心所欲，附在任何人的身上，像那些寻求肉体的游魂一样。"[①] 这让我想到您诗歌中的动物庄园，生活着猴子、公鸡、独角兽、金鱼、犀牛、马、猫、老鼠、蜗牛、老虎、羊、长颈鹿、喜鹊、燕子。它们肢体、表情是否具有替代性？替代现实中不同境遇下的车前子？

车前子：诗人果真享有波德莱尔提及的特权？"他可以随心所欲"，波德莱尔可以，我不能！我愿意交出特权。"附在任何人的身上"，我无法做到，运气好的话，我被"任何人"或其他什么"附在身上"。写一首诗，有三个途径，三个方式：通灵、附体、入神。它们都不随心所欲，需要我有足够的运气。通灵是初级的，还可以受到人的（情绪、思想……）干预。而附体，它有

---

① ［法］波德莱尔著，钱春绮译：《恶之花 巴黎的忧郁》，人民文学出版社1991年版，第401页。

两种，一种"附在任何人的身上"，一种被"任何人"或其他什么"附在身上"。我信任被附体，那是空无的、谦卑的……至于入神，只是我——诗的乌托邦之思。在诗的乌托邦中，猴子、公鸡、独角兽、金鱼、犀牛、马、猫、老鼠、蜗牛、老虎、羊、长颈鹿、喜鹊、燕子比我先到，我是迟与迟疑。它们的肢体、表情，我并不羡慕，也从不想是否具有替代性的可能。如果它们替代掉我，我求之不得：它们替代的是现实中不同境遇下的（或许是我的）想象力。说出这点很重要，在诗的乌托邦之思中，动物，尤其是小动物，比人物重要。小动物不妥协，庞然大物的鲸在沧海变成桑田之后，会心安理得"改吃桑叶"（《鲸》）。至于现实中不同境遇，这不同境遇，似乎不值一提……

翟月琴：借用戏剧家路易吉·皮兰德娄（Luigi Pirandello，1867－1936）的"面具"与"面孔"的差别，他说"面具指的是外在的形式，而面孔则指受难的生灵"，您如何理解"受难"？

车前子：我不知道如何谈论"受难"，说起"受难"，首先想到基督或基督徒。这个词（日常之中）宗教化了，以致（写作之中）缺乏宗教感，当然，这是对我而言。我曾在一首诗（或许几首诗）中写到"受难"，我把它作为硬币的两面，一面"受难"，一面"享乐"。写一首诗就是"受难"的过程，但出于隐秘的需要，它又变成"享乐"的目的。从这点上讲，写作亦如宗教，"受难"是过程，"享乐"是目的，宗教如果没有"享乐"这个目的，也就没有信徒。所以诗人在根本上是"享乐"的，写一首诗，就是日常的"受难"在语言的容貌里，成为"享乐"。语言的"享乐"！诗的目的——语言的"享乐"，这是夏天山顶上的微风。刚才说到语言的容貌，正好可以用来谈论"面具"与"面孔"的差别。容貌的一面是"面具"，一面是"面孔"，"面具"的人工性与"面孔"的天生性，它们对立，冲撞，很少合拍，但诗人只要一旦领悟语言的容貌，也就是说既无"面具"，亦无"面孔"。一旦读者寻找诗人以及一首诗的"面具"，一旦诗人自始至终在寻找他的"面孔"，语言的容貌就擦肩而过。我该写个警句了：诗人的"面具"与"面孔"，在一首诗的"容貌"之中；一首诗的"面具"与"面孔"，在语言的"容貌"之中。我终于给"容貌"打上引号，像"面具"与"面孔"那样。

翟月琴："受难"本身就是一种命运。从您的《算命》里，我摘录到"脸变得光滑，五官丢入河流""其中面具般若船缓缓漂移，/正中央凝结一摊墨迹，黑暗的仁，/判处遇见尖顶上态度虚齿"，"脸"和"面具"所指为何？其中凝固与流动着的个体面目，或许是您理解的人性的一个侧面吧？

车前子："脸"，就是"面孔"，但在这一行诗里，它不能写成"面孔变得光滑，五官丢入河流"，语感不对，它必须写成"脸变得光滑，五官丢入河流"。"其中面具般若船缓缓漂移"，这一句诗，不知你注意到没有，一层意思是，像面具般的什么东西也像船在缓缓漂移；另一层意思是，其中"面具"是个词，"般若船"也是个词，它们共同缓缓漂移。我的诗，嗯，我会在句子中安排陷阱，陷阱是非法的，也是大地（作为对一首诗的比喻）的变化……佛说"筏喻""法尚应舍，何况非法"，诗终究是非法的，这是它的命运。

翟月琴：媒介技术使得"面具"趋向退场，透过相片、影像记录凝固的人脸表情，扮演各类角色。您观察照片里的"我"，写道："是我少年排我前面在另一头看我，/他没有衰老，河面没有皱纹。"相片、影像与日常生活中的人脸，似乎又不一样。您怎么看？

车前子：面具、相片、影像与日常生活中的人脸，好课题，可以做博士论文啊。面具是潜在的戏剧，相片是完成的电影，胡说，我胡说。面具是诗的，相片是小说的，胡说，我继续胡说。"面具"这词被用坏了，我这些年在诗中更多选择"相片"，至于"日常生活中的人脸"，在我这里无足轻重。有些作家的写作，似乎想开一家"人脸博物馆"，或"人性博物馆"，或"人类博物馆"，我要开博物馆的话，只开"博物博物馆"。"博物博物馆"转换成清晰的表达，就是"诗言诗"。我对诗的理解，三个字——"诗言诗"。有时再加上三个字——"想当然"。

翟月琴：您的诗《风格》引起了我的注意，其中写到"猴子的面具"。后来得知，您看到卖艺街头的猴戏，回想起南宋画家李嵩的《骷髅幻戏图》，写了《风格》一诗。画中显示的是，头戴幞头、身着纱衣的大骷髅，正屈腿弓步，抬脚伸手，戏耍手中的悬丝小骷髅。大骷髅以悬丝傀儡戏引诱幼童，身后的母亲上前阻拦；小骷髅渴望挣脱大骷髅的操纵，被大骷髅背后的招凉仕女尽收眼底。可否谈谈《风格》与《骷髅幻戏图》的关联？

车前子：如果我们足够细心的话，或者说如果我们足够有趣，可以发现，一首诗的粉本很可能是一幅画，一幅画的粉本很可能是一首诗。但，只也说说而已，不能泥实，泥实就又无趣了。很偶然，我从一本旧书上看到，《骷髅幻戏图》后录有"元四家"

之一黄公望所作的散曲:"没半点皮和肉,有一担苦和愁。傀儡儿还将丝线抽,弄一个小样子把冤家逗。识破个羞那不羞?呆兀自五里已单堠。""堠",古代标记里程的土堆,五里单堠,十里双堠。嗯,那时,我还是个少年,觉得这首散曲像是我心目中的诗人"自画像",难免感触良多,比看《骷髅幻戏图》还强烈。这个感触如何改头换面成为《风格》,(我自己)是说不清的,再说时间已久,过去心不可得,蛛丝马迹,一笔带过。而"关联"——写作是与"关联"的战斗,对"互文"抱有希望与迷恋,不免行为轻薄。写作之际,我必须成为"个体户""钉子户",呦,我好像在偷换概念,就这么着吧。

翟月琴: 诗歌《再玩一会儿》写于20世纪90年代,特别借"提线木偶"书写意识形态与市场经济错动下的个体境遇。这是否跟您喜欢看不同种类的戏剧有关?比如京剧、昆曲、皮影戏、白戏和木偶戏等,这些戏在诗歌和散文里常常出现。

车前子: 好,你把"白戏"放在提问里,有幽默感。听戏是要出钱的,不出钱听的戏,民间称之为"白戏",俗话"不出铜钿看白戏"。我以前对听戏的兴趣超过读书,下雪天还会出门听戏,鞋子湿透,两脚冰凉,不知感冒之将至。近年我耳朵不行,不听戏了,但也没有多读书,眼睛不行。耳目的关联胜过《风格》与《骷髅幻戏图》的关联……皮影戏,"皮""影""戏",这三个字相遇,就是一首诗,一首好诗。木偶戏也是如此。提线木偶,多好玩。差不多与《风格》同时期,我写过一篇随笔,《好玩的地方》:

> 人常常能从木偶身上,看到自己的笨拙,如果他看木偶剧

的话。有时候我想，木偶的提线再多一些，那么，它的行动会不会更加自如，表情会不会更加丰富？有一次，某位木偶剧团的副团长回答我，他说："线再多，就把我们搞乱了！"一个能被木偶搞乱的木偶剧团，该是多么好玩的地方。其实我们已在这个地方，只是不知道它的好玩。

现实也罢，艺术也罢，只是不知道它的好玩。提线木偶，以前叫"悬丝傀儡"，很可能从印度传入我国，与弘扬佛法相关。上面谈到南宋画家李嵩《骷髅幻戏图》，有专家认为是对"悬丝傀儡演出场景的模拟"。"傀儡"一词，到底是外来语还是汉语，众说纷纭。我倾向于汉语，就像"麒麟""凤凰""鸳鸯"，"傀儡"也是这样的复音词。用母语写诗，写出复音词的感觉，看上去像外语。有人说过，好的诗都是外语！借助《骷髅幻戏图》，我给诗下个定义，有点即兴，但也不太离谱：所谓诗，语言幻戏图也。

翟月琴：大概"在戏剧中，人生披戴了双重面具：戏剧家所加的与舞台制作所加的二重面具"[1]？

车前子：这个问题，我想能不能用"语言的容貌"……稍加变形而来回答？

翟月琴：您的诗《兜售炎热的小混蛋》里写着："他像拿出一件破绽百出的戏衣/披在怕痒的含羞草的表情上面/它缩短腰，刺绣和皱

---

[1] ［美］艾瑞克·班特莱著，林国源译：《现代戏剧批评》，联鸣文化有限公司1985年版，第182页。

褶在一点钟敲响。""戏衣"与"表情"相互比照,似乎各有所指?

车前子:你这样读诗,我感到幸运。你已经"懂"我这首诗了,如果阅读非得把"懂"与"不懂"作为前提……其实,这是无聊的纠结。"戏衣"与"表情",这么说吧,我就是为这两个词写了这一首诗。很多时候,我会为一个字或一个词写诗,我的诗,简单说起来,往往是从一个字出发的。首先要出发,然而并无目的地。目的地或许有的,甚至可以这么说,目的地总会有的,但我觉得一点也不重要。一个诗人首先要学会出发,不能从一个字或一个词出发,也要学会从一个句子出发。诗是句子的事业,我在某些场合说过多次,自己都有点烦了,而我更想说的是,诗是字的事业。谢天谢地,你没有把它理解成中国古典诗歌写作中"炼字"或"诗眼"之类的技巧吧,诗是字的事业,不是技巧,它是观念——我们必须悬挂峭壁之上,一如飞鱼在激流之中。

翟月琴:20世纪90年代,一些诗人不再写诗而选择经商;即便坚持写诗的作者,也很想摆脱物质与精神悖反的圈套。对您的诗人身份与诗歌创作而言,是否也存在着一些挑战与转型?

车前子:赚钱是一回事,谋生是另一回事。我从不考虑赚钱,我只解决谋生问题。以前我靠写专栏谋生,现在我靠卖画谋生。人生苦短,能做一件事已是天可怜见,我知道我这一生要做的事,就是需要写出五到七首好诗。这太棒了!这太难了!

翟月琴:这个时期,有相当多的诗人开始写叙事诗,比如于坚、孙文波、肖开愚、臧棣等。您怎么看这股叙事诗潮?抒情与叙事,各有什么意义？

车前子：可以给一首诗安排故事，这是朝一首诗内部窥望的几扇窗户。我怎么能把故事等同于叙事呢？可能有一天，我会把叙事等同于抒情。较为笨拙的说法，叙事接近（绘画中的）具象，抒情接近（绘画中的）抽象，而我更喜欢生活在具象与抽象之间，暧昧又透明。一首诗，既没有更多（的叙事），也没有更少（的抒情），没有表达，只有书写。我越来越不把诗看成文学，我把诗看成艺术。我忘了是否为维特根斯坦所说，艺术是一种表达。艺术怎么是一种表达呢？要表达的话，起码也是三种表达。另外，好的艺术品是不完善的表达，也就是说，好的艺术品不需要表达。于此正在产生迷人的书写性：如果"永恒的形式"是非时间（性）假想，这是可以欣然接受的。那么，沦陷为诗，诗是思维还是谈论？这是两个截然不同的点，但两点之间有一个可作为"关联的存在"：需要的语言。而语言常常是不需要的，在一行与另一行形成的迁徙里，语言的需要才变得迫切。而这个迫切，对于艺术中的诗人来讲，才是自由。想起黄粱为我出版于台湾的诗集《散装烧酒》作序时提到"车前子……来自渴望自由的我"，不无道理，这个渴望也是迫切。你没觉得自由比我们更渴望自由吗？你没觉得自由比我们更迫切自由吗？也就是说，自由比我们迫切。

翟月琴：这与您 80 年代的写作有什么差异？

车前子：差异不重要，诧异重要。严肃的叶芝有时候也会说说俏皮话，他说："我们跟别人吵架，创造了修辞；我们跟自己吵架，创造了诗。" 80 年代的写作更像是跟别人吵架，现在，诗人们开始学习跟自己吵架。

翟月琴：您从 1974 年开始写诗,在 1983 年《青春》刊发四首诗《城市雕塑》《以后的诗》《三原色》《井圈》后,您的诗作就备受关注,同时也引来不少争议。有人说是朦胧诗,也有人说是先锋诗。您怎么看?

车前子：朦胧诗人是一个社团吧,我和他们几无交往;先锋诗人是一个社团吧,我和他们几无交往。朦胧诗也好,先锋诗也好,还是其他什么诗,很难说它们是一种观念、一种文本、一种写法、一种风格。既然不是观念、文本、写法和风格,方便的说法,就说成社团,嗯,朦胧诗社团,先锋诗社团……我曾经一脸严肃坐在桌前,对自己说:"写一首先锋诗吧。"结果我一脸茫然……前几年我准备收藏百串各种材质的手串,朋友送我一串水晶,有人说是唐朝的,有人说是老不过清代,有人说是当代人仿造,对我都不重要,水晶就是水晶。我的诗,有人说是朦胧诗,有人说是先锋诗,没关系,无所谓。诗,我写了,像水晶就是水晶,诗就是诗,放在那里,您怎么看就怎么看吧,我的看法是,诗像水晶一样,是有记忆的,我们要消除记忆。据说把水晶泡入盐水,它所携带的记忆就消除了;而诗在细读之际,文字会消除它的"社团"记忆,也有所谓的"时代"记忆,变成崭新的"食物"。诗是食物,是豆腐,是菠菜,是鸡蛋,是面包。我的诗,最大可能是胡桃,需要撬,需要敲。我的诗有受虐倾向,受虐是不是受难——神圣事件的世俗模仿?对了,我以前大概是先锋诗人,现在不是先锋诗人,尤其近年,或者说我很不屑被称为先锋诗人,那里,投机分子太多,仅此而已。

翟月琴：阅读您的诗,追根溯源,从中发现一点您诗歌接受的变化。胡亮在《"为文字"或诗歌写作的第三维》一文中，就车前子在文学史中的定位做过说明："同年第九期，《青春》刊发了五名读者的商榷文，扬之者抑之者皆有之；年底，在诗歌界拥有重要发言身份和发言平台的诗人公刘和丁国成先后撰成了《诗要让人读得懂——兼评〈三原色〉》和《酸涩难咽的青果——简析组诗〈我的塑像〉》，先后刊发于《诗刊》一九八三年第十二期、《作品与争鸣》一九八五年第二期。由是，对车前子的批判渐成合围之势，年轻的诗人迅速成为又一轴心焦点式人物，半年不到，声名大噪。一九八五年，阎月君、高岩、梁云、顾芳编选的，后来被历史证明为经典读本的《朦胧诗选》由春风文艺出版社出版，车前子在该书中所占的篇幅显示了他已经被时人目为朦胧诗相对重要的写作者之一。然而，到了二〇〇四年，当洪子诚、程光炜编选《朦胧诗新编》时，却在名单中划去了车前子；二〇〇六年，他们才在《第三代诗新编》中重新给车前子安排席位。"您有没有注意到这种变化？

车前子：洪子诚先生、程光炜先生编选的《朦胧诗新编》和《第三代诗新编》，抱歉，我没看过，《第三代诗新编》听你说选了我的诗，他们也没给我寄，所以不知道。现在知道了，好啊，学者和诗人的方位与方向不同，哪本诗集收录我和不收录我，只说明学者的方位，并不说明诗人的方向。你不知道吧，我曾经是位书评人，甚至可以说，有些年我就靠写书评为生，阎月君女士、高岩女士、梁云女士、顾芳女士编选的《朦胧诗选》后来再版，报刊约我写书评，我写了，我在书评里写道，这是一本很好的诗选，尤其增补诗人多多的作品，美中不足，是选了车前子的作品，如果把他剔除，《朦胧诗选》就完美了。

翟月琴：您的诗歌有一定阅读的难度，时常带给读者朦胧的感觉。但您诗歌内容的日常化、语言文字的前卫性，又是先锋的。二者并不矛盾，反而相互激发，形成别具一格的创造性诗歌文本。

车前子：我希望我的诗歌文本不是讨人喜欢的！不要像他们那样讨人喜欢。（坏笑）一首诗站立于知识分崩离析之处，谈论诗人的别具一格之前，要长个心眼：是别具一格呢，还是耍花招？花招多看几眼总能拆穿，而别具一格深不可测，一方面深不可测，一方面又线条清晰，线条清晰显然尤为重要。别具一格不是耍花招，别具一格就是独立，但也是合作，一种决不妥协的合作。精神性使别具一格遗"精"为"神性"，这是无法替代的进度。你说到阅读难度，是读者与诗人都会遇到的问题，诗人遇到问题，要养成习惯——用想象力去解决；读者遇到阅读难度这个问题，也要用想象力去解决。我的建议，在解决之前，诗人与读者首先需要相信：诗是另一种语言。

翟月琴：您是否也有期待的读者？怎么看待诗歌阅读中的"懂"与"不懂"？

车前子：当然有，我期待韩愈和黄庭坚能读到我的诗。把自己像一个频道调到猛烈的风暴之中，心地却要安静，就在此刻，会相信有两个世界：一个是图像的（山川、人物、首都、古镇、镜子、树林、情感，包括文字）；一个不可见、未知，存在于语言思维之中，其实是第三世界。为了嘲弄泛滥成灾的情感，我信奉难度写作，沉湎于一首诗的多义性。现实毫不多义，只有语言，你越对它尊重，它越多义，也就是说语言的多义性来自诗人对语言的尊重程度。而大多数读者希望一眼看懂一首诗，并希望诗给出他们自己所设定和理解的深度与高度，这是传统阅读赋予文本的一种线性。线性会让写作做出庸俗的停顿：貌似密度的言志；貌似浓度的抒情。只有抛开线性之后，一首诗的密度与浓度，一首诗密度与浓度的总和——强度出现了（仿佛出席，仿佛出血）。强度来自哪里？强度来自语言的内部结构，它是简约的晶体，给语言出神的压力，使它变形组织一个汉字的分子结构。于是涉及修辞问题，任何修辞如果不能使一个句子有"重新的遭遇"，那么这个修辞即使完美，也是累赘，但大多数读者似乎喜欢这样的累赘，而不能面对句子：诗——句子！在表达上，诗既不模仿口头表达，也不遵守书面表达，这两种表达属于"功利交流"。诗表达，其价值在于无用，（应该）通过一个句子呈现。诗人不是无用的，否则就不能享乐、受苦、梦游与做爱，但不是无用的诗人必须处于无用的状态中，然后写作。诗人疑虑重重，在诗的表达与畅达之中，呈现简约与断裂，这点尤为重要，也尤为让读者感到隔阂。对于严肃的诗人而言，写诗是诗人在他既定的知识结构与气质框架中不断做出的撕掉行为，或许这样才能接近未知（因为未知是进入不了的），不是拼贴，恰恰留白，活生生从中撕掉一条。一条条撕掉，为了要在诗的内部培养起推迟末日来临的力量，而单调的思想和单调的情感就是最为当下的末日。诗是合格无用品，诗言诗，思想复杂所以句法复杂，想当然的"懂"与想当然的"不懂"大概都在这里。是不是也可以这么说？可以这么说！我的母语并不是汉语，而是诗。说了这些，会让我的诗看起来好懂一点吗？

翟月琴：口语化乃至口水化的诗歌，倒是容易从语言上贴近读者。但无论用什么样的语言，不能损害诗质。那么，诗之为诗，您的标准是什么?

车前子：这个问题太专业了吧。我引用以前的笔记：不一定非要确认高级诗歌，但一定要知道什么是低级诗歌。有的人写了一辈子低级诗歌，有的时代——整整一个时代写着低级诗歌。

翟月琴：您写过"他们把钟打开，拿出骷髅/他们停下，因为上发条的人已走"（《句子》），因为"审视人类生存状况的最后是诗人，因为他们被剥夺一空，剥夺一空是诗人的法器"（《车前子说诗》）。诗人首先审视人类的生存状态，但也遭受社会现实的百般磨砺，能具体谈谈您提到的"剥夺一空"和"法器"吗？诗人的职责是什么？

车前子：鲍德里亚有如此看法："即使世上还剩下任何知识分子……我也不参与那种知识分子的同谋式孤芳自赏，认为自己有责任去做某事，认为自己拥有某种特权，即过往知识分子的激进的良心……像桑塔格这样的主体再也不能介入政治了，哪怕是象征式地介入，但这也不是预测或诊断。"而桑塔格的看法是："鲍德里亚是一个政治白痴。也许还是道德白痴。如果我曾经幻想过以典型的方式充当一个知识分子，那么我的萨拉热窝经验早就会永远把我的妄想症治愈了。我与'知识分子的特权'没有任何关系。我去那里的意图，并非要做政治介入。相反，我的冲动是道德上的，而不是政治上的。我很乐意甚至仅仅把一些病人扶进轮椅。"在这里，我为什么引这两段文字呢？一、我要警惕我是否"认为自己拥有某种特权"，而说什么"审视人类生存状况的最后是诗人"；二、我要提醒自己虽然还不是"政治白痴""道德白痴"，很多时候，或许已经是一个"诗歌白痴"了。只有"诗歌白痴"愿意访谈，哈哈，逗你。诗人的职责是什么？纪德说过这样的话："在艺术上，只有平庸之辈才能轻而易举地真诚表达自己的个性。"诗人的职责，并不是表达自己的个性。一个诗人要有这样的能力，不论身逢盛世还是身陷乱世。

翟月琴：《再玩一会儿》写到的是"一捆线"。一捆线"编织出的复数，可以是松散的一根又一根线头撕裂着主体的思想和精神，也可以是拧成一股线团，由主要力量而决定其他线条的归宿"。我想，这股力量就是您守护的传统文化根脉。这大概是最有凝聚力的"一捆线"。在你的诗《钟与鹦鹉》中，鹦鹉是记录时间刻度的学舌者，它眼看着时间流走，却学会了诠释时间："时间坐在那里/看钟一口口地消失/那鹦鹉/向未来流传一句人话：'我是传统！'"传统应该是您创作的永恒命题？

车前子：朋友聚会，谈论更多的是自己的儿女而不是父母。命题当然有的，但没有永恒命题。命题时时变化，我这两年的命题，摘录我今年7月18日的日记：近几年，我好像有了——什么呢？命题？命题写作？我有了《万物》《无花果》《本地区神》《南方丑角》……几个"命题"，如果天玄地黄，进展顺利，将各写一百首。

翟月琴：您生活与成长的城市苏州，应该就是您个人的传统。1998年迁至北京生活，您曾言"2000年，终于对北京和苏州有了区别：北京是装神的地方；苏州是弄鬼的城市"。两座城市的差异何在？给您的创作带来了怎样的变化？

车前子：这些，我在散文随笔里都写过了，多次出版，就不饶舌。你提到"个人的传统"，这说法很有意思，让我想想……

翟月琴：提到传统文化，您的诗作写到中国历史人物、传说，《竹林七贤》、《即兴（的历史之一）》、《即兴（杜甫之二）》、《白蛇传》等。您是怎样以诗文体想象历史的？

车前子：历史对我而言，无非想象，而在写作之际，不仅仅想象，还是杜撰。我喜欢杜撰。重要的话说三遍："我喜欢杜撰！""我喜欢杜撰！""我喜欢杜撰！"大概我私底下这么认为：杜撰比想象更有想象力。

翟月琴：以上部分诗作采取即兴创作方式。兴会来临，信手拈来，现场完成。这一创作方式带有戏剧表演的性质。您怎么看即兴写诗这一创作方式？

车前子：2009年7月2日下午，我写了一首诗《混合着干草和青草的命运》：

> 我目睹我，
> 撒谎，
> 这没有什么骄傲，可以，
> 和父母的庸俗战斗，
> 用，不押韵的叶子，
> 是井水，
> 离开包着它的大地，
> 渴，口渴，
> 井水渴死在丢失的沉默里，
> ……这风格化的上瘾：
> 我也愿意植入甜故宫种甘蔗……
> 口渴了，就要撒谎，

如此，

命运，

混合着干草和青草的命运，

混合着青草和干草的命运，

混合着我们和我们的命运，

混合着干草和干草的命运。

干草，口渴；

青草，沉默。

后来，《混合着干草和青草的命运》扩展成平生最长的一个组诗《混合着干草和青草》。"命运"的胎记渐淡，即兴"这风格化的上瘾"也开始减轻症状，"青草，沉默"，即兴，沉默。

翟月琴：即兴是否也是一种游戏？

车前子：说到游戏，深刻好像永远重要的，有时候，直接却是当务之急。深刻（的游戏）是这样一种游戏：更多是对其游戏规则的审视、反思、批判；而直接（的游戏）是推倒过去的游戏规则，重来一个。鲁迅与福泽谕吉的区别大约在这里。我在深刻（的游戏）与直接（的游戏）之间旋转——写作即游戏。不是说写作的游戏性，而是说写作本身就是游戏：语言、阴影、虚构。比喻为下棋的话，语言是棋盘，阴影是棋子，虚构在那里下棋，而不是棋手。棋手就像诗人一样，诗人并不能完成一首诗，是语言、阴影与虚构完成诗。我记得有一位棋手，赢棋后有人采访他，他拍拍脑袋，说"天意"。诗人也深知写成一首诗（多少）有天意的成分，有天意成分的诗与没有天意成分的诗是能发现的，比如一首诗中突然摆脱诗人而自现的病句，在诗人写作之际甩出，这常常是神来之笔，难道不是天意吗？就是天意。诗人为了效果故意去写病句，与不速之客的病句南辕北辙。诗人的优秀与否，在我看来，取决于他对天意的认可程度。诗人在写一首诗时，不能两眼睁大，刚愎自用，他要有做梦的感觉。德里达说："用心学习的梦就这样在你的身上出现。"是的，"用心学习的梦"，诗人在梦游、神游、神游戏。诗人不是逆流而上，他顺流而下，顺天意而下，顺语言而下。这时候的诗人是身心放空的，成为一首诗的容器。这种状态，也可以称之为"即兴"，当然这个"即兴"具有修正功能的命名。诗拒绝预订。写诗是"来"，看上去像神来之笔的"来"，其实这个"来"还是"自来"——从自己这里涌出，也就是说，天意之外，尚有人力。写诗，不是完成"去"这个行为，好像在等——你是器皿，等水注满。其实是涌泉，不是拿着杯子去找水……越说越乱，我想再说一下，是另一个问题，诗人具体到写作中——在写一首诗时，总是准备不足的，也应该准备不足。准备不足，这是诗学。唯有准备不足才能完成一首诗。

翟月琴：黄粱称您的诗是"新鲜的语言花枝"，开启了"一个陌生而鲜新的语言异域"[①]。您从这种语言的游戏里，想要获得的是什么？

车前子：满足！想要获得满足。

[①] 黄粱：《新鲜的语言花枝——车前子的诗歌园林》，载车前子，《散装烧酒》，唐山出版社2009年版，第11页。

翟月琴：您说"艺术是喧嚣之日哑默的独有手法",所谓的"哑默"怎么理解?《算命》那本诗集很特别,您避开正文,专写"附录、注释和样品",这也是一种为"哑默"发声的方式吗?

车前子：是的,《算命》那本诗集的写法,"附录、注释和样品",的确是我理解"哑默"的发声方式。另外,在我看来,语言的"哑默",是诗歌"唯一丰饶的研究"。贝克特曾经说过："唯一丰饶的研究是开掘式的,沉浸其中,精神收聚,投入其中。艺术家是积极的,但又是否定的,从外部现象的虚幻中收缩,卷入到漩涡的中心。"我想要卷入的漩涡,是语言的中心,语言的漩涡中心。但语言有中心吗?漩涡倒是此起彼伏。贝克特又说："让每一个词都坠于沉寂之中,如弗里茨·毛特纳早已展示的那样,借此处于不再需要的险境之中,或许是这样。"而我祝愿,让每一个词都坠于哑默之中,光临险境,旧地重游。

翟月琴：您的创作向度颇广,可谓精通琴棋书画医卜花茶美食的诗人。您的画作被张仃先生誉为国内"真正的文人画"。能谈谈您眼中的"文人画"吗?

车前子：还是谈诗吧。

翟月琴：书法与绘画的载体——线条,它与诗的文字语言有共通性吗?

车前子：记得阿恩海姆说："书法一般被看作心理力的活的图解。"我不知道他谈的是不是中国书法。线条是一种能量,来自气力。中国书法用笔如水：一番惊涛骇浪,要不了多久复归平静,深水不流。"夫人之立言,因字而生句,积句而成章。"(刘勰)长句、短句、顺句、逆句、整句、散句、插句、倒句……与书法对比,句子相接的几个方法：中断,截搭,透过,翻转,折进……完全就像书法用笔。而古文中的修辞,比如错综法:"迅雷风烈"(《论语》),"吉日兮辰良"(《夏小正》),"春与猿吟兮秋鹤与飞"(韩愈《罗池神碑铭》);比如省略法:《论语》"沽酒市脯不食"是"沽酒不饮市脯不食"的省略,完全就像书法结体。刘熙载:"空中荡漾,最是词家要诀。"书法与绘画的线条,与诗的文字语言的共通性就在于都要"空中荡漾",然后又"终不许一语道破"(《白雨斋词话》)。"空中荡漾"即是神妙。何谓神妙?前人曰:"凡学人所不能到处,即其神妙处。"

翟月琴:很意外,您还写过话剧剧本《南方》《鸡狗》和《一边的走马灯》。是怎样的创作经历?

车前子:我写了不只这些,有六七个。经历么,不比诗歌好写。可惜我在旅途,手头没有,否则引用几个话剧片段,让你鉴定。

翟月琴:话剧创作,对您的诗歌写作有什么启发?

车前子:当然有启发,但具体启发了什么,又说不清。

翟月琴:是否想过将这些剧本搬上舞台?还是满足于案头剧?

车前子:我写的时候就想,它们应该被阅读,而不是被观看,于是在听觉上设置不少圈套,比如谐音的圈套:写的是"雪崩乌龟",听起来就成"血本无归"。

翟月琴:以面具、提线木偶入诗,营造出的戏剧情境不言而喻。您的诗歌里,是否也存在一种剧场性?也就是借助布景、音乐、灯光、道具等,在诗歌里呈现立体化的综合舞台效果。

车前子：我喜爱的作家克洛德·西蒙说过："假如我不写作，什么事情也不会发生。"首先要写出一首诗——至于舞台效果，苏珊·桑塔格《沉默的美学》里说道："每一个时代必须为自己重新启动一个'精神性计划'。"这个"精神性计划"，多少可以被"舞台效果"所比喻。还是说点别的。苏珊·朗格对我说："好的画，要一眼看去像乳房。"我说："那要看谁的乳房。"她带我去阳台，好像美术馆的场景，一房间奶嘴四处走动，没有身体。苏珊追着我，一边追，一边骂我："诺怒！诺怒！"我现在还想，"诺怒"是什么意思？看来我需要写一首诗才能破译它。附记，或者更正：其实是苏珊·桑塔格。我明明知道她是苏珊·桑塔格，一喊出口，却是"苏珊·朗格"。这是我做过的一个梦。这个梦后，我又做了两个梦。第一个：我经过一群诗人，大都认识的，有名有姓，这里略过。他们在谈论一个叫"O-Gai"的女诗人，新西兰或者荷兰什么地方的，生于1963年，她认为叶芝早期诗歌的成就超过晚年之作。我好像要赶路，没有与诗人闲谈。第二个：我吃全素了。醒来，正想着这个梦，又睡着了。居然这个梦能继续做下去，我吃全素了，吃着一盆绿叶菜，吃到一根头发，闷闷不乐。另外，诗人的成就并不在苦思冥想，他成就在——感谢！

蓝蓝(杨少波 摄)

蓝蓝

我亲吻祭坛,向缪斯献花

1967年，蓝蓝出生于山东烟台。1980年，她发表了处女作《我要歌唱》。最初的诗作，不乏小麦、石磨、炊烟与溪水等乡野风景。她在五岁前，一直跟随姥姥在大沙埠村生活。直到五岁时，离开山东，来到了父亲的故乡河南，在小山村白塔营读小学。1973年，随父亲迁至宝丰县城，继续读书。乡间单纯的景象、质朴的人际关系，是她的童年记忆底色。在她未来的诗篇里，这抹底色挥之不去又晕染开来，构成了结构性的抒情基调。她的诗行简洁、短促，宁静舒缓之外，偶现清脆碎裂的声响。想必是太遵循内心的感受，却无法在外部世界获得回响，显得愈发不确定，甚至有些不安。

到了20世纪90年代以后，她的诗逐渐彰显出力量感，一行一顿掷地有声。或许是一种自我暗示：发出响亮的声音，与贫瘠的世界对话乃至对抗。这几乎是每一位女性都必然要面对的时刻，无论是激烈的或是平缓的，无论是短暂的还是长久的。如此力量，当然既取决于生活磨炼，又与长期以来的阅读经验不无关联。

新世纪以来，蓝蓝愈发关注社会公共话题。她像是在喉咙里置放了一个巨型音响，发出剧烈的震颤之音，延伸至"从这里/到这里"（《火车，火车》），扩散到"一个和无数个"（《母亲》）的耳朵里，以警醒"你们。我们"（《恳求》）。蓝蓝笔下的每一个语词、每一个标点，犹如扎疼胸腔的那一根毒刺。从私密生活转向公共空间书写，无疑是她暗示自我走出感伤、哀婉情绪的一条路径；此外，倾向于书写神话当中人与人、人与事的关系,也是她探寻诗歌内部复杂性的一种方式。2008年,她的诗集《从缪斯山谷归来》出版了,伊卡洛斯、俄底修斯、俄耳甫斯、丽瓦迪亚等神话人物形象,在她的抒情诗里绽放出耀眼的光芒。她不断汲取能量,释放情感,想要抵近的是语词与历史间的复杂关联。对她而言,抒情诗是传统与现代、情感与知性、抒情与叙事相互缠绕和辩证的结构性命题。我们似乎总能看到蓝蓝躬身向前,喃喃细语着:"我亲吻祭坛,向缪斯献花。"

翟月琴:许多诗人对抒情诗有误解,您却将自己定义为抒情诗人。其实,抒情又避免抒情主义,不落入感伤诗的藩篱,相当见功力。关于感伤诗,有学者归纳为自我沉溺于哀婉的情绪,情感的沉迷超过刺激所许可的范围和情感过分直接的表达而缺乏充分的对应物。① 您是怎么理解抒情诗,且避免写成感伤诗的?

蓝　蓝:我们对某件事情的理解往往和历史环境、社会环境有关,甚至连阿多尔诺不也说过"奥斯维辛之后写诗是野蛮的"吗?但我们也知道,奥斯维辛之后保罗·策兰继续在写诗,他的父母都死于集中营,但谁又能指责他写诗是野蛮的?他对野蛮和暴力的反抗就是继续写诗,用他对德语的更新反抗那个屠杀犹太人和掠夺自由的野蛮德语。

　　从诗经时代起,中国一直有抒情诗的传统,并且延续到今天。这一点和西方不同。古希腊文学是从叙事史诗开始的,苏美尔人的《吉尔伽美深》、荷马的《伊利亚特》与《奥德赛》都是叙事诗。以第一人称开始抒发个人情感的抒情诗是古希腊

---

① Alex Premeinger ed., *Princeton Encyclopedia of Poetry and Poetics* (Princeton, N. J.: Princeton University Press, 1965), p. 763. 翻译见张松建:《抒情主义与中国现代诗学》,北京大学出版社2012年版,第251页。

女诗人萨福开创的。如果对诗歌文体的流变有一点常识的话，我们就会知道，诗人们写作形式的变化也和社会背景有关。晚唐和宋代的诗歌开始加入了更多的叙事成分，隐逸避世与降低抒情声调成为潮流。咏史诗和咏物诗大量出现，反映在当时的诗歌创作中就是以议论和散文化方式表现。但不管怎样，抒情是诗歌的基本元素，诗歌不可能像小说散文那样叙事和议论，它的节奏、韵律以及处理时间、空间的方式是其他文体不可替代的，也是诗歌之所以是诗歌的本质。至于"伤感"与否，与每个诗人的气质、生命经验有关系，问题在于你能否赋予经验以意义。杰出的诗人能够把伤感也写得有意义。抒情诗最需要警惕的不是伤感，而是陈词滥调。

翟月琴：您笔下有黄昏、夏夜、春夜、秋天、五月、七月，也有野葵花、柿树、苹果树、蔷薇、芦苇、玫瑰、百合、向日葵、栗树、山楂树，这或许与您童年的乡村生活经历有关。您究竟是如何观察植物并形成自己的写作视角的？记得您还写过一首诗《观察》，涉及观察的视线、距离等。

蓝　蓝：童年的乡村生活培育了我对大自然的热爱，这使我受益终身。人本来就是大自然中的一个种类，我爱那些草木庄稼，土地的伟大令人敬畏。爱大自然中的一切，意味着对一切生命的热爱。大自然不仅仅给人以启示，而且它对人类来说也是莫大的安慰。草木的枯荣、星移斗转等等，四时有信——冬天过去了春天还会再来。信，就是希望和信念，是那些遭受厄运的生命的期盼和希望。

　　记得动画电影《怪物公司》里，大毛怪给人类的小女孩起名"阿布"，另一个大眼怪说："如果你给她起了一个名字，就会对她产生感情。"这也是我经常想知道那些植物的名字的原因：知道一棵草、一朵花的名字，就像一次认亲的行为，是人和大自然建立永恒关系的举动。想想看，必有一死的人，能够进入大自然永恒的生命之中，这就是一种宗教情感。在大自然面前，不存在无神论者。你对自然的观察越细微，你的观察视角越全面，你对认识自己和世界的关系越清晰。这一切都能够帮助我们生活，丰富我们内在的精神世界。换句话说，一个人与世界的联系越广泛，她属于世界的永恒性越全面，她的生活和生命就越有意义。

翟月琴：破折号几乎成为辨识狄金森诗歌不可忽略的语言形式。您对于省略号、破折号和惊叹号的使用也别具一格。这种诗歌语言的自觉，是如何形成的？

蓝　蓝：是表达感受的一种内在需要。我们通常会有连语言也无法表达的感受，有无法言说的感受，那个时候，这些标点符号的使用替代了可能的沉默，甚至它们能够引导人们的想象力去抵达那些不可言说、无法言说的感受。我还认为，省略号、破折号、惊叹号，这些标点符号有自己的语气和语调，它提供了一个想象和思考的空间，对语言敏感的读者可以在这个空间里找到诗人思想和感受的线索。准确使用这些符号是在长期的写作中磨炼出来的，就是认真专注的劳动，它甚至不是技巧，很多时候就是和语言浑然一体的表达之必要。

翟月琴：1983 年，您开始阅读北岛、多多、顾城等诗人的诗歌作品，您从中汲取的诗歌资源是什么？

蓝　蓝：在此之前，除了古体诗，我所受到的诗歌教育极其贫乏。用当代汉语写的诗歌，大多是歌颂伟大领袖、国内形势大好以及"反帝反修"的诗歌，还有"小靳庄诗歌"之类。翻译诗也多是海涅、雪莱的"革命诗歌"。举个例子，我曾经买到一本60年代出版的艾吕雅的诗集，上面选的诗充满了革命斗志，和80年代以后出版的艾吕雅的诗根本不像是同一个人写的。编选者的意图非常清楚。那时候的诗大部分都是标语口号一样的诗，充斥着陈词滥调。直到我读到了泰戈尔的诗以后，才发现诗歌原来可以有很多种表达的方式。等我读到北岛他们的诗歌，更是发现诗歌原来可以这样写。他们的诗，包括80年代后期大量出版的翻译诗歌，给我打开了一扇新奇的窗口。这些诗歌更自由，无论是从主题还是从表达形式，它们让我明白诗歌有无限的可能性——也就是说，让我明白什么才是真正的创造。最重要的是，一个人可以真实地表达自己。这对于一个厌恶了谎言、厌恶了陈词滥调的初学者来说，是尤其珍贵的启蒙。真实和自由，诗就是应该这么写。

翟月琴：1987年，您在深圳大学读书期间结识了诗人王小妮。她的书写方式，想必也对您的写作颇有启发？

蓝　蓝：我在大学的时候，参加了王小妮、徐敬亚等老师组织的深圳青年诗人协会。那个时候我和他们的交往不多，但是会在报刊上阅读他们的诗歌。王小妮是我非常尊敬的诗人，尽管我们的写作风格不尽相同，但相信我们的价值观是一致的。她的冷静理性、对日常生活的关注，在中国诗坛是独树一帜的。就个人气质和抒情方式而言，我的诗更靠近诗人多多那一种写法。我和他聊过，我们喜欢的诗人差不多也很相像，比如勒内·夏尔，比如洛尔迦，等等。

翟月琴：我注意到您对诗人雅姆（1868—1938）、阿赫玛托娃（1889—1966）、茨维塔耶娃（1892—1941）、保罗·策兰（1920—1970）等的热爱。这些诗人能够走进您的心灵，让您模仿时又寻求自我突破，一定是有原因的。能详细谈谈吗？

蓝　蓝：俄罗斯白银时代的诗人给我的启示更多的是他们的道德情感，他们对时代和世界文明的良知承担。我喜欢的法国诗人雅姆和勒内·夏尔在写作风格上是完全不同的，一个是极其朴素充满怜悯，一个是极具爆发力和想象力，但两者本质上殊途同归，都扩展了我们对人性的认识和想象力的边界。保罗·策兰和勒内·夏尔在语言表达上更为相似，他们的思维极其跳跃，善用隐喻，上下两句之间的跨度之大，非有丰富的想象力不可连接和抵达。我并非在他们和雅姆这样以朴素的叙事因素见长的诗人之间制造等级，完全不是，而是说，他们的表达方式不同，读者对他们的期待也不同。大师的作品可以学习，但学习的最终目的是避开他们。因为他们能够教会我们的，就是创造，是你自己的创造，而不是模仿。在古希腊语中，诗人的含义就是创造者，没有创造，没有对语言的贡献，写出来的都是陈词滥调，又有何意义？

翟月琴：您写《真实》《矿工》《嫖宿幼女罪》《艾滋病村》《汶川地震后的某一天……》等，触及社会现实的黑色面孔，触目惊心。您曾在第十六届华语文学传媒盛典"年度诗人"获奖感言中说："诗歌以不降低人尊严的方式，安慰被剥夺者和弱小者，鼓励着信任道德情感的人，缝合那些被撕裂的时间和空间，缝合那些被撕裂的人与人之间的联系，也缝合着诗人可能分裂的自我。"也许您写诗的用意，从来都不是将撕裂的一面展现给人们，而是缝合被撕裂的关系？

蓝　蓝：我那个获奖感言，后来在报纸上发表出来是节选的版本。谈到"撕裂"，大家都知道，人是关系中的存在。诗歌对人类的最大贡献，就是通过诗歌最基本的表达方式让我们意识到人类是一个整体，人类与自然万物是一个整体。这也就意味着世界上发生的所有悲剧都和我们自己有关系。这种关系直接让我们的言行进入到一个伦理的考量之中。拿善与恶来讲，善致力于与他人建立联系，而恶则要撕裂和隔绝人与人的联系，唯有让每个人与他人隔离，才不会关心人类的整体命运，这是恶可以为所欲为的一个前提条件，人类所有的战争、屠杀、强权，无不建立在这个基础之上。卡夫卡说自杀的奥地利诗人特拉克尔"死于最没有想象力的战争"就是这个意思。因为想象力能将看似不相干的事物与人联系起来，能够体察他人的痛苦和恐惧，而想象力正是诗歌能够培育的一种能力和品质。我希望在展示被撕裂的现实的同时，也能够通过写诗，来缝合这种隔离和撕裂，因为人要怀着希望生活下去，尤其对于诗人来说，内心的分裂是可怕的。诗人要接受自己写下的诗行的检验，你不能写一套做一套，那是伪善，是不老实。

翟月琴："保持一头爱的雄狮在她的柔弱中"（《喧嚣中的独处》），这句诗给我留下了深刻的印象。事实上，很多被刺痛的人，总是愿意关上爱的大门，似乎保护好自己不再受伤害显得更安全。可是您却在被爱与爱之间找寻平衡点，无论现实如何悲凉、破碎和残酷，您总是希望透过诗来传达爱的力量。您是如何看待爱与被爱，又是如何透过诗表达的？

蓝　蓝：爱是人类最伟大的力量，但爱也是最温柔的力量。与被爱相比，爱更主动，也更有幸福感，因为只有精神富足的人才能够去爱而不是索取爱。爱属于强有力的人，因为真正爱就意味着不计后果，不进入交换领域。一个人人都是商人的世界是多么可怕。所以爱的牺牲、奉献都是宗教性的，只有爱才能拯救世界和堕落的人心。我相信爱，诗里也有很多地方写到爱，有一首诗题目就叫《爱》，有好几次朗诵这首诗的时候，现场的听众中都会有人落泪。在《祈祷》这首诗里我也写到过在关系中对爱的剥夺和奉献，事实上爱是无法被剥夺的，它是自我圆满的强烈的情感，剥夺者中也常常有人被爱的力量震撼，最终回归于爱的温暖。

翟月琴：我曾细读过您的诗歌《母亲》，"一个和无数个"的回环，使时间从闭合、终结和有限走向了蔓延、浸润和无限。这样的时间关系，体现的是您将会用一生与双胞胎女儿相处的点滴情感经验。母爱是您诗歌中反复渲染的主题，比如《发现》《给孩子》等诗。这是怎样的创作体验，未来还会为女儿写怎样的诗？

蓝　蓝：前一段有记者采访时问过我一个问题，就是女诗人与男诗人的区别。我回答说，女诗人特有的女性体验是男性诗人没有的，这就是作为女性的特殊意义。做母亲的体验是孩子给予我的，是孩子让我成为母亲，也让我体会到我的母亲、千万个母亲的艰辛和她们面对生活时的坚韧无畏。这不是创作体验，这是生活——包括写诗，也是我生活的一种方式。我只是个会写诗的母亲，是千万个母亲中的一个。诗歌传递爱，就像一代代的母亲传递给女儿，不仅如此，当我发现我的女儿也在偷偷写诗的时候，我忽然非常感动，这就是你说的"回环"吧。我想，我还会继续为她们、为更多的母亲和女儿们写诗。

翟月琴：20世纪90年代以后，诗人的创作逐渐呈现叙事化的趋向。您却不为潮流所动，坚持诗的抒情性。您的《纪念马长风》因为涉及人物、故事、情节，常被看作带有叙事性的诗作。这首诗从火车开始写起，就蕴含了一种抒情的调性。您能谈谈抒情与叙事之间的差异，以及在这首诗里是如何体现的吗？

蓝　蓝：叙事有一个特点，就是按照事件发生的时序进行，但抒情不是，抒情是按照内心感受重新组织时间和空间，并不按照时序，但却有自己内在的精神秩序。比如说"蓬莱宫阙对南山，承露金茎霄汉间。西望瑶池降王母，东来紫气满函关"。第一句写遥望，第二句就跳到隐士们在吸吮玉露，第三、四句跳跃得更远。在一个单句里面，时空是迅速变换的，这是抒情与叙事最大的不同。还有一个不同就是抒情诗善用隐喻，叙事也可以用隐喻，但往往是就整体性而言的隐喻，不像抒情诗在字词之间就可以随时运用隐喻。这首《纪念马长风》写的是一段真实的经历，写我和马长风、张黑吞、杨稼生三位老师一起坐火车去南方采风，在路上听马长风老师讲他"文革"时被打成"反革命"的经历。第一段火车上的场景很快就转换到了火车也是时间运送生命的载物，到了最后两段，其实这列火车上我们四个人中已经有两个人不在人世了。所以，尽管这首诗中有一部分叙事情节，但"火车—时间"来回穿梭，依然是以抒情诗的写法来完成的。

翟月琴：诗集《从缪斯山谷归来》（2018）特别关注"时间和历史中人与人、人与万物的关系"。您将古希腊神话中的人物引入诗歌，比如伊卡洛斯、俄底修斯等,是怎么考虑的?

蓝　蓝:这部诗集的确是我从希腊回来后写的。我在希腊去了缪斯山谷,那是传说中缪斯们经常游荡、沐浴的赫利孔山,在山谷里有缪斯的祭坛。我无法形容我到了那里时的心情——我亲吻了祭坛,并采了一把野花献给缪斯们。我意识到我是个诗人,为美和爱而写诗。我也意识到尽管缪斯是古希腊的神,但这种精神性的象征依然会震撼写诗的人。不过,这种意识也让我产生了另一种心情:我是个汉语诗人。这非常复杂。我们的传统里没有艺术之神,我们有灶神、财神、老天爷,我们热爱大地,但你不太可能将土地爷、城隍爷作为精神性的艺术象征来崇拜。我们没有艺术的人格神,这是因为先人们没有造出来。尤其是"文革"之后,我们干脆什么都不信了。没错,大地和天空还在那里,海洋掀起波浪,花儿在开放,而这一切中的不朽神性,依然有待我们去书写,给我们的后代留下点什么。《从缪斯山谷归来》这部诗集分两部分内容:一部分写了我在希腊的所思所想和我对希腊文化的感受,另一部分写中国农村的现实状况。我不是一个民族主义者,世界文明是我所向往的,但我对生我养我的土地抱有更深的感情,我的心和笔自然也会写到它——异域的经验会让我反观我们自己的生活。所以,尽管我写了很多古希腊神话里的人物,它们依然指向我们自己的当下,它们属于当下,是现在时。

翟月琴:在"世界渡口与心灵之火"的活动(2018年5月19日,北京)中,周瓒说的一句话我特别认同:"这是一个诗人的努力,她能够寻找到并分离出这'另一个'形象并用诗描述它。如果她成功描述出来了,这个'我'就诞生了,就保留在她的身上了。"您作为抒情主体，与这些古希腊人物的关系是什么？

蓝　蓝：我写过一部随笔集，书名就是《我是另一个人》。我们能够从某些人身上体会到人类的命运，也能体会到他们对于世界的看法，无论这些人是古代的还是现代的，是外国的还是中国的。人性是共通的。从这一点来讲，一个诗人选择写什么，一定是发现了她自己命运和精神中包含的东西，抑或她期望拥有的或反对的东西。这就像是换身术，成为另一个人，承担他人的情感和命运困境。譬如伊卡洛斯，他和西西弗斯一样，都在努力挣脱引力，超越自己的命运。譬如奥德修斯，他既是希腊神话中的英雄，但同时又是一个狡诈的、诡计多端的人。写他们就是写我们自己，写我们对自我的肯定或者否定，探讨人与人、人与世界的关系。说到底，诗歌帮助我们生活，让我们能够认识自己的局限性，让我们能够自我反省和自我教育。

翟月琴：我注意到《俄耳甫斯之死》，地狱和矿井并置。事实上"矿井"多次出现于您的诗歌中，包括《纪念马长风》《在赛里弗斯》，这种类比，指向的是怎样相似的人类生存境遇？

蓝　蓝：一种和牢狱差不多的境遇。它们都不见天日，在地层下，没有自由和希望，那是死亡统治的国土。俄耳甫斯有很多诗人写过，米沃什、里尔克，都写过，写他去冥府的过程。赛里弗斯是希腊的一个岛屿，岛上有很多泉水和芦苇，还有很多矿洞，传说中那个满头蛇发的美杜莎、独眼巨人就住在洞穴中。在这个岛上发生过惨案，罢工的矿工死于矿主的屠杀，而他们愤怒的妻子们杀死了矿主。岛上就有纪念这些矿工的雕塑。自由的泉水和茂盛的芦苇与死寂的矿洞形成了强烈的对比，矿井会让人产生窒息感，仿佛它通向地狱。每个感受过绝望、被剥夺了自由的人,对这种黑暗、封闭的空间都会非常敏感。它不是比喻,而是真实的生活带给人们的噩梦。诗人就像那个手拿诗琴的俄耳甫斯,他去了地狱,他活着回到人间后应该告诉人们地狱是什么样的。我在《萨福之死》中写到的场景有高楼和冒烟的汽车,这些也都是在写我们当下的生活。

翟月琴:丽瓦迪亚是记忆女神摩涅莫绪涅的故乡。《丽瓦迪亚》这首诗像是要表达记忆与诗的关系,您认为二者的关联是什么?

蓝　蓝:古希腊神话里,缪斯女神的母亲就是记忆女神摩涅莫绪涅。她生下了九位分别司持诗歌、音乐、历史、舞蹈、诗歌、数学和天文的女儿。这个神话很有意思,记忆生下了艺术,这九位女神中有一位司持历史。也就是说,古希腊人的心中,艺术来源于记忆。人类的经验与情感通过艺术可以与他人分享,个体的经验和情感也是如此。所以米沃什写下这样的诗句:"我来了,那隐形人。也许受雇于一个伟大的记忆,为生活于现在……"诗歌中,记忆被书写的意义在于它与现在相关,以至于历史学家也认为,所有的历史都是当代史。只不过诗歌是以它特有的方式来书写记忆,诗歌的"现在时"能打破物理性的时空,将诗人的所思所感置于当下,置于日常生活之中。

翟月琴:《皮拉传》特别有意思,写的是希腊英雄阿基琉斯常被忽略的"女童记忆"。神谕说阿基琉斯会率领希腊联军在特洛伊战争中取胜,出于保护心理,母亲将幼年的他扮成女孩,取名皮拉。您为什么作为叙述主体去观察"她"的形貌姿态、揣摩"她"的情感心理、评价"她"的生命遭遇,而不是以戏剧独白的方式,让"她"直接诉说?

蓝　蓝：荷马史诗中，阿基琉斯和其他英雄最大的不同就在于他是个深情的人，和那些冷酷无情的男人形成鲜明对比。他是被奥德修斯和阿伽门农用诡计捉到并逼迫去特洛伊的，参战也是为了替挚友报仇。在荷马的笔下，他特别爱哭，这更像是一个经常被男人们嘲笑的女性形象。这一点我会在诗剧中给予呈现。他小时候的名字叫皮拉，意思是红头发的姑娘。《皮拉传》这首诗如果以第一人称写他，会显得很突兀，交代"他原本是她"的故事也会很拖沓，如果以一个他者的视角来写，在节奏的把握上比较自由，也能起到由旁观者证实他是位女性的作用。

翟月琴：达菲的《野兽派太太》以古希腊女性人物伊卡洛斯太太、珀涅罗珀、欧律狄克为题，采用戏剧独白的形式，让她们直接发声。您的《珀涅罗珀》也是如此，但与达菲表达的内容又全然不同。您想要颠覆的是被男性塑造出的女性形象，让她歌唱出隐秘幽微的悲哀、愤恨与挣扎；而达菲首先承认珀涅罗珀"坚守贞洁"二十年的事实，然后想象她如何专注于织补的手艺，透过艺术化的想象实现了"坚守"的可能。珀涅罗珀这个女性形象，您能进一步谈一谈吗？

蓝　蓝：从男人的视角看来，珀涅罗珀是女人们的榜样，一个对丈夫忠贞不贰的形象，即使她的丈夫让她二十年独守空房，一路上还和别的女性同床拥衾，她都无怨无悔等着他。这是不少男性的理想吧。她难道是个木头？没有遭受背叛的痛苦？没有守寡一样的绝望？如果她不说出来，这些谁知道呢？荷马是个男人，古希腊城邦的女性连投票权都没有，看来古今中外女性的社会地位都是一样的。如果话语权永远在男性那里，女性的命运也永远不会改变。珀涅罗珀原本是奥德修斯比赛的战利品，是财产的一部分，并不是因为爱情他们才结合在一起。达菲笔下的珀涅罗珀是一个慢慢醒悟的女性，等奥德修斯回家的时候，她已经无动于衷，不在乎他了，只专心做自己的事情。我把她写成一个一开始就知道自己会拥有何种命运的女性，她清楚丈夫是个什么人，也知道他归来并非是为了她，而是为了国王这个宝座。同时，悲惨的命运也让她变得冷酷。阿特伍德在她的诗体小说《珀涅罗珀记》中，就把她写成一个为了掩饰自己有情人这个事实，而听任奥德修斯把十二个女仆吊死的王后，因为她想保住性命和宫中的位置。这和荷马史诗里的描述不同，但揭示了在男权统治下女性的悲惨境遇，无论你是王后还是女奴。让女性说话，让她们有话语权，这是我想做到的。

翟月琴：您在《〈野兽派太太〉：瞧这些女人们》一文中提到"正是对他人痛苦的想象力使人开始进入文明"，这句话该如何理解？

蓝　蓝：文明是什么？文明的本质就是人与人的平等，包括人与自然的平等，是使权利与义务相区别、相对立的一系列权利界定和义务规定。举个例子，当一个丈夫出去工作挣钱养家，妻子在家照顾孩子，没有文明概念的人会认为是男人在养家糊口，而女人是靠男人的施舍生活。但文明人则会认为，妻子照顾家庭和孩子，同样是劳动者，她承担了维持一个家庭所需要的另一半重要工作，这也是对社会和国家的贡献，她和丈夫一样应该得到平等的对待和尊敬，只是因为分工不同，她的劳动价值并没有以货币的形态体现出来。我知道在一些国家，女性的劳动价值已经被法律所保障，但在我国还做得远远不够。能够想象到他人的痛苦，会使得我们不再歧视和奴役他人，也会使我们不能忍受人间的野蛮和暴力，这就是真正进入文明的精神准备。

翟月琴：台湾诗人陈育虹的诗集《索隐》，通本都是诗人试图与萨福的对话。因为萨福一生作诗五百多首，两千六百多年过去，留下的多是片段。陈育虹以求索、提问、隐喻和回应的方式重新翻译、解读萨福。您的《萨福：波浪的交谈》似乎也在寻找一种与萨福对话的可能，对话中，您获得了什么？

蓝　蓝：陈育虹送给过我这本诗集，她写得非常认真而用心，正像你说的那样。我去过萨福的故乡莱斯波斯岛，岛上有很多萨福的雕像。希腊语中的"女诗人"这个词原来是专指萨福的，后来才泛指女诗人。希腊人包括很多西方人对萨福的诗都非常喜爱。只有到了希腊，才知道这位女诗人多么受人尊敬。我曾在一篇访谈文章中谈到萨福诗歌的意义："她以抒情诗的方式，在西方诗歌中与荷马的叙事诗传统达成了形式上的抗衡。这是了不起的创造，这是一个女诗人为人类文化做出的伟大贡献。"写这首诗意在对女性书写的思索和不同文化的对照，而且这首诗中出现了一个新造的词，同样也是专指汉语女性诗人，读者可以在我的诗集里看到。

翟月琴：您写《萨福之死》时，特别提到美国女诗人 H. D.（希尔达·杜利特尔）也曾在诗歌《墓志铭》中涉及萨福。事实上，H. D. 也格外钟爱希腊神话。可惜这么重要的诗人在国内介绍并不多，大概赵毅衡先生翻译过几首她的诗歌。您能谈谈这位女诗人和她的诗吗？

蓝　蓝：关于 H. D.，很多人都知道她和庞德的一段情感，但她离开庞德不仅仅是因为家人的反对和双性恋的困扰，也是因为要摆脱这位大佬在艺术上对她的指手画脚。她的很多诗歌借助希腊神话中的女性形象，表现了在一个男权社会中女性的视角，同时也勇敢地写出了女性的欲望。国内只有很少一部分她的诗歌译作，但我没有看到出版诗集。有个诗人朋友送给过我一本她的英文诗集，我只能借助词典阅读了其中十多首诗。

翟月琴：您写过一首《看中学生排演诗剧》，这场演出应该是与特洛伊战争有关。"希腊摄影师肩膀在剧烈颤抖，/所有人都听到了他直达脚底的笑声"，这是一种怎样的体验？

蓝　蓝：2014年国内一个中学生夏令营应邀到希腊参加文化交流，他们排演了我的一个短诗剧《边界》。他们的校长王强先生带队，而且这位我很佩服的校长自己制作了赫尔墨斯的服装并出演其中两个角色。特洛伊战争的惨烈在孩子们的演出中变形为极其柔软的"战争"，校长是被打败的一方。这和我们国内呆板的教育完全不同。因为夏令营需要拍摄制作一个视频，所以孩子们天真的表演令摄影师拼命忍住想笑出来的欢乐，才会有你引用的这句诗。我作为旁观者和剧本作者，当然知道这是一部瓦解战争和仇恨的诗剧，这样的演出效果正是我想要的。

翟月琴：可以谈谈您最近在写的诗剧《阿基琉斯》吗？

蓝　蓝：正在写作中，计划今年写完。剧名叫作《皮拉·阿基琉斯》。众所周知阿基琉斯是希腊第一勇士，前面说过，他小的时候被扮作女孩寄养在斯基罗斯岛。在这部诗剧里我就是把阿基琉斯写成一个女性，这并非空穴来风的想法。事实上荷马史诗里对阿基琉斯的描述，让他更像一个重情重义的女性，而有些研究者也认为他可能是个女性。这部剧将会探讨女性对自我身份的怀疑和确认，对男性中心的反抗。我的设想是全部由女性出演,其他的我就不"剧透"了,期待将来大家去看这部诗剧。

翟月琴:提到剧场,让我想到您的诗歌尤其钟爱以地理空间为题,比如《在萨洛尼卡》《苏格拉底监狱》《亲爱的伊亚》《在赛里弗斯》《丽瓦迪亚》《在安菲萨的老咖啡馆》。这本身否就是一种有关场景的想象?

蓝　蓝:上面这些诗写到的都是我去过的地方,是真实的场景。安菲萨的老咖啡馆也是真实存在的咖啡馆,但这个咖啡馆里有个可以演出的戏台。当年安哲罗普洛斯在这里拍摄他伟大的电影《流浪艺人》时,这个戏台还原了当时演出的情形。所以这首诗我写得比较复杂,里面写到了电影、中国的芭蕾舞《红色娘子军》、希腊人日常的生活、中国几十年的历史等等,这些都在这个场景里来回闪现。这样的地方有戏剧性,有历史感,有故事,也能提供丰富的想象。

翟月琴:周瓒、陈思安、曹克非等陆续做了一些诗歌剧场活动,包括《乘坐过山车飞向未来》《随黄公望游富春山》《吃火》等。您都看过吗?能不能谈一谈您对这几部戏的理解?

蓝　蓝:这三部我都看过。我非常钦佩你提到的这三位,她们也都是我的朋友。她们是女性意识非常明晰的诗人和艺术家,是当代中国诗歌·剧场领域探索的先行者。这三部剧作都是以女性的视角探讨历史、欲望、艺术、生存现实和命运的关系,基本都是小剧场作品,表现手法也不同于传统的戏剧,她们利用了多媒体、现代舞、现代音乐等多种表现方式,丰富这些剧作的内容。最重要的是,诗歌在剧中占有绝对的分量,尤其是女性原创诗歌,这对于中国当代戏剧无疑是巨大的贡献。

翟月琴：这些年您尝试与音乐人、戏剧人合作。对您而言，这种跨界意味着什么？

蓝　蓝：很多年前守麦乐队将我的一首诗写成歌，《如今我黑黑的眼睛》，他们演出后有朋友在网络上看到视频联系了我，那算是我的诗第一次和音乐发生了联系吧。后来李宗盛先生、李剑青、钟立风都与我有过合作，包括诗人姚风翻译的我的一首诗，也被葡萄牙一个乐队谱曲演出后出版了音碟。有一次，在希腊我遇到过一个音乐家和画家，他请我唱了一支《阳关三叠》，后来制成了唱片出版，算是我作为业余歌手的第一个作品。这些都是非常美妙的经历。本来，诗与歌是不分家的，古代的诗歌都能吟唱。音乐对我来说是最伟大的艺术，如果我有来生，我愿意去学习音乐。而戏剧，我和年轻导演孙晓星有过合作，是一个反映教育问题的话剧《日常_非常日常》。他是个非常有想法、有才华的导演和编剧。还有一个短诗剧《边界》，前面我们讲过了，也是他导演的，由史春波女士和美国诗人乔治·奥康纳尔一起翻译成英文在雅典演出。古希腊戏剧最早的形式就是诗，是诗歌语言外在的表现形式，所以，无论是和音乐人合作还是和戏剧人合作，对我来说，都没有离开诗歌。我要感谢他们让诗歌的声音得以更广泛地传播。

树才(徐爽 摄)

节奏邀请我的想象力去活用语言

树才

树才原名陈树才,生于1965年,浙江奉化人。20世纪80年代开始写诗。最初关注诗人树才,还是看到他在微博上谈及"诗歌的节奏"问题。那时,忙于撰写博士论文的我,正寻找"内在节奏外化"的论述依据。说来奇巧,"以月为琴,弹拨我心"的诗句,出自树才的一首诗《以月为琴》(后改名为《月琴》),刊于2004年9月的《诗刊》上。由此带给我的启示是,语词可以拆解,命名也能成诗。

陆续收到诗人树才寄来的诗集,包括《树才诗选》《去来》等,印象里,他的诗句格外简短。但简短中,柔和与力度并存。正如其人,讲起话来抑扬顿挫,娓娓道来,平缓的语调竟能制造出紧张的氛围。说起"诗歌的声音",很难将诗人与诗截然割裂,音调与语气的形成,与诗人的社会经验、生活状态、个性气质和情感认知息息相关。这篇访谈的用意正在于此。

我想要了解的是,这位诗人如何形成一种内在的诗歌组织,又如何外化于停顿、分行和语词之中。虽然树才写下的诗行,过于节省文字,可是,语词与语词之间粘连出的是诗人心底的沉重感。这种阅读体验,不是依靠诗文本的解读就可以获得的,需要与诗人交谈,而后感知。得知他四岁就失去了母亲,情感的缺失自然无法避免。创伤与苦涩的味道,从他后来为母亲写的几首诗里流溢而出。但过分强调母亲的关系,也会遮蔽对他诗歌的整体理解。心思细密,赋予他观察日常生活的能力。由此,诗成了他日常生活中不可或缺的一部分。或许对他而言,不必神圣化诗歌,生活过得有多么平常,诗的表达就有多么自然。

另外,他将"声音问题"融至翻译工作中,在翻译博纳富瓦、勒韦尔迪、勒内夏尔等诗人的诗歌时,他特别强调译者的主体性。他认为,译者从事的是"再生"的工作,可以为原文注入新的声音。"再生"不是照搬,而是想象性的活动。从这个角度而言,语言不会成为诗人或者译者的障碍,因为他们内心的律动完全可以演奏出美妙的节奏。

翟月琴:是否可以认为,《梦呓》(1985)是您创作的第一首诗?

树　才:《梦呓》不是我的第一首诗。像大多数诗人,我也记不起第一首诗是什么时候写的。模仿性的写诗,中学时期就开始了,那时模仿古体诗;大学时,我参与组织文学社,跟着朦胧诗人那一批老大哥写自由体诗。只是,在写出《梦呓》之后才感觉到,我挨近诗歌的门槛了,似乎看到了门里的什么。这首诗有预言,写得狠,挺准。那时我已明白,写诗对我是一件毫不留情面的事情。它不只是让人宣泄,或者满足幻想。我一直想把自己内心隐秘的声音发出来,《梦呓》找对了句式。我乐意认领:就让它是我的第一首诗吧。这之前,我大约写了上百首诗,后来都放弃了。权当是做了诗句练习吧。

翟月琴:也就是说,《梦呓》这首诗打开了您以诗歌的方式发出个人声音的可能?

树　才:《梦呓》之后,我才认定自己会写诗。这首诗适合朗读,当年我能背下来。在那个年纪,我已经敢写自己的一生,想象自己的一生,写得有点"悲"。当时我并不知道以后的生活会怎样展开,但有些东西还是被这首诗不幸言中。这首诗有悲剧意味,我喜欢诗中的音调。当时跟我往来的那些诗友,也说这首诗好。别人的反应，有时会影响你的态度。别人说它好，我心里也喜悦，让我更加看重它了。

翟月琴：您刚才提到预言，让我想到布鲁姆说的"诗歌是想象性文学的桂冠，因为它是一种预言性的形式"①。如果说《梦呓》是一场预言，我想这其中的"悲"也在您的诗歌中延续了很长时间。比如您曾经写下《1990年1月》《母亲》等，纪念您早逝的母亲。能谈谈母亲对您到底意味着什么？

树　才：母亲病故时，才二十七岁。我那年四虚岁。我童年的记性不好，没记住她长什么模样。家里只有一张母亲的照片（照相馆拍的那种黑白照片），一位农村姑娘，眼睛给我特别的亲切感。听我父亲说，我眼睛长得像我母亲。她扎着两条粗辫子，健康壮实，蛮耐看的。母亲的形象其实是我上大学后一点一点建构起来的。刚才你说到母亲的时候，我头脑里马上掠过去好几张面孔，似乎是温暖过我内心的那些美好女性形象，有时就在梦中变成了我的母亲。母亲死后，我被送到二姨妈家寄养了一年，然后回村，跟哥哥一起上学。

　　童年和少年时期，我每天都不知愁地疯玩，根本不想母亲。后来大概是心理上的需要吧，我慢慢把母亲的形象建构起来。我记得高中毕业那一年，有一次读高尔基的《童年》，突然就理解了自己的身世。那天我一人在家，泪流不止。我第一次真切地感到，我是一个失去了母亲的人。失去母亲那么久，自己已经长这么大了，却浑然不觉！我为自己的愚钝而羞愧。

---

① ［美］哈罗德·布鲁姆著，黄灿然译：《如何读，为什么读》，译林出版社2011年版，第59页。

那是一次特别深的内心震动,以前从来没有过。显然高尔基的自我奋斗精神感染了我。也许是在那一天,"自我奋斗"这粒芥菜籽就播在了我的心里。后来我高考失败,又去复读,并且一再复读。我想正是基于对自己身世的觉悟,心里有一种一定要考上大学的决心,这也是一种求生存的动力吧。可以说,母亲在我的生活中,是不在的,又是在的。

母亲死后,父亲一直没再娶。父亲性格中有一种男性的温柔,让我感觉到母亲的存在。对我,父亲也是母亲吧。悲,也许是一种生命的底色,它是慢慢渗透进来的。从失去母亲那一天起,它就开始渗进我幼小的心灵。从小我就觉得,生活是悲的。悲是一种灰色吧,尽管总想挣扎着发出些光亮来。

翟月琴:您的诗歌常给人强烈的灰色基调,这种基调源起于您母亲去世,又不断地叠加。我认为,用"瘦"和"苦"两个字,能够概括出您诗歌的特质。在您的生活中,是否还存在着其他的经历,附着在这种色调上?

树　才:悲这种色调,与苦混到一起,是慢慢渗进来的。我从小身体瘦弱,必须表现得乖巧,讨人喜欢,才能自我保护。我写作的态度是完全自省的,只想通过写作挖掘内心,更多地了解自己。我把写作看作一种对自我内心的探测。从一开始,写诗就是我与自己的内心对话。我渴望了解自己,把了解外界也作为了解自己的条件。后来学太极拳,我才知道外部世界并不外在于你。尽管身子瘦弱,我骨头却是沉甸甸的,怒极时,我会涌上舍命一搏的冲动。这种沉甸甸的感觉,在去非洲之前,简直可以压垮我。白天与别人在一起,相当乐观;夜间一人独处,却郁郁寡欢。二者之间的张力太大了!这种沉浸于自我的努力从来没有停止过。在《1990年1月》中，我写道："在笔下，哭。在山坡上/左右环顾。看看前，看看后/不能用沉默夺回亲娘/不能把幸福许给情爱。"内心太寒冷，才渴望温暖。我渴望把内心深处的声音写成诗句，以此来取暖。

翟月琴：您有一首诗《单独者》，是什么让您有这种隔离于万物而又单独的心境呢？

树　才：1997年我出版的第一本诗集也叫《单独者》。我把诗集命名为《单独者》，当然是因为偏爱这首诗。它接近一种自我认知："因为什么，我成了单独者。"单独与孤独不同，孤独是一种情绪，它感伤，容易被声音带走，对自己的疏离感不够，我不想去强调这种情感质的东西。而单独，它像旷野上孤零零的一棵树，暴露了独自生长的困境。这首诗译成法文时，我不赞同译成"solitaire"，那就是"孤独的"；我主张译为"seul"，它才是"单独的""唯一的""仅有的"。这首诗写于1994年，当时我在塞内加尔做外交官。那时我与诗界几乎断了联系，只同几个好友保持通信。

翟月琴：我想到您的另外几首诗，比如《喊月亮》《拆拆拆》等，有一些负荷很重的语词被独立出来，好像"一个词卡在喉咙里/这是你反复难受的原因"。从《一个词卡在喉咙里》这首诗，能够看出您对语词的特殊情感，能谈谈词对您意味着什么吗？

树　才：诗歌是语言的艺术。汉字特别适合写诗，我想象仓颉造字的时候，一个字就是一个世界，每一个字都顶天立地。写出《单独者》后，我体会到，形容词对诗无益，不如名词更结实。从此我喜欢干净简洁地去写一首诗。非洲四年，让我变得轻盈，主要是非洲人的舞蹈和音乐，还有他们的乐天精神。他们特别能穷欢乐，苦中作乐。也许，欢乐总是穷人的，富人更想着享乐，而享乐是不自由的，它取决于外在条件。非洲孩子们光着脚，就可以在沙地上快乐地踢足球。他们跳舞的时候，真是一种极致的快乐，每一根汗毛都跟着舞动。我写过一首《达姆达姆》，就是对舞蹈和节奏的模仿。在非洲，我身上那种沉重的东西渐渐化开了。2004年，我与车前子约定，互相给对方"扔"一个词，然后作同题诗。这是从词语自由联想来生发诗句的一种诗歌实验，为了激发语言的潜意识，让词语在联想链上自己滚动，让诗句呈现出某种自发性。《拆拆拆》《指甲刀》就是那个时期写的。

翟月琴：这是一种先锋性的实验吗？

树　才：对车前子，大概不先锋了，但对我是先锋的。"先锋"说到底，是一种对变化的渴望吧。每一个诗人的生活都在变，见识在变，表达也跟着变。诗人的先锋探索，永远离不开对语言的敏感。我以前写作，总被意义压迫着，渴望把心血直接灌进诗句。后来发现，语言本身具有符号性，而符号本身是物质的，诗句也许渗满心血，但本身不是"心血"。所以说，"心血"必须被"写"出来！怎么才能写出来？那得问语言的神明。我想，必须妙用语言，必须找到一首诗它自己的声音和节奏。

《拆拆拆》这首诗中，声音很突出，可以唱快板一样来读。我从小生活在农村环境中，却对声音非常敏感，喜欢听二胡、笛子、箫等演奏的民乐。一听，内心就被撼动。年轻时我写的诗，几乎都能背出来，因为我的诗里有一根看不见的声音的线，我自己很清楚。与意象相比，我更在意诗歌的声音。有一段时间，我就是通过能否默忆起一首诗并把它背诵出来，作为删改诗歌的方法的。那个方法对我很管用，因为能够回忆起的，一定是让我印象深刻的声音，符合我情感的节奏。以前我的声音是抒情的、忧伤的、悲苦的，甚至绝望的，还带点智者的口吻。写诗也是一种认知的努力。后来我对这些声音厌倦了。我现在相信，单纯的声音就足以成诗。

翟月琴：您刚才谈到对语言的敏感，我觉得您对日常生活的细节也同样保有敏感。本是平常的生活，却让您收获到日常生活之外的东西。

树　才：我对细节的关注，得益于我的两个生活特点。

第一，我特别喜欢看，我对街景、招牌、行人、车辆等等，总有一种无法穷尽的好奇感。我强调看，但不在乎看见什么。光是看的动作本身，就让我很着迷。比如去旅游，目的地对我其实没有吸引力，却对沿途的"风景"非常感兴趣。比如那首《拆拆拆》，因为我坐车去任何地方，都能看见红色或黑色的"拆"字，有时还看到有人正在写，写完了，再给它画一个圆圈。有时就是因为看，看久了，凝神了，仿佛看见了什么，我会马上写起诗来。我有一首诗叫《刀削面》，整首诗只写我看别人削刀削面的情景。我用白描的方式，把所看写出来。还有一首诗，题目就叫《看》，但不叫"看见"。"看"就是那首诗的主题。

第二，所有的细节，就是我记忆里最难忘的情景。眼神可以透露很多东西，你不看，你就无法察觉。别人的眼神、表情，常常让我感同身受。这种"看"是现象学意义上的，胡塞尔提示的"回到事物本身"，我把它奉为最高的诗学。年轻的时候,我喜欢凭空想象。一用"花"这个词,好像就概括了千姿百态的众花,其实当你写"花"时,你写不到百合、迎春或蔷薇,是因为你的生活不够,你的直接感受不够,只能泛泛去写,只是被情绪性的东西推动。要把亲身经历的众多场景写进一首诗里,诗人必须妙用细节。

翟月琴:刚才您反复强调声音或者节奏。2012年第1期《诗歌月刊》刊载了您的十几首诗,分别是《打开你的心》《按一下》《风起兮》《符号》等。你称这些诗为"节奏练习",并且提到"节奏邀请我的想象力去活用语言",节奏在您的诗歌中到底发挥了怎样的潜在可能性?

树　才:我的全部诗歌,都是围绕"节奏""想象力""活用语言"这几个核心词展开的。当代诗人的语言,其实是言语,是每一个诗人独特的言语方式,因为我们既生活在"语言"的大氛围中,又只能凭我们各自的"言语"去生存。一个人使用语言的时候,总是在个人生命的体验基础上展开的,而体验是通过"言语"的方式向诗歌敞开的,它有着私密性和个人性。悖论是,在诗歌中,越是个人的深切体验,就越是能唤起人们内心的普遍情感。所以我又说,诗歌不是私人语言。

　　我相信,现代自由体诗的声音特质就是"节奏"。每一首诗都有它特定的节奏,但不能重复滥用,而且别人也学不到。现代诗的自由,就在于每一首诗都可以获得它的独有节奏的自由。一首诗完全可以打开它自由节奏的秘密之门。节奏,说到底就是个人的呼吸,因为每一个个体生命,他的心跳、脉搏、气息,他的嗓音、口吻、调子,还有他的整个心理结构,都在为节奏的发生提供条件。

诗人的天职就是活用语言,丰富母语的表现力。我们每个人都用语言,但大多数人只是在信息交流的层面上使用语言;诗人写诗,则是在隐喻的意义上动用语言,所以必须鲜活、生动。意象、隐喻等等,所有修辞都是为了满足最朴素的诗学条件,那就是形象生动。诗人凭着对词语的特殊敏感才有可能抵达诗性,关键就是要把语言用活。

诗歌更是想象力的游戏,把灵魂也卷了进去。很显然,一首诗的质料是语言,但语言质料之所以能"飞升为"一首诗的诗性,我认为秘密就是节奏。节奏,是现代自由体诗歌的要害。

翟月琴:其实,除了诗歌创作,翻译也是您涉及的一个重要领域。您曾经提到过:"形式感是可以把握的,如果从字、词、句、段、篇的组合来考察的话。但假如涉及声音、节奏、象征等等,就只可意会不可言传了。诗的音乐效果是无从翻译的,一首诗的音乐性愈好,就愈难翻译。"当面对这种翻译困境时,您又是怎么处理的?

树　才:诗歌最难翻译的就是声音(这"声音"又大于通常所说的"音乐性")。声音像细胞一样,散布在一首诗的字里行间,你没有办法指定。声音就在这里或者就在那里,因为声音有它的发生及演变过程,它是动态的、跌宕起伏的。如果看得见的话,它有点像身体里的血液;如果看不见的话,有点像灵魂呼出的气息。一首诗一旦作成,它在被作成的语言里就是一次性"生成"的,而且它有一种永不损耗性。它就是生命的"一",以致它不再有可能转移到另外一种语言中,它有一种"抗翻译性"。这种抗翻译性的根源,就是声音。辩证地看,翻译中这最令人绝望的地方,却又是翻译最能生出新希望的地方。我放弃任何一种以模仿原诗为目的的翻译(我斥之为"同一性的虚妄")。我更愿意把声音视为一首诗中最微妙的部分,它必须被整体地感知。把一首诗从法语译成汉语,就是在用汉语重写这首诗,我会重新考虑全部的声音系统,尽可能使整首译诗在汉语里抵达"与原诗相呼应"的节奏品质。

  翻译,与我的写作平行。我是两条腿走路。写诗是为了译诗,反过来,译诗也是为了写诗。对我来说,写和译没有高低之分,只是方式之别。有人认为,创作比翻译更难,实际上,如果仔细考察翻译过程的话,你就会发现,翻译一首诗其实比写一首诗更难。因为翻译动用语言的方式是跨语言的,同时动用两种或两种以上的语言。说到底,所有译者都是"双作者"。译者与作者看似不在一起,实际上,作者始终以不在场(却又始终缠绕)的方式同译者在一起。译作是译者和作者一起"再生"出来的文本。悖论是,译作既离不开原作,却又必须"再生"新的东西。这里的决定性角色是谁?不再是作者,而是译者。翻译考验的是译者的耐心,因为需要克服理解过程和再写过程中的全部困难,这些困难既是"语言物质层面上的",更是"灵魂声音氛围中的"。译者也许很好地掌握了一门外语,但对一首诗来说,又永远不可能掌握得足够好。

翟月琴:您在翻译诗歌的时候,一直强调译者的主体地位,还说过:"一首法文诗作为原文,优秀也好,拙劣也好,只同原作者有关,被译成汉语后已经是一首汉语诗了。译得优秀也好,拙劣也好,也只同译者有关。"这一思路,显然为译者带来了一种使命感。那么,您认为怎样才能把握到译者的主体性呢?

树　才：我这样强调，就是为了刺激译者意识到一种使命感。译者不应该只是模仿者，虚妄地追求"等值"或"同一"。应该看到，一首诗是一个生命。通过翻译，这个生命必须被"再生"，即化身为另一个诗性生命。这个诗性生命在原作那里已经完成，在译者这里却刚刚开始。对译者主体性的思考，我现在开始倾向于"双主体"，但译者处于显性位置，原作者处于隐性位置。

　　我感觉，翻译一首诗的时候，我从来没有离开过作者。作者总是幽灵似的跟我在一起，还时常与我展开沉默的争论。有时半夜醒来，感觉某个词用得不对，就改过来，第二天醒来，又觉得不对，又改了回去，因为感觉这个改动后的"声音"不是作者的。但是说到底，正因为原作者是缺席的，能对译文负责任的，也就不再是作者，而是译者。就是说，对一首译诗来说，关键不再是谁写的，而是谁译的。我这么说其实并不是否认原作者的存在，因为翻译是"有根可依"，而不是"空穴来风"。

　　翻译的基础就是已经有一个语言文本在那里了。什么都没有，你又能从何翻译起？所谓创作，就是把一个人内心的东西翻译出来，这是一种隐喻的说法。所谓翻译，就是指在你翻译之前已经有一首叫原诗的文本存在。所以，原文有时间上的优先性。译者在时间上不得不回应它，但这种"回应"不是把原文原封不动地移植到另一种语言里。这种情况从来就不存在，何况诗这样薄胎瓷瓶似的东西。瓷瓶碎掉，可以再粘，但那还是原瓷瓶吗？我认为，一个译者应该重新造出一个薄胎瓷瓶，与原来的瓷瓶在品质上相匹配。译文从来都受到原文的制约，但它们不再是"同一个"，而是成为彼此的"另一个"，因为语言的物质体变化了，但诗性的精神体却是相呼应的。

当然，译诗的"再生"的理由和边界，并不是在译者那里，而是在原诗那里。所谓翻译的创造性，必须从原文中去找到被允许的理由和边界。以前研究翻译，都是静态的方法，把原作与译作进行比较。我发现，人们是那样无视译者的存在！而我认定，翻译的秘密既不是原作，也不是译作，而是译者。必须把翻译放到"原文—译者—译文"这样的三角关系中，对翻译过程展开研究，否则无法揭示翻译的复杂性。

翟月琴：谈到翻译，法语是您的第二个语言生命，能谈谈您对法语诗歌的特殊感情吗？

树　才：我读了大海量的汉语诗歌，也读了水库量的法语诗歌。我喜欢阅读，我甚至认为，负责任的批评，都是把自己放下，以阅读为基础来生发。批评家应该放下评判的权力棒，老老实实地回到阅读中去。我从1983年开始学法语，到现在已经三十年了。这三十年里，极端地说，我没有一天不想起法语，有时梦中还说法语。记得有一次，跟车前子、莫非在一个诗会上，我们同居一室，我就用法语说梦话。车前子听到了，随口就把那句梦话翻了出来。他的翻译是绝妙的。那是夏尔的一句诗，我不知怎么就在梦里说了。法语是"Tu étais si belle que nul ne s'apercut de ta mort"，意思是"你太美了，没有人意识到你会死"。车前子根本不懂法语，但他是捕捉声音的天才，他随口就译："你露出了屁股，我感觉有点儿凉。"这是翻译的一个极端的例子。

其实，老车瞬间抓住的，不是什么意思，而恰恰是声音，所以脱口而出。老车是用汉语声音"随口翻译"法语声音。还有一次，在首都师范大学，有个法国诗人现场朗诵诗歌，他又拍桌子又跺脚，念一首诗。我也用节奏又拍桌子又跺脚，现场用汉语立马把诗"译"出来。学生们听了，觉得我很神，翻译得"神速"啊！其实并没有贴近原文，只是通过声音的把握在汉语中即时"再生"了另一首诗。

翟月琴：您是从什么时候开始翻译法语诗歌的？

树　才：从大学三年级（1986）起，我开始翻译勒韦尔迪的诗。那年我在图书馆里借到了他的诗集 La Plupart du Temps （《大部分时光》）。那本诗集，我能读懂，句子非常简单。凭我写诗的经验，我隐约觉出，作者内心有着隐隐的不安和悲情，与我生命的底色相合，那是一种"月光下的悲凉"吧。勒韦尔迪的诗歌就有这种寒意。他在诗中写了很多细节、场景。他写"窗口吐出的菱形"，你就明白：这是在写光和影的关系。他对细节的捕捉真是太直接太生动了。勒韦尔迪肯定是所有外国诗人中与我个人生命瓜葛最深的，有一次我竟然梦见他与我促膝谈诗。对他的翻译将会伴着我的生命，一直持续下去。

翟月琴：您提到，勒韦尔迪与您创作的共鸣之感。我知道，您还翻译夏尔、博纳富瓦、雅姆等法语诗人的诗歌。

树　才：他们的诗，其实没有像勒韦尔迪那样击中我的心脏。译他们时，我积累了一些经验，有了自己的眼界和见识。他们是被辨认出来的，不是最初渴望的。他们都与勒韦尔迪有关，是勒韦尔迪引出了夏尔，说到博纳富瓦和雅各泰，那是法国大使毛磊先生介绍给我的。我和博纳富瓦至今保持着通信联系，老诗人九十多岁了，还在写作。

翻译雅姆，又比较特殊，是比我还热爱、还懂雅姆的散文作家苇岸引出来的。我每次见苇岸，他必跟我谈雅姆。他反复说，世间他最爱的诗人就是雅姆。1999年苇岸查出患了肝癌，治病期间，我特别想为他做一点事情。当时我发现，雅姆十四首祈祷诗，从头到尾就是在祈祷，从生到死，再到灵魂上天堂，其实是为一个生命的十四个阶段而祈祷。苇岸生命垂危，我希望这样的祈祷能产生奇迹。于是我着手翻译。戴望舒译过这十四首诗中的两首。也许是当时特别想给病重的苇岸带去慰藉，我一下子就听懂了雅姆诗歌中的独特音调。雅姆的诗是押韵的，但译成汉语的时候，押韵没办法保留。那么细节的东西，他都能找到优美的韵脚，这让马拉美惊叹。那是个先锋的年代，雅姆身上先锋的东西，是一个诗人的真实：情感的真实、声音的真实、理解世界万物时领悟力和想象力的真实。这是他活命的方式，也是他的全部活命经验带给他的东西。激发雅姆想象力的，是他的整个身心。

我和苇岸本想合作翻译一本雅姆的散文，但没能如愿。我最后一次见苇岸，是在他家，单独见的，他已经腹水了，但他执意要与我一起品一杯龙井新茶，他知道我喜欢龙井。我实在拗不过他，只好端起杯子，但我的心在流泪，为这样一份友情。那天他把死后的种种安排都跟我讲了，最后叮嘱："你译一本雅姆的书吧，散文也好，诗也好，就当是为我翻译吧！"所以我译雅姆，就是为了完成苇岸的这个遗托。

翟月琴：您一直从事法语翻译，却坚定地不用法语写诗，这又是出于什么考虑？

树　才：很简单，我没能力用法语写诗。我目前对法语的掌握水平，只够译诗，遇到困难，还得请教法国朋友或朋友师长。这不是谦虚。能把法语诗译过来，当然是因为我懂法语，但更重要的是，我先用汉语把自己写成了一个诗人。这是"诗人译诗"的前提。我在汉语里是一个诗人，碰巧又懂法语，就想把法语也用到"诗"上。开始时，我译诗纯属自发，只是想给几个好朋友看。后来《世界文学》陆续刊发我的译作，我才慢慢自觉起来。2000年调入外文所，翻译同我的本职工作发生了关系；2008年完成博士论文，它更成了我的研究对象。当初确实没有想到过，我会成为一个翻译和研究法语诗歌的专业人士。我没用法语写诗，确实是能力不及，因为我的长处是汉语。我得扬长避短吧。

翟月琴：刚才谈到翻译、创作，您还参与到了诗歌选本的编选中。最近，您和潘洗尘、宋琳、莫非又一起主编《读诗》刊物，能谈谈你们办这个刊物的初衷是什么吗？

树　才：当代诗人的生涯有两部分：一是创作诗歌，二是诗歌活动。2010年我们创办《读诗》，第二年又创办了《译诗》。说到起因，真是复杂得单纯。一天洗尘突然问："树才，你一生中最想了而未了的心愿是什么？"我就想到，当年曾同莫非、张小波谋划着想创办一本叫《词语》的诗歌刊物，后来不了了之。但我一直觉得，汉语诗歌就缺这样一本纯诗歌刊物。我设想过，它应该在北京创办，由诗人编诗，对所有汉语诗人敞开，刊发那些勇于探索的作品。经济时代，交换原则把当代生活彻底实用化了，诗歌的崇高性、精神性，不断受到嘲讽，这是俗文化对诗歌的挤迫，因为它不愿比自己更纯粹的东西存在。《读诗》是季刊，有稿酬。创刊号，北岛、多多、杨炼这些老大哥都贡献了新作。我们希望创建一个诗歌平台，激励那些对自己的创作仍不满足并想拓宽和加深自己的诗人，写出有分量的新作品。

翟月琴：您认为民刊在当代诗歌语境中处于什么位置？

树　才：第一，它的自由性，摆脱了编辑的权力。《今天》就是民刊，它对当代汉语诗歌的进展功不可没。第二，民刊能给创办者打造一艘快艇，把自己的作品载上去，引起关注。它是一种反抗的方式，诗人自己谋生存的方式。民刊也有它天然的弱点，因为势孤力单，缺乏经济后盾，常常自生自灭。这符合诗歌原理，因为诗歌也是自生自灭。不需要他人的认可，写诗就是自己的事。

《今天》以来，民刊一直没断过。我对民刊的认可程度，超过官刊。民刊是一个发射平台吧，火箭头一样把自己发射出去。有时候成功了，有时候很快摔了下来。民刊在80年代提供了保留火种的地方，为诗的个性赢得了反抗力量。但现在，官刊与民刊一样，都面临生存危机。它们互相的对立减弱了，因为反抗者和反抗对象都已离席。

翟月琴：刚才谈到选本，我认为这是对诗歌评价标准的一种确立。您目前担任好几个诗歌奖项的评委，比如金藏羚羊国际诗歌奖、中坤诗歌奖、柔刚诗歌奖等。就个人而言，您认为自己的评诗标准是什么？

树　才：洗尘"讽刺"过我，说我都变成诗歌奖的职业评委了。我觉得，有一天我应该做一个书面声明：就是我树才再不做任何评委了。我的评诗标准，无非是我个人的诗学，但我的诗学观念总在变。我不认为有一个固定不变的评诗标准。即便那些看得见的要素性的东西,也不能上升到标准,因为那些要素总是受制于个人的感受力和趣味。对一首诗,不同的人完全可以形成不同的见解。评委的工作,坦率地说是一个权力的工作。各类诗歌奖,为诗歌找到了进入大众传媒的一种理由,可以引起社会关注,这就是诗歌奖的社会功用吧。说穿了,一个奖,无论它多么了不起,比如诺贝尔文学奖,毕竟是由评委会的多数所决定的奖,有很大的人为性。所有诗歌奖都标榜自己公正、公平和透明,但所有诗歌奖又必然避不开它的偏爱、偏袒和偏心眼。你想,评委会只是有限的几个人,票选也只是一个民主的形式。

优秀的诗人都有他们获奖的理由,但真正获奖的诗人很少。由此我相信,诗歌奖也有它的坏处,因为它把写诗的超脱本质与获奖的实际获利联系起来了,它必然庸俗化,对诗心有腐蚀。实际上,真正的诗人不可能为获奖而写作。只要与钱发生关系,诗歌就会产生副作用。从社会角度,人们需要诗歌评奖;但对诗歌本体,评奖不会起到什么好作用。我告诫自己,不要去惦记任何奖。

翟月琴:与民刊、选本、网络媒体不同,当下还出现了一些诗歌活动,比如朗诵、唱诗等,它们与音乐、舞蹈、表演等舞台形式相结合,也构成了诗歌的传播途径。您怎么看这些活动?

树　才:我认为,诗歌真正的声音仍然是沉默的,不发声的。诗歌不与音乐结合,也能够自己发声。问题始终是如何让一首诗发出声音。声音已经内含在文本里了,但它仍然是沉默的。朗诵是比较好的方式,有现场的感染力,既与传统有关,又有扩散性。朗诵是让诗歌发出声音的一种可贵的努力。但我相信,只有沉默的声音才是永不飘逝的声音,它永远有待"被发生"。一个人朗诵,是在时间里寻找一种发声的方式,但"那一次朗诵"既不构成那一首诗"发声"的标准,也不具有唯一性,相反,它具有"现场消费"的特性。说到底,一首诗需要在不同的时间地点,由不同的朗诵者多次发出声音,但我们应该明白:谁也没有那首沉默的诗自己朗诵得更好。

田原(深堀瑞穂 摄)

想象是诗的灵魂

田原

诗人田原，生于1965年，河南漯河人。1991年，他赴日留学，攻读硕博士学位。1984年，因为一次爬山的经历，他心潮澎湃地写下了人生的第一首诗。因为在台湾的姑母引荐，1988年在台湾出版处女诗集《采撷于北方》。随后，又在台湾出版《天理之神》（1994）、《三地交响——三人诗集》（1996），在日本出版日语诗集《田原诗选》（2007）、《石头的记忆》（2009），在大陆出版《田原诗选》（2007）、《梦蛇》（2016）等。

　　与同时代的大陆诗人相比，他的写作环境似乎没有那么复杂。20世纪90年代，随着诗歌热的退潮，相当多诗人选择弃诗从商。诗坛常被贴上"嘈杂""混乱"的标签，乃至后来的"盘峰论争"更是将诗歌观念的冲突推向白热化。那时的诗人田原，已去国多年。与大陆诗坛的疏离感，可以为解读诗人、诗歌、批评和读者共同构成的诗歌场域提供一种域外视角。出于这种考虑，访谈主要从中日诗歌创作的语境开始谈起，由外而内逐渐探入他个人的创作、翻译活动中。

　　独自漂泊在外，与其说诗人习惯了孤独，倒不如理解为他养成了一种克制的精神。念及旧景又远眺故乡，置身于外的静谧与深远，正是诗人探取的诗意。读田原的诗，难免被他带去更远的远方。从鸟兽虫鱼到天地山川，无穷无尽地拓出一片天地，或许这些就是他所珍视的"想象"。此外，熟悉谷川俊太郎、高桥睦郎、辻井桥等日本诗人的朋友，一定不会忽略他们的中文译者田原。穿梭于汉语与日语之间，翻译须遵循既有文本的秩序，而创作则显得相对自由；翻译是作者与译者的情智共振，而创作则是对自我境遇的僭越。

采访诗人田原，还是2012年。那是他在日本完成的笔谈，据说是一口气回答了所有的问题，虽是夸张的表达，倒见出他快人快语。这些年，与他仍保持联络，偶尔在大陆、台湾地区的诗会上遇见。提到日本诗歌，他侃侃而谈，几乎能讲一部日本诗史。记得有一次在台北，他讲到三岛由纪夫自杀当日的情形，令我和台湾诗人、学者杨佳娴听得入了神，又连环追问起其他日本作家的生活、写作状况。田原的有趣之处，就在于他想要了解每个人的真实生活。这是他展开想象的基石……

翟月琴：您凭借日语诗集《石头的记忆》，在日本获得了第六十届现代诗H氏奖，该奖被称为"日本诗坛的芥川奖"，您是第一位获得此奖的华人。但您面对奖项却一直保有谦虚的态度，这点很难得。您知道在国内也设置了大量的诗歌奖项，比如中坤诗歌奖、中国年度最佳诗歌奖等，您认为评奖机制这股热潮的掀起，对诗歌生命的延续有什么影响？诗人又应该以何种心态来看待这些奖项？

田　原：一个大的奖项比如诺贝尔文学奖等也许会对诗人的名声起到一定的延续作用，但若说对诗歌生命本身会有延续，我是持否定态度的，因为时间只会记忆文本，不会去记忆任何奖项。有谁敢断言李白、杜甫和日本的松尾芭蕉在一千多年和三百多年前，就没在他们生活过的时代获过奖？时间记忆他们的奖项了吗？回答是否定的，时间记忆的只是他们的诗句。况且获奖不会对写作本身带来任何意义，获了大奖不见得就能写出大作品，相反亦然。回顾一下这几十年内的诺奖得主，有一部分作家和诗人不是照样也被时间淡忘了吗？当然，任何严肃的奖项都是对写作者的安慰和褒扬，甚至是鼓励和鞭策，这无可厚非。但是否能用一个健康的平常心态对待奖项十分重要，在日本接受美国之音的采访时我曾说到"获奖跟运气有关，不过是十来位评委在那一刻青睐的结果"。获奖除了实力外还有运气，最终入围者靠的是实力。只有对奖项淡定，功利之心才不会扰乱你内心的宁静。"非淡泊无以明志，非宁静无以致远"，我比较相信这两句话。国内设立的各种各样的诗歌奖我知道不少，政府的、民间的、个人的等等。但中坤诗歌奖特殊，它从大多奖项中脱颖而出，不在于它的奖金高，而在于它对内对外的开放姿态和严肃性，以及公正性。这一点是中坤诗歌奖的骄傲，也是中国现代诗的自豪！在此首先要感谢创造这种骄傲的企业家、诗人骆英的无私奉献，和唐晓渡、西川等付出的大量心血。

翟月琴：曼德尔施塔姆也说过："在'狂飙'的洪流之后，文学的潮水必须退回到它自己的渠道，而恰恰正是这些不可比拟地更为谦逊的世界与轮廓将被后世所记忆。"在我看来，传统是稳定的，但更是动态的。新诗的发生，仅为当代诗歌提供资源。当代诗歌的发展，伴随着从古至今传统的变迁，逐渐迈向丰盈。您是怎么理解汉语新诗的传统的？

田　原：曼德尔施塔姆的这句话我第一次看到，其中的"谦逊"引起我的注意。这也是我这些年在媒体和文章里反复提到的一个词。其实，一位诗人能谦逊到哪种份上，他的诗歌就能写到哪种份上，谦逊的人生态度对一位诗人太重要了，它来自内心和灵魂深处，做不出来的。谦逊是一种智慧，也是一种穿越和覆盖，更是一种力量和内在的强大。内心拥有多大的谦逊就等同拥有多大的财富。谦逊对于智者是深远和深邃，对于愚者是障碍和陷阱。它与浅薄者和无知者永远无缘。

在回答汉语诗歌的新诗传统时，我想先谈谈形成这个汉语新诗传统的来源和渠道，笼统地说有两个：一个是欧美，另一个就是日本。欧美的我们可以列举出留德的冯至；留法的戴望舒、李金发、艾青等；留英美的胡适、徐志摩、闻一多等。留日的我们可以列举出周氏兄弟（鲁迅、周作人）、郭沫若、梁启超、沈尹默、苏曼殊等。在这一批为中国新诗传统带来火种的留洋镀金者中（这其中有几位稍晚），若论在那个时代以及对后世的影响，没有谁能超过鲁迅和郭沫若。鲁迅虽几乎没写过分行的现代诗，但他写于1924年至1926年的《野草》，我认为至今仍是中国散文诗（其实我更愿意把它视为不分行的现代诗）的一个里程碑，他翻译大量的日本现代主义文学批评和文学作品，包括他从日语转译过来的大量西方的东西，究竟为我们的新诗传统带来多大的影响是值得花费更多时间研究的。郭沫若的诗歌文本我虽然不太认同，但他超越诗歌的文化影响我想是有目共睹的。当然，影响中国新诗传统的始作俑者胡适应当首推第一。这是由域外而来或者说跟域外有关联的一支。中国新诗可以说是西方现代诗影响下的直接产物，即使这样说，仍不能忽略域内的因素——中国固有的古代诗学传统。我至今仍愿把唐代诗人陈子昂写于公元696年的《登幽州台歌》视为一首现代诗："前不见古人，后不见来者。念天地之悠悠，独怆然而涕下。"有谁能否认这些古诗不是形成中国新诗血肉的一部分?! 在中国新诗里，从古到今，西起东渐，我觉得我们在诗歌的发生学里还有待进行客观的梳理和挖掘更多的科学论据。至于自己对传统的看法，很多年前我曾回答过这一问题:"基本上我是一个中国文化传统忠实的继承者。那些无视传统的诗人,我们有理由怀疑他们明天的作品品质。我的血肉、我的思维、我的目光、我的声音,我的一切的一切都是中国文化传统的筑成。传统是我们生命的色素和基因,是盛下大海和湖泊的大地……当然我决不陷入传统的囹圄,我在传统之上展现和重建自己,在传统的沃土之上飞翔。坦率地讲,我的骨子里有不少颠覆和反叛传统文化的叛逆成分,但我决不会丢掉传统,丢掉,意味着他只能成为墙头芦苇和阳台上的盆景。无论哪个民族的诗人和作家,无视自身的文化传统都是愚蠢的。真正的前卫产生于传统。"

翟月琴:随着选本以及网络媒介的持续性繁荣,汉语新诗似乎面临着极为严峻的批评失范。但我们始终相信,优秀的诗歌文本不会淹没在嘈杂的环境中。在您的视域中,好的诗歌文本,应该具备哪些特质?

田　原:好诗的标准我曾在一篇日语文章里写到过,在国内几所大学巡回演讲时我也曾有所涉及。一首好诗里首先要具有新的发现,其次要有一种"谜"存在其中。"谜"在这里是抽象概念,你可理解为诗歌的神秘感或隐喻甚至诗歌的不确定性等。当然还要看一首诗是否真正形成了发话者自己的声音,或曰属于自己的文体。在我对国内现代诗有限的阅读中,发现不少诗人活在"集体声音"之中,所写的作品大同小异,十分雷同。要不就是仅仅停留在对日常的叙述上,其次就是还停留在对西方现代诗的模仿上,再不就是玩些修辞和技术的花样儿。读一个人的作品能大概知道一帮人在写什么,这类诗人或者沉湎于这种"集体声音"之中的津津乐道者,我一般不愿去评价的。另外,我也不很情愿去评价没有中国语感（或者说汉语语感）的作品，这样的诗人也有一大堆。美国当代超现实主义诗人罗伯特·布莱（Robert Bly）对想要成为优秀诗人提出过三个必不可少的条件，我觉得很有意思，也很值得思考。现引用如下：①过普通人的生活；②热爱大自然；③要保持皮肤一定的湿度。

翟月琴：自 1999 年起，新诗内部发生了一次震荡性的变化。可以说，杨克主编的《1998 中国新诗年鉴》和程光炜主编的"九十年代文学书系"中的《岁月的遗照》挑起了朦胧诗以来最大的诗歌争论，即"盘峰论争"。新世纪之后又出现了大量的诗歌选本，比如《大诗歌》《中国诗歌精选》《中国诗歌年选》《读诗》等，您怎么看待这种现象？

田　原：如果我没记错的话，"盘峰论争"这句话应该出自诗人、批评家陈超之口。那次论争除了带有争夺话语权的嫌疑外，我觉着还暴露了中国仍处在一个你争我夺意识形态浓厚的政治现实之中，同时也暴露了一部分诗人对自己的不自信和自信过剩。被一本诗选收录得多难道就会伟大？被收录得少就变得渺小？我不这么认为。大家论争的为什么不是别的选本，单单就是《岁月的遗照》？这绝不是巧合，这一点我觉得正是编者程光炜这本书的价值之所在。单是那次"碰撞"的意义本身，说《岁月的遗照》为中国 90 年代诗歌做出了巨大贡献都不过分，它是一次大胆的冒犯和革命，既倾注了编者对中国 90 年代现代诗的严肃思考，又不乏对 90 年代诗歌的脉动把握。当然，它并非完美无缺，但透过十几年的时光用平静的心再来看待来这本书时，它的缺点也值得赞颂。除此之外，这场论争的价值我认为还在于它证明了中国并不存在真正的"民间"与"知识分子"立场的写作者。至于你提到的新世纪之后的这些选本也都各有所长吧。但我更看重纯民间立场的《读诗》和《大诗歌》。因为从这两个版本里我没看出有任何政治小动作和小圈子意识，相对客观公平，而且所选的作品相对整齐。

翟月琴：2004年起，您开始在日本主持策划《火锅子》杂志，为日本文学界介绍了包括莫言、韩少功、残雪、李锐、贾平凹、阎连科、北岛、王安忆、张承志、周大新、铁凝、于坚、西川、张炜、苏童、李洱、韩东、海子、徐坤、石舒清、迟子建、麦家、张悦然、朱文颖、盛可以、春树等几十位作家。在这些作家中，有没有"第三代"诗人在日本产生一定反响？

田　原：两年前在接受《中华读书报》记者陈菁霞的访谈时我曾回答过类似这样的问题。《火锅子》是汉学家谷川毅教授独资创办的杂志。在2004年末开设"华语文学人物"栏目之前，我曾在该杂志主持过一个汉语诗歌栏目，后来考虑到该杂志主要面向日语读者，就改成现在的栏目，每期译介五位在当下中国文坛活跃的作家的短篇小说、一位诗人的十五至二十首代表作和一位学者或批评家的一篇长论。没想到这个栏目设置以来引起那么多人的关注。汉学家，也是高行健、铁凝和苏童的译者——饭塚容教授，称《火锅子》是日本了解中国当代文学的唯一窗口。据说很多研究中国和对中国感兴趣的学者都订阅了这本杂志。我不知道你所说的"一定反响"是多大程度的反响，杂志出版后看到一些日本诗人和批评家在谈于坚和西川的日语作品。

翟月琴：您的留日生涯开始于1991年5月16日，最初去日本时，您所能够掌握的日语非常有限，甚至产生过在语言上的焦虑感。在长达二十余年的生活后，您已经能够自如地翻译谷川俊太郎和高桥睦郎等诗人的诗歌，并且用日语写诗。您说过："在两种语言之间，我想变成一条小河，自由地来回流淌；或者化作一艘小船，在汉语和日语之间漂荡。"究竟这两种语言是如何在您的翻译和创作中转换的呢？

田　原：我在投入翻译时跟我进入忘我的写作状态非常接近。即便这么说，翻译与写作还是存在根本的区别。翻译于我属于主动，写作于我则是被动。关于翻译，我的朋友美国密西根大学副教授、诗人、日本文学翻译家杰弗里·安杰利斯（Jeffrey Angles, 1971—　）说过一句精辟独到的话："就是把原作者的声音注入自己的心中，然后把它作为自己的声音发出来。"翻译是置换既有的文本，写作是在不毛之地上的开拓和发掘。前者是与原作者的接力赛跑，后者是从起跑线上的起跑冲刺。在这两种行为中，尽管都是在调动你储备的词汇和知识，但翻译是一种无形的制约和遵循，如同文明地履行一种秩序；创作则是自由的驰骋和犯规，是一种无政府主义状态。

翟月琴：北岛也说过："好的译本就像牧羊人，带领我们进入牧场；坏的译本就像狼，在背后驱赶读者迷失方向。"您觉得好的译本应该具备哪些特质？

田　原：我在文章里也引用过北岛的这句话，这个比喻非常到位，也非常精彩生动。我曾写过一篇谈翻译的长文，概而言之为：尊重但不拘泥于原文，大胆但不盲目地僭越。我比较注重带有一定灵活性的直译，但反对教条主义式的翻译。一首现代诗从别的语种译介成汉语,或者一首汉语的现代诗被译介成其他语种,即使节奏、语感,以及只有读原作才能感觉出的那种艺术气氛等都会在翻译过程中丧失殆尽,也无法动摇翻译在现代诗中扮演的重要角色。一个现代诗好的译本我觉得首先是准确地译出了原文,而且尽可能译出原作的艺术气质,但只有这些还不够,前提是译过来的诗是否作为一首无懈可击的现代诗作品而成立是一个关键。一首好诗经得住任何语言的翻译,而且不会逊色太多,因为具有普遍性。

翟月琴:读谷川俊太郎和高桥睦郎的作品,可以说,感觉完全不同。谷川的诗歌极为纯净,而高桥的诗歌则浸透着深刻的死亡意识。能谈谈您在翻译他们作品时的不同情感体验吗?

田　原:我打个比方,翻译两位诗风完全不同的诗人就像你吃了两种完全不同风味的饭菜,只要你有健康的消化系统,它们都会被你的身体吸收。当然你还要具备能吃下两种不同风味饭菜的兴趣。谷川俊太郎和高桥睦郎确实是风格迥异的诗人,但我说不清自己在翻译过程中有什么不同的情感体验。一般在进入翻译时,我都尽可能地靠近理性,只有这样才能客观地驾驭诗情和修辞以及避免误译。

翟月琴:除此之外,您还翻译过白石嘉寿子、辻井乔等二十多位日本诗人的作品。在您翻译过的这些诗人当中,最贴近您的创作的是哪位?

田　原:就"战后诗"而言:谷川俊太郎、田村隆一、吉冈实、高桥睦郎等。

翟月琴：您是否能列举一些除日本之外对您产生过影响的外国诗人？
田　原：我喜欢一位诗人一般都是阶段性的，也缺乏针对性的专一。其实并没有哪位外国诗人对我的写作造成真正的决定性的影响。相对而言，热爱过的诗人有惠特曼、洛尔迦、奥登、普列维尔、叶芝、帕斯捷尔纳克、帕斯、布罗茨基、博尔赫斯等。这些诗人的诗集和诗选至今还在我的书架上占据着最醒目的位置。

翟月琴：您的创作开始于1984年，最初写诗的情境还记得吗？
田　原：我从小没做过诗人的梦。中学时，一篇小作文在一次竞赛中竟破天荒地获了个小奖，那时也只是暗暗下决心将来写写小说，写诗是从来没奢望过的。我的诗歌创作源于一次野外爬山，那座山是我有生以来第一次面对和征服了的山，它并不高大险峻，如果从低飞的飞机上俯瞰它也许小如石块，但登上山顶，它却使我产生了从未有过的"会当凌绝顶，一览众山小"的激动，带着如云海般翻滚的心和激动回到了当时的住校宿舍，在熄灯就寝后，借着窗外投来的月光，在被窝里奋笔疾书了一首分行的东西，这大概就是我的处女作。那一年是高二，以后断断续续写了一些，创作大量的诗是进入大学以后的事。

翟月琴：您的作品大部分是在国外完成的，您感觉这种地域性的变迁，对您的创作产生了怎样的影响？
田　原：一般来说，无论是从地理还是文化上，远离母语现场，在一个完全不同的语言文化场域用母语写作存在的不利因素好像会多一点。我无意反驳这种一般论，尤其是对诗歌写作者而言。某种意义上，诗人确实更需要母语的滋润。我曾在日本媒体的采访中谈到过,如果不是来了日本,而是去了一个用罗马字或阿拉伯语表记文字的国度,我很可能不会越过母语用那些国度的语言进行诗歌写作,因为那些文字离我的生命和灵魂太远。可是,我现在身处的场域——日本却是特殊的,虽说现代日语与汉语是天壤之别的两个语种,但日语中六成以上使用的汉字却带给我无限的亲近感,我还曾把留日说成是自己来到汉字的另一个故乡,这样说我丝毫没有亚洲中心主义的文化霸权。同样是汉字圈,文化气息和生活环境有着很大差异的日本肯定会给我的写作带来不少刺激和激励,但至于对我的创作产生了什么样的具体影响,我认为是别人和研究者要说的话,而不应出自当事者之口。

翟月琴:据我所知,当代用双语创作的诗人极少。但您在母语(汉语)之外,仍坚持用日语创作。您记得最初用日语写作是出于什么考虑吗?能谈谈与用汉语创作之间的差异性吗?

田　原:2001年,我在京都一所大学读博一时,接到名古屋诗人宇佐美孝二(Usami Koji)寄来的一封信,信里夹了一小块从朝日新闻剪下的报道——第一届留学生文学奖(当时叫宝音奖)的征稿启事。宇佐美先生让我用日语写几首诗试一试,说不定还能拿到几十万日元的奖金呢。经不住他这句话的诱惑,就用日语写了三首诗寄走了。这就是我最初用日语写作的动机。

　　　　曾经写过几篇谈双语写作的日语文章,我基本上还是认同诗人只有用母语才能表达好自己这一观点。起初用日语创作诗歌并没产生去做一位日语诗人的自觉性和准备。正像刚才说到的,第一次的日语写作完全是奔奖金去的。但恰恰是这个小小的文学奖鼓励了我,提高了我用日语写作的信心。当然,这肯定跟我用母语写作的诗歌经验和一直翻译日本现代诗歌作品有关，也跟我留日十数年从没动摇过自己的文学兴趣分不开吧，甚至还可以从有着血缘关系的汉语与日语这两种语言性格中寻到蛛丝马迹。

刚开始用日语写作时，简直就是在经受磨难，或可以说成是一种冒险。不安也是双重的——暂时搁置母语和怎样才能更好地融入日语以及被它接纳。可是，经过了几年的日语写作后，我发现自己是经得住磨难的人，我曾在第二本日语诗集《石头的记忆》后记里写过这样一段话：

至今，在用日语写作时，一部分词汇对于我仍具有一种挑战，使我不得不如履薄冰地行向意义的彼岸。但恰恰正是这种挑战和刺激，在不断地激发着我持续用日语写作的欲望和驾驭日语的好奇心。

越过母语，背叛观念。

进入日语，挑战语感。

汉语硬中有软、抽象、具体、含蓄、直接、孤立……

日语柔中有刚、暧昧、弹性、开放、婉约、胶着……

对于我，日语里的平假名是被肢解的汉字，片假名是干柴棍儿，汉字有时像陷阱。

在两种语言之间，我想变成一条小河，自由地来回流淌；或者化作一艘小船，在汉语和日语之间漂荡。

如果把母语比喻成一棵树，日语就是嫁接在这棵树上的枝，它同样长叶开花和结果。

母语是命中注定的妻子，日语是我有缘结识的情人。二者都是一种宿命。

对于诗人，语言永远是一堵在默默长高的墙，它看不见摸不着，考验着诗人跨越的本领。

用日语写作，尽管有时会为一个词语背后约定俗成的那层意思（字典里没有的解释）所困惑，但它为我的写作包括思考所提供的"生产性空间"的意义是显而易见的。用日语写作的优势，我觉得是在懂得去表现差异的同时，既能跳出母语客观地看待自己的母语，又能主观地站在日语和汉语的立场上去审视双方。这里所说的差异应该接近黑格尔论述过的"内在差异和外在差异"，既有文化意义上的，又有文学表现和生命体验上的。

翟月琴：诗人在写诗的时候，总是处于一种相对疏离的状态中。布罗茨基说过："写诗的人写诗，首先是因为，诗的写作是意识、思维和对世界的感受的巨大加速器。一个人若有一次体验到这种加速，他就不再会拒绝重复这种体验，他就会落入对这一过程的依赖，就像落进对麻醉剂或烈酒的依赖一样。一个处在对语言的这种依赖状态的人，我认为，就称之为诗人。"您称谷川俊太郎为"灵感型诗人"，我想灵感对于一位诗人而言极为重要。您在创作中是否有布罗茨基所说的加速体验，能否谈谈您的创作状态，您的灵感来源又是什么？

田　原：我的灵感来自对他者的关爱和对世界的感受力。这里的"他者"是广义上的，也许是具体的人和大地、星空，也许是一条河、一棵树、一座城市、一个乡村等等，当然甚至也是一个事件、一个死者和具有抽象意义的历史、时代、时间、生活、精神和灵魂等。我的诗歌写作基本上是有感而发的——或者说是患有灵感中毒症的那种对灵感的依赖者。灵感不来光顾或状态不佳时我会干些别的，比如说写随笔、阅读、翻译、看电影等。在香港跟一些诗人同台发言时我曾谈到我是被动式写作，总是先有那么几个词和句子降临，然后引领我进入一种类似于布罗茨基在他的诺奖演说词里所说的那种意识状态，去完成一首诗。换言之，更多的时候不是我在写诗，是诗在写我，这种状态下完成的作品往往能够达到我满足的质感。当然，也存在我主动想去完成的，但这类诗篇中，有不少是追踪了几个月几年甚至十几年至今还没完成。灵感是一个说不清道不明的东西，好像只可意会不可言传。我相信没有谁能把它说透彻，除非这个人能跟上帝和神直接交谈。我个人觉得灵感是离神最近的一个词语。

翟月琴：您在《写诗是我的天职——谷川俊太郎访谈》中向诗人谷川先生提了一个很有趣的问题。您问道："自然性、洗练、隐喻、抒情、韵律、直喻、晦涩、叙事性、节奏、感性、直觉、比喻、思想（力）、想象力、象征、技术、暗示、无意识、文字、纯粹、力度、理性、透明、意识、讽刺、知识、哲学、逻辑、神秘性、平衡、对照、抽象这些词汇当中，请您依次选出对现代诗最为重要的五个词。"我想，这个问题的意义就在于，它几乎涵盖了诗学话语碎片中的精髓。那么，借您的精彩提问，我也想反问，在您的心目中，哪五个词又会击中您？

田　原：这个访谈是从日语翻译过来的，最初收录到我主编的一套文库本《谷川俊太郎诗选集》（集英社，2005）第三卷。这套书再版了四次，日本读者的阅读热情让人感动。2006年初这套书被授予第四十七届每日新闻艺术奖。这样问是因为我想知道他到底属于哪类诗人。我的五个词依次为：想象力、意识（包括无意识）、直觉、平衡、思想力和技术。

翟月琴：您多次写到过梦境，我想或许梦会推进您完成诗歌的速度。是否可以谈谈您的诗歌写作与梦的关系？

田　原：梦是诗歌的姐妹、想象的私生子。对于我，梦有时甚至是另一种灵感。只是它披着一层恍惚、神秘、不确定和恍若隔世的纱衣。梦与灵感拥有各自的独立概念，但又拥有共同的性格：扑朔迷离，稍纵即逝。抵达它们，都需要忘我的投入。梦需要苏醒后的记忆，灵感需要能力去驾驭。梦很有可能还是语言前的无语言状态，介于无意识和有意识之间，介于肉体与灵魂之间。如果要问梦是怎样组合一起的，我想弗洛伊德在他的《梦的解析》里也没有完全说清楚，或许跟梦拒绝阐释有关。我有好几首诗确实是梦来的，而且也常常在梦中写诗。但梦本身不是诗，诗是对梦忠实的默契，不是对梦忠实的记录。它需要诗人用他的笔将它诗意化，通过伐砍削凿，或精雕细刻的过程，把梦还原成一首诗。胡适写过一首《梦与诗》："都是平常情感/都是平常言语/偶然碰着个诗人/变幻出多少新奇诗句/醉过才知酒浓/爱过才知情重。"说的就是这个道理。

翟月琴：您曾经写过《楼上的少女》和《家族与现实主义》等叙事诗歌，但大部分的精力仍然放在抒情诗歌的写作上，您是如何处理叙事与抒情之间的书写关系的？

田　原：不满足仅仅停留在一种写法上，是我翻译日本诗人作品受到的启发。其实，我们周围的诗人不少从开始写作到他们写作生命的终止，只写了一种格调的作品。为什么不让自己的创作手法多样化呢——既写抒情诗，也写叙事诗、儿童诗（童谣）、口语诗、讽刺诗等等呢？为什么只在一种主义里结束自己？当然这里面有一种自觉，也跟能力有关。尝试写法的多样性是一种挑战，我是喜欢挑战自己的人。在尝试新一种写法时，我并没有充分的心理准备，应当是当时的心理需要导致了那些作品的产生。现在回过头再看看写下的那些叙事诗，有些并不是很成熟。

翟月琴：“大地长满了思念的苔藓”是您写给故乡的诗句。在20世纪80年代中期，有一批诗人选择了海外的漂泊生活，包括北岛、多多、杨炼、严力等，他们都写过与乡愁有关的诗歌。那么，您笔下的故乡又是怎样的呢？

田　原：两年前，在日本一家电视台为我拍摄的四十五分钟的专题片里，我曾在拍摄现场的海边面向西说过："故乡是我生存的大地。"故乡在此有两层意思：一是真正的生我养我的故乡，其二是指我的精神原乡。故乡在我的笔下已经由原来的具体和清晰变得模糊朦胧——由原来的固定变为不固定，这跟我远离母语长久生活在异国他乡有关。就是说，长久的异国生活，把我从狭隘的故乡观念中解放出来。因此，我诗歌中的故乡带有真实和虚构的两面性。

翟月琴：回忆，对于一个诗人非常重要，因为经过时间的洗涤，过往的经历更会撑起想象的翅膀。

就像宇文所安说过的："在诗中，回忆具有根据个人的追忆动机来构建过去的力量，它能够摆脱我们所继承经验世界的强制干扰。在'创造'诗的世界的诗的艺术里，回忆成了最优秀的模式。"在您的诗歌中,很少看到苦难和挣扎的疼痛感,总是在跃动中流动着最真实的情绪。这与您的成长经历是分不开的,或许在您的记忆中,更多的是美好?能否谈谈您的童年记忆?这种记忆对您的创作是否有影响?

田　原:一位诗人的童年经历会给他以后的写作带来影响,这是不言而喻的。与不少出生于60年代有过"饥寒交迫"和痛苦生存经历的人相比,我觉得自己十分幸运。尽管我也从那个时代的阴影中走过来,且又是长在乡村,但所幸的是没有留下饥饿的记忆,我自幼被爷爷奶奶搂着长大,在他们加倍的呵护和无微不至的关爱下认识了世界。虽说他们都是目不识丁的农民,可是他们身上却保留着中国自古以来为人处世的美德和古道热肠,我在这样的家庭环境中耳濡目染,从他们身上学到了伟大的善良和朴素,以及高尚的伦理道德感。物质匮乏、精神上相对富有的童年奠定了我的人生基础,虽说他们在我上小学时就已过世,但至今我还能强烈地感受到他们曾经给予过的温暖。多年前,我为他们各写过一首诗。每次回国只要回河南,我都会去看望他们——那小小的坟墓在我的心中高过所有的山峰,这个世界上没有谁比他们更能让我怀念。这是内在的影响。从外在而言,我从小是看着中原上的地平线长大的,辽阔的平原无疑在不知不觉中对我视野的开阔形成一个无形的启示。

翟月琴:您写过《乞丐》、《城市》、《香港抒情》(组诗)、《我居住过的城市》等城市题材的诗歌。"我看见关在笼子里的鸟/双脚被铁丝拴绑在金属上/笼子里的昆虫嘲笑着它们/人类在昆虫的嘲笑中/匆忙地出售鸟声",我想您对于城市文明,有一种禁锢的情感表达。对于城市的想象,在您的生命体验中,究竟是怎样的？走过的城市，是否会带给您不同的理解和变化？

田　原：" 禁锢的情感表达 "被你言中！撇开城市阳光的一面，很长一段时间我认为城市只是诞生阴谋、压迫自由、制造失眠和让处女膜丧失的地方，像一张假笑的面孔。在它领潮的文明和技术的工业革命里，也夹杂着伪善、虚伪、做作、欺诈和不断涌出的伤害环境的有害物质。这并非是我对城市的敌意，而是我对城市的解读和思考，也是我寻找一个真实城市的方法。你谈到的这几首其实都触及城市的阴暗面，随着城市缺水日渐加剧，再加上切尔诺贝利和福岛的核发电泄漏事故，多一点对主导人类文明的城市的批判和质疑对于诗人也是一种责任。对城市的批判，其实也是对愈演愈烈的人类贪得无厌的自私自利的批判。

翟月琴：蛇在您的诗歌中，是极为突出的一个意象。同时，您最常写到的两种动物，还有鸟和马，能简单谈谈这三种动物是如何在您的诗歌文本中生长的吗？

田　原：我一直看好的日本当代女作家川上弘美（1958—　）写过一个短篇《踩蛇》（1996年芥川奖获奖作品），她通过女性特有的触觉和神话叙事虚构了"踩蛇"这么一个故事，刻画了当代日本人的冷漠寡情和生存困惑以及不安。蛇无论在汉语还是日语里都承担着冷血动物这一形象，但日语里还有引申意义的浪漫和情欲色彩，当然蛇作为诱惑的这个引申义最早更多是来自西方。按照村上春树所说的"小说家正是所谓的职业谎言制造者"这一逻辑，蛇的虚构应该大于写实。我写过几首与蛇有关的诗，感触上的写实应该大于虚构。再者蛇是我的属相，我对它有一种特殊情感，几十年如一日与之朝夕相处，形影不离。

蛇像我的影子，跟随着我的肉体和精神一同成长。

鸟是唯一带给我更多想象的族类，离我的生命最近，也是我最想亲近的。因为我自认为小时候是在乡下的鸟声中长大的，从小跟鸟儿们从未有过距离感。鸟对于我既像精灵，又像神明，而且是自由的使者和象征。后来通过旅行，我在东南亚的热带雨林中见过形状和翅色各异的鸟，也在极寒地带的北极圈和北欧见过另一类，对它们都没有陌生感。大江健三郎好像写过曾在他家乡的四国地区的山林中与鸟交谈。记得少年时代，我好像也对跟我一起玩儿的伙伴们说过听得懂鸟语。鸟不论大小、美丑或温驯凶猛，甚或是传说中的始祖鸟和长翅膀的恐龙，它们都拥有共同的职业和愿望：飞翔和歌唱，然后把蓝天带回鸟巢。可是人类自古都在捕杀着鸟，一千多年前白居易写的《鸟》一诗可以作证："莫道群生性命微，一般骨肉一般皮。劝君莫打枝头鸟，子在巢中盼母归。"鸟虽说在天上飞，但它们跟人类一样都是靠肺呼吸。

马在我的心中也是一种特殊存在，它用它的身体似乎完成了别的动物都不能完成的东西：生命美学。我觉得马本身是最具有美感的一种动物。我上小学时在耕过的田地里被大人抱上过马背，尽管我最终从那匹个头不大的枣红马身上摔下来。小时候我常常去马厩看马，看它们吃草、小憩，甚至撒野和猛烈的交配等等。在乌兰巴托讲学时，我还见过野马，不管是野性十足的马还是被驯服的马，它们的命运几乎都是作为人类的奴役——忠实的劳动者而存在的，最后再被宰杀或被人类吃掉。在我的诗歌中登场的动物当然不止这三种，对它们的关注大多出自人类对动物的侵略性之批判。

翟月琴：" 兽 " 的形象，反复在您的文本中出现。《钢琴》中，开篇您写到 " 在我看来/钢琴很像一匹怪兽的骨架/高贵地占据着城市的一角 "，结尾处又提到 " 在我看来/钢琴在城市仅仅是装饰的图圈/它很想变成一匹怪兽/长出翅膀，飞逃 "。当然，这 " 兽 " 是多义而模糊的，但是对您而言，它究竟意味着什么？

田　原：" 兽 " 在这里当然是一个隐喻。钢琴的拟兽化处理引申出钢琴在城市里的命运，从而折射出它在默默的承受中做着一种无声的反抗的精神准备——" 飞逃 "。" 飞逃 " 打破因城市人的虚荣摆设而被桎梏的处境；同时，也包含有对陶渊明田园牧歌式的生活的渴望和回归。与其哑在城市的一隅，成为城市虚荣摆设的牺牲品，不如逃到荒原呐喊一声。这是这首诗所要表现的初衷。

翟月琴：读您的作品，能够看到非常清晰的空间结构。比如您的早期作品《作品一号》，" 马和我保持着九米的距离 " 这句话奠定了您的书写距离感，而马拴在树桩上，马卧在地上，马劳作在田间或者马挣断缰绳在很远的地方撒野，结构了全篇。与之相同的是《与鸟有关》，活着的鸟、静止在画册中的鸟和想象中的鸟，以三种形态出现在您的文本结构中，这种空间感对您创作的意义何在？

田　原：《作品一号》里有两匹马——真实的马和青石马，青石马代表历史，其实是在揭示现实与历史的距离；《与鸟有关》里却有三只鸟交错在其中，三只鸟所渲染的艺术结果是一样的。其实一位诗人在进入写作状态时，并不会带着强烈的空间感有意识地去发现诗句。我认为每首诗都有自己独特的结构，像风格不同和造型不同的建筑。我曾在一篇日语文章里把散文比作平房,诗歌是塔。这并非贬文扬诗,而是在于诗歌必须有耸立感,吸引更多的行人和过客向它行注目礼。我个人比较关注一个建筑物对空间感的处理,平时也爱看一些建筑图册。一位出色建筑师的空间思维很值得以形象思维为主的诗人借鉴,包括借鉴抽象思维的画家。我在这方面的兴趣会潜移默化地影响到我的诗歌写作。

翟月琴: 陈超评价您的诗歌是"精确的幻想"。他的评论很到位。您的诗歌读起来总是给人一种厚重和质感,这与您的想象和表达是分不开的。《楼梯》中"我为阳光在楼梯上反光/感动。人生多么像/那飘动在反光里的云朵啊/随着太阳移动,变幻消失/然后,又随着太阳的升起而重现",《深夜》中"夜空录下了处女的梦话/和牙齿的摩擦声/稻草人被绷得紧紧的腿/跳着独步舞/在大地的裂缝里深入浅出/汗水淹没的欲望里/女人被压迫的声音/使夜更深",我想,无论是楼梯,还是深夜,在您笔下好像都能触及存在的根蒂。在您看来,这种想象所带来的厚重感是源于什么?您又是如何处理想象与语言表达之间的关系的?

田 原: 想象对于诗歌是致命的。我信奉塞缪尔·泰勒·柯勒律治(Samuel Taylor Coleridge,1772—1834)所说的"想象是诗的灵魂"这句话,其实也是他的一篇文论题目。语言是想象的衣服,这样说似乎暴露我对语言宿命般的依赖,但依赖于我却是事实。我不太爱读想象力贫乏的诗歌,诗句写得跟文章语言或新闻报道(散文诗或本质上是诗歌的那类文体另当别论)没啥两样,这肯定有个人喜好的成分。柯勒律治对想象有过一个独到的诠释:"第一性的想象,是一切人类知觉所具有的活力和首要功能,它是无限的'我在'所具有的永恒创造活动在有限的心灵中的重现。第二性的想象，是第一性的想象的回声，与自觉的意志并存；但它在功能上与第一性的想象完全合一，只在程度上，在活动形式上，有所不同。它溶化，分散，消耗，为的是要重新创造。"每个诗人可能都有一套自己处理想象与语言的关系方式，但肯定都是不自觉的，也包括我。

翟月琴：龙榆生曾经说过："在诗歌遗产中，随着时代的进展，产生着多种多样的形式；而这多种多样的形式，关键就是声韵组织。"在我看来，诗歌当中极为重要的一个评价标准，便是"声音"。尽管新诗外在的声音组织已经破碎，但是诗歌内部仍然无法摆脱节奏、韵律的自律。您经常参加大型的诗歌朗诵活动，能谈谈您在创作中，这种读与写之间的交叉影响关系吗？

田　原：我其实也非常在乎在诗歌中对声音的处理。诗歌的声音，我的理解为既有词语与句子本来的音节所带来的，又有节奏（内在和外在）韵律和标点符号以及形式感等带来的"音响"效果。诗歌的声音就像人的声音是不能重复的，重复了，这首诗就会失去它存在的意义和价值。我不喜欢刻意在一首诗里制造声音，我觉得诗歌的声音应当是诗人自身血液流淌的动静，多少带有与生俱来的成分，是随着诗人的写作不知不觉产生的。一首诗的声音能做到"润物细无声"和"大音希声"，那是一种境界。很多年前，我曾对诗歌朗诵持过否定态度，但通过这些年的切身体验，朗诵让我找到了通向读者的另一条途径。

朱朱（范西 摄）

朱朱

我生来从未见过静物

朱朱，生于1969年，现居南京。因为曾在南京读书的缘故，我对南京诗人一直有所关注。印象中，在南京活跃的诗人有韩东、刘立杆、鲁羊、马铃薯兄弟、黄梵等。这之中，不乏转向小说、影视艺术的多面手作家。这样看来，似乎唯有朱朱写诗且仅写诗。于是，他被冠以"南京硕果仅存的诗人""纯粹的诗人"之名。

当然，这些表述无非是拉近诗人与地域的关系，为诗人朱朱的特异性寻找说辞，却很难让读者真正走进这位诗人。2019年11月，已入冬，微凉。在南京一处清幽的茶舍，我初见诗人朱朱。大概是不熟悉，他言谈不多。偶尔聊上几句，很快就被其他朋友的话题带向了别处。因而，尽管我早已开始阅读他的诗，却不知从何谈起。但恰是这种节制、内敛、沉静、从容，与我透过诗句想象的诗人朱朱的形象出入较少。

说实话，我真正注意到诗人朱朱的诗，还是近几年。不记得最先读到的是哪一首诗了，但触及"戏剧"的因子，一定是我走进朱朱诗歌的重要原因。还记得他在那首《小布袋》（2012）中写道："一根细线勒住了你的咽喉，/蜷伏在黑暗中的小布袋，/你的沉默难以捉摸，像蛇信子/摇曳着我分叉的未来——"这根"细线"像是一剑封喉，隔离出沉默与喧嚣的两个世界。那暗中的"小布袋"，不单是被任意摆弄的人偶，还是被勒住咽喉的哑孩子，那么委屈无力又神秘莫测。

看似平静的抒情语调里，演绎的是一场又一场波澜不惊的剧场演出，演出道出了朱朱内心的不平静："我活着，就像一对孪生的姐妹，/

一个长着翅膀，一个拖动镣铐，/一个在织，一个在拆，她们/忙碌在这座又聋又哑的屋檐下。"就像蔡天新所说："诗人朱朱的内心存在着某种冲突，犹如一头狮子的两个侧面：慵倦和敏捷。"然而，在矛盾的对立面中，要获得生存下去的可能，预期无声、算计或是躲藏，不如无所畏惧地嘶喊出"希望之声"："从仵作的家中溜出来吧，小布袋，/去把升堂的鼓猛撞，/去人最多的地方，发表真相的演讲。/即使高高的绞刑台，也好过/受囚于一份永远看不见头的绝望！"

从诗人、译者胡桑的访谈中，可见朱朱理解并书写"纯诗及物的可能"。他以"美好事物的终结"所带来的"闪电"体验作为出发点，一次次完成震颤心灵的自动写作。他不相信一切"伪抒情"，而是在诗体间筑出一座剧院、一间剧场，将人与人、人与世界的关系展演给世人看。他的诗折射记忆，预示未来，恰如他在访谈结尾提到的："好的诗歌不是储存了未来，而是动用了未来。"这一句，正好呼应了全书的题旨——朝向诗的未来。

胡　桑：最初是生活还是阅读催促你去写诗？
朱　朱：捷克诗人塞弗尔特的一首诗，"每天都有事物在终结/极其美好的事物在终结"，我上高中时一次课间休息在教室走廊里读到的。有很多颗脑袋围着一个同学手中的一本彩印杂志，大概是因为上边印着一张金发女郎的比基尼照片，同一页右上角印着这首小诗，我当时就背了下来，后来的整整一节课上，大脑里一直盘旋着这首诗——被闪电击中的感觉。

胡　桑：在你的诗歌写作中，存在"影响的焦虑"吗？
朱　朱：当然，和很多人一样，我经历了一个漫长的自我启蒙的过程，同时也是一个排毒的过程：忘记黑板上的那些东西并非易事，有一些已经在你的意识形成过程里潜伏。能做的就是让自己处在更好的"影响的焦虑"之中，杰出的诗人太多了，每一位都值得细加揣摩。我从来就没有摆脱过"影响的焦虑"，每一个时期，总是会有一个或几个诗人将我置于他们的"文字狱"里，但坐牢的方式不太一样了，以前我似乎有点无辜，不知道到底是因为什么被关了起来，现在我至少对自己的罪名比较明白。

胡　桑：我读过你年轻时的作品，《扬州郊外的黄昏》这首诗让我对江南诗有了重新的认识，它没有抒情性，也没有夸张的修辞，而是比较克制的表达。我想问作为一名诗人，你最初怎么处理自我与现实、自我与语言的关系？

朱　朱：当我决定当一个诗人的时候，属于诗歌的年代正在过去，诗人已经注定不再处于聚光灯下，不再能扮演英雄或集体代言人的角色。多年后我去巴黎拜访高位瘫痪的马德升，他在自己的公寓里见到我的第一句话就是："最近国内诗歌界有什么大动作？"然后，坐在他的轮椅上为我朗诵了他的诗，他一开口，天哪，我立刻就觉得自己已置身于广场。我的《鲁滨逊》那首诗其实就以他为原型写的，它包含了我对前辈诗人或者说先驱的致意与反观。对我而言，从写作的开始，就是想真正地返回到个体这个原点上，并且相信，个体就是人性的棱镜。

胡　桑：你在诗里经常写到扬州，扬州之于你年轻时的写作是一个什么样的认知装置？或者说，你认为地域作为经验的存在，是否对写作者构成束缚？

朱　朱：一块沼泽地，地心引力大于一切，天空像一只反扣的船压在上面,我在《读〈米格尔大街〉》那首诗中忆及当年,其中最有意思的就是我的政治老师,他其实已经是国内一位小有名气的超短篇小说家,写作的灵感很多来自卡夫卡,有一篇写某人有一种预感,他将在当天死亡,所以他一直待在家中,结果一辆车撞坏了屋子,还是死了。在这位老师得知我疯狂地写诗之后,有一天将我叫到教室外边,说了那么一句:"一生很漫长,先想办法离开这地方。"当然,童年记忆或者地域经验作为一笔财富将伴随终生,但在你还无法有效转化的阶段,它们就是潘多拉的盒子,一旦释放出来,就让你心烦意乱,因为太切身了。

胡　桑:相较于 80 年代的富有激情、重语言修辞的诗歌而言,你诗中的"我"很节制、隐忍,你的诗是叙事性的,而不是激情式的,诗中的事物追求还原它本来的面貌。这是当时很吸引我的地方。可以说,你的诗歌不是以挖掘自身经验取胜的,而是走向对语言、对写作自身的反省,并赋予诗歌戏剧化的表达。

帕慕克在《天真的和感伤的小说家》一书中,借用了席勒在《论天真的诗与感伤的诗》中的观点,将小说的读者和作者分为"天真的"和"感伤的"。我认为诗人也是如此。如果说你在八九十年代是"天真的"诗人,那么 2000 年之后的诗歌是"感伤的"。你的写作是对自身的反思,有反讽的姿态在里面。"感伤的"诗人并不常见,因为很多"天真的"诗人是进入不了"感伤的"阶段。

你是怎么看待诗歌写作中的抒情的?

朱　朱:可以试着从看似相反的角度来理解抒情,譬如读一读赫伯特的那首《小石子》,其中有一句写的是:攥住石子的手传递的其实是一种"假温暖"——我的意思是,在我们所谓的新诗史里,在我们自身的写作里,存在着大量的伪抒情,传递的就是这样的假温暖,这大概也是艾略特在《传统与个人才能》里反对过的东西。

还有一件很有意味的轶事,我是从朱利安·巴恩斯那部小说《福楼拜的鹦鹉》里读到的,福楼拜劝导他的巴黎情人、诗人露易丝·科莱说:艺术应该是不带个人情感的!我能想象科莱被福楼拜的这句话快要弄疯的样子,她显然会认为,抒情或者个人情感,就是她写作的支柱,但我越来越觉得福楼拜是对的。在他的书信集里曾经有那么一段,论及艺术的最高境界:"亦即其最难之处,不在于让人哭笑,让人动情或发怒,而是要得自然之道,使人遐想。一切杰作,莫不具有这种性质。外表很沉静,实际深不可测。"福楼拜的论断首先让我联想起杜甫的那句"星垂平野阔,月涌大江流",从维米尔和倪瓒的绘画里,从巴赫的音乐里,我也能够感受到这些。

胡　桑:从《皮箱》这本诗集开始,你已经有"感伤的"作家的影子,不再是"天真的"语言姿态,而是开始进入戏剧化姿态。在《清河县》这一组诗中,虽然有"我",但这里的"我"全部戏剧化了。《洗窗》中的"我"是武大郎,《武都头》中的"我"是武松,《顽童》中的"我"是西门庆,《百宝箱》中的"我"是王婆,《威信》中的"我"是陈经济。佩索阿曾通过异名者去写作,他杜撰了七十二个异名者,为每个异名者编造了身世,甚至为他们创造了不同的思想和写作风格。《清河县》这一组诗就摆脱了现实、经验、抒情,进入了真正的戏剧化语言表达。

朱　朱：关键是我不再相信自己拥有一个完整的、可信的主体，整个90年代我都处在极度的自我怀疑和隔绝之中，与他人疏离，也与年代疏离，似乎在逃无可逃之际，得到的意外回报就是这么一组诗。

　　在我看来，"感伤的"可以换成另一个概念，就是与文本对话，把已有的文本作为对话的对象。它在开始时并非一种写作策略，而应该理解成一种非常孤独的个人状态中发明出的游戏，对我来说这是在打开一个世界，它并非回避现实，而是更具有现实的原型意味。

胡　桑：你的这组诗，每首都可以谈很多。当我们初读完的时候，就会有一种感受："我生来从未见过静物。"你的诗表面上是场景，是静物的营造，但诗中每个场景都不是静态的，而是每个场景、事物都被语言裹挟着往前走。《顽童》中的动态感重构了西门庆和潘金莲的艳遇。可以说，你的诗是"精致"的，几乎每行诗都像设计过的，每个语言的动态也都很迷人。能否谈一谈当初是怎么设计里面的语言、故事结构的？

朱　朱：第一首诗似乎是自动到来的，它写在江南典型的梅雨季节里的一个午后，然后，一个念头快速地萦绕在大脑中，也许这可以写成一组诗，每一首去对应小说中的不同角色。当理性开始了预谋和设计，最重要的是，将它还原为感性，整个创作是一个既兴奋又艰苦的过程，持续了半年之久。我写完之后隔了好几年，读到了马小盐的一篇评论，她说得没错，这组诗有着类似于"古罗马竞技场般的环型剧场结构"。十五年之后我完成了第二组，在结构上可称之为第一组的反转，在整座空旷的竞技场中间，只站着潘金莲一个人，她以内心独白的方式环视竞技场,或者说剧场。

胡　桑：在这组诗中,你重新界定了写作者自我的姿态,不追随公共趣味,又重新调适现实,回到反省的姿态。这让我想起史蒂文斯所说:以最高的虚构对抗外界的暴力,写作可以找到自我。你一直在探索这种调适的状态,在《五大道的冬天》有一首《夜访》中写到"路过我,成为他人",这就是重新界定的我和外面现实的关系,调适了写作者和现实、和世界的关系。所有的一切经过"我"戏剧性的改造,重新得以界定。对于写作者而言,重复自我是最容易的事情,同时,自我又是一个难以超越的漩涡。你是如何看待写作的重复与变化的?

朱　朱：大概我最大的才能,就是每隔一段时间变得不会写了,尤其当一本新的诗集出版之后,我往往要经历一两年的失语,并非停止写作,事实上我几乎每天上午都用于写诗,而是在这一两年之中没有什么能定稿。已经过去的阶段就像自己想要抛弃的辎重,新的形态却迟迟不能兑现,这有些像蛇蜕皮的过程,直到有一天,某种意识或某首诗突然成形了,一个新的阶段得以开启,接下去的两三年会出现某种加速度,某种意义上的成熟期,然后,差不多随着又一本新的诗集的出版,再重新经历一次循环,在近二十年的时间里,情况都是如此,我不知道未来会怎样。从另一个角度来说,我自己已经历了一次次内部地震,但对于他人,这种变化可能显得很轻微,这也足以证明了你说的:自我是一个难以超越的漩涡。

胡　桑：你反对过什么类型的写作吗?
朱　朱：简单地说,我反对那些真的自以为是好诗的坏诗。

胡　桑：你第三本出版诗集叫《故事》,你是如何理解当代诗写作中的叙事因素的?叙事是达成诗歌戏剧性的有效手段吗?

朱　朱：《故事》这个书名来自诗集中的一首同名诗,是纪念我的祖父的。他少年时在上海的一家鞋店做工,鞋店隔壁就是一家茶馆,有说书人天天在那里表演。我的祖父不识字,但他能记得几乎整部的《三国》和《水浒》,我和弟弟童年时最大的乐趣之一,就是晚饭后在煤油灯下听他说书。回想起来,我有不少诗都是一场与小说的对话,如果一定要从个人经验来追溯,或许与此有关。有评论说90年代叙事诗开始风行,而我迟至新世纪才加入这一行列,其实是误解,我只是缓慢地行驶在自己的轨迹上,并且拒斥众多的诗学理论。

胡　桑：弗里德里希在《现代诗歌的结构》里,认为现代诗的重要维度就是创造"不协和音"和"反常性"。在你自己的写作中,你认同这个说法吗?

朱　朱：这本书就在对面的书架上,但我一直没读过。

胡　桑：我注意到你有一种独特的书写方式,就是阅读诗。这是关于阅读的诗歌,它跟一般所认为的直接性的抒情诗不一样,而是与你的阅读有关。我想了解一下,你写作阅读诗的初衷是什么样的?

朱　朱：我很早的时候写过一首诗,关于巴尔蒂斯的那幅画《卡佳读书》,打动我的是那种静谧的"色情"。阅读的氛围,或者说阅读的姿态,是这个世界上格外容易打动我的东西。至于写作者,好像博尔赫斯和卡尔维诺都那么说过,首先要成为一位读者,万不得已时才自己动手写。这些年我确实有意识地写了一些阅读诗,这当然是因为自己的某种经验和认知被那些文本唤醒。写,其实是一种更主动的阅读方式。

胡　桑：这首新诗《读〈安娜·卡列尼娜〉的女人》,我粗读下来,觉得它重现了小说中安娜在莫斯科与渥伦斯基邂逅之后,在回圣彼得堡的火车上,读着一本英国小说的场景。它的写作缘起是什么?

朱　朱：我看到一位朋友在俄罗斯的火车上读《安娜·卡列尼娜》的照片,她并没有直接拍自己,拍的是窗外的景色,这让我联想到你刚才提到的那个情节,两者开始叠加,但并非合一。迈克尔·伍德《沉默之子：论当代小说》引用过史蒂文斯的一首诗,以此分析旧式的阅读方式失效了,或者说,读者和书、和作者的关系改变了。他还提及科塔萨尔的一个超短篇,小说中的角色从小说中跳出来,把现实中的人杀了,如此等等。我感兴趣的是,如果一个现在的女人处在与安娜当时同样的情感状态,她的内心独白是什么?火车是我们的年代的隐喻,特朗斯特吕姆在一首诗中写过"速度就是权力"。当火车在轨道上行驶的时候,它赋予一个现代的安娜以主宰者的幻觉,她似乎可以很轻易地穿越所有地理风景和情感纠葛,去往充满各种可能的未来——在我们的年代提供的速度中,也许人性真的发生了一些变化,至少激起的情感涟漪有不一样的形态。

胡　桑：这种运动状态不是让事物凝固下来的语言姿态,它是一种由阅读引起的别样欲望。所以"成群的渥伦斯基"是一种幻象,也正因为在运动的过程中,安娜成了她自己。在这次旅行之后,她慢慢跳出了家庭，跳出了婚姻，跳出了谎言，跳出了她曾经的阅读的束缚。安娜在阅读中与书中的人物达成了共识。

《读〈安娜·卡列尼娜〉的女人》虽不是典型的阅读诗，但是有一首诗表面上看不是阅读诗，实际上，它是由阅读引起的自我和语言、幻象和现实世界的多重镜像的叠合，它是对柳如是故事的解构。这首诗就是《江南共和国》。在你的诗里，经常看到各种各样阅读的痕迹，正是这种阅读痕迹滋润了语言的诞生，进而激发了语言对现实的提炼，这种语言姿态是你所独有的。请你谈一谈，关于柳如是的这首诗是怎么设计的？

朱　朱：卡瓦菲斯和沃尔科特都提供了一些灵感。前者的《等待野蛮人》，后者的《埃及，多巴哥》，相对而言，沃尔科特提供的只是一些感性的因子。在具体的写作中，我首先设想了一种本能的女性欲望，即使在面临历史的巨变时它也不会完全消弭。我们需要人性多重维度的探讨，而不是二元对立的简易逻辑。我借这个角色反讽了一种腐朽的文明姿态，从地域而言当然不只是指涉江南，而是借江南批判整个文明。

胡　桑：能否具体谈谈何为"批判整个文明"？

朱　朱：江南其实是整个的传统文明精致化到极点之后趋于腐朽、没落的镜像。具体到个体的心理形态，现在到处都生活着这样的人，也包括我们自己——我称之为"一半是高士，一半是怨妇"。

胡　桑：你的《清河县》《江南共和国》《再记湖心亭》《我想起这是纳兰容若的城市》中都有着古典文学的印迹和回声。本雅明在谈论翻译的时候，提到"可译性"的概念，可译性指向作品的历史和生命，以及与元语言的关系。中国古典资源是否具有"可译性"？

朱　朱：我在一篇和江弱水等几位友人的对话里谈及过，不妨引用上一段：

转化古典的能力取决于个人的认知深度和实践能力，对于现在的我而言，"虚实相间""意在言外"这样的传统写作法则才真正地开始生效，它们改变着我整个的写作形态，并且将我带向某种表达的自由，而这种自由是在我处理当代命题时感知到的，换言之，传统不是召唤你向它那儿去，而是希望你带着它往这边来，你去往那里，它就是一个巨大的黑洞，你设法带着它来，它就是照亮隧道的手电筒。

胡　桑：诗既要面对语言和形式，也要面对现实和历史，你在写作中是如何处理这两个方面的？进一步说，诗人需要承担现实的责任吗？

朱　朱：如果你将自己定义为一个诗人，而不是现实中的斗士，你最大的责任就是写作，写作也意味着在更大的时空里去面对现实，其中包括了一种维度，也许可以称之为"纯诗及物的可能"。

胡　桑：你的诗歌里出现了候鸟式的书写姿态，突破了语言本身，超越了地理束缚，出现了对现实的一种打量、穿越的力量。你有很多这类诗。你曾在上海华东政法大学学习，当时成立了"冷风景"诗社。我们来谈一谈你以候鸟式姿态写的一首诗《旧上海》。

朱　朱：青春期的记忆总是强烈的，尤其是那种创伤体验。每次回到上海,我就感觉自己像一只候鸟穿梭在两个年代之间,我的旧上海定格在 80 年代后期的那段岁月,它也构成了这首诗的主题。在另外一首《重新变得陌生的城市》里,我才无可奈何地变得释然了一些。

胡　桑: 你所写的上海,经常能看到时间的变化。这是因为这座城市的变动不居,引起了你的写作欲望。你以候鸟式的姿态书写,书写的不是纯粹的语言内部世界,而是探索语言与语言外部的张力关系。在诗集《野长城》中,附录了一篇姜涛写你的评论文章——《当代诗中的"维米尔"》。他说:"随了身份和工作方式的转变,在朱朱近期的作品中,越来越多出现了漫游的主题,视野也逐渐从江南城镇、古典的小说和人物,扩张至对异域文化和生存情境的观察。这样的变化具有一定的普遍性,由于艺文活动的密集、国际参与机会的加多,'旅行诗''纪游诗'成为不少当代诗人开始热衷的类型。在朱朱这里,依照'XX 与它的敌人'之结构,在他的漫游之中,我们却不时能读到频频的反顾、一种重返本地现场的冲动。"这就是候鸟式姿态,在远离中频频回头。从你年轻的时候对周遭的书写,到后来文本内部戏剧性的对话,再到现在以候鸟式姿态重新穿越现实。这里面可以看到你的写作动态不断变化,探索着语言和现实的关系。

2011 年的时候,你由于工作的原因移居北京,并在这片土地上解构江南,重新打量江南。这个时候你的语言空间里有一种拓展,有一种新的变化。在《我想起这是纳兰容若的城市》里面就有一个镜像的叠加。北方的"帝都"叠加了一座南方的庭院。这就是候鸟式写作姿态。当你在异地重新打量江南时,出现了什么不一样的目光和视角?

朱　朱：纳兰容若当初确实有那么一座院子,他在悼念亡妻的词中也写到过。你说得不错,镜像的叠加。记得刘立杆在《岬角》里揶揄过我,大意是说,我传达的现实总是要经过历史和记忆的折射。是的,很多时候,写作就是过去和现在互相映射的运动过程。单一的维度对我来说意味着缺少坐标,这同样适用于处理不同的地域之间、文化之间或人之间的主题。我们生活的这个年代和世界充满了运动和变幻,它们迫使我写下那样一句诗——"我生来从未见过静物"。

无论是在写作还是在生活中,我从来都不希望自己被置于一个地域的标签之下。离散、游牧、解构乡愁,是我在《五大道的冬天》这本诗集里最主要的命题之一,我很享受两地之间往返的生活方式,但现实的环境越来越令人绝望,并没有一个理想的好去处。事实上,我一直想在诗中发明出那个地方,地名没由来地叫作"丰艾卡"。

胡　桑：候鸟式迁徙的语言,运动的姿态渐渐清晰。在这次公布的新诗里面有两首非常独特:一首是关于古典绘画作品,一首是关于西方现代绘画作品。《秋郊饮马归来——怀赵孟𫖯》中前后两段的张力特别明显,前面是对画面的一种再现,后面是描述了铁栅、钢盔、枪栓、对讲机等现代事物。诗里有时间、文明的张力,有静谧的一面,也有束缚的一面。你在穿越现实,又回到现实,对现实发出更深的拷问。

我们看另一首《霍珀:三间屋》。在《寂静的深度》一书中,诗人马克·斯特兰德以读者姿态,为霍珀的画作写了评述。很有意思的是,不止一位诗人向我说过,想为霍珀的《空房间里的光》这幅画创作一首诗。诗人在阅读中重构世界，这种真实可能是由于画作里面的世界比现实更真实，更抵达事物的本质。让我们看看，你是以什么视角来"阅读"这三幅画的？

朱　朱：从前我只是看过他的一些画作，并没有激起太多的波澜。最近读到马克·斯特兰德的那本《寂静的深度》，我开始重新理解这位画家，他称得上伟大。也许可以这么评价，他当初是以一人之力把美国的具象绘画提升到与欧洲同样的高度，不同于我一直喜爱的维米尔或巴尔蒂斯，他更朴素，情感和视角也更当代化——尽管这一点并不是判断艺术的本质。本来出版商希望我能提供一篇书评，但我被写诗的冲动包围，我首先写了这三幅画，《夜游者》《铁道边的房屋》和《空房间里的光》。我在写的过程中突然意识到，自己其实是借助他的作品回应那个基本的命题：我们是谁，我们从哪里来，我们到哪里去？当我写完之后，我想继续写下去，写一本关于霍珀作品的诗集，这可能要花上几年的时间。也要感谢你让我结识了那本书的译者光哲，他最近已经和惠特尼美术馆谈妥了霍珀传记的版权，我在等待这本传记的译稿。

胡　桑：又回到南京生活，在漫游和"重返现场"之间，你的写作会做出相应的调适吗？

朱　朱：写霍珀这本诗集的计划会延续下来；有一首长诗已经在缓慢地启动，我还不知道需要多久的时间来完成，也许五年，也许十年。我的电脑里有无数的工地，它们其实才是我的现场。回来之前，我替自己草拟过剧本，譬如，除了写作之外，还应该更多地享受日常生活的世界，那是在北方所缺乏的。然而，在回来之后的半年时光里,我还没有找到真正的着陆感,似乎有太多的因素需要调适,唯一欣慰的事情就是阅读量在增加。

胡　桑:你的诗作《变焦》写道:"我的凝视暗成一处生完篝火的洞窟。"《马可波罗眼中的中国》写道:"活着就是观看已经编好的剧本/如何在彼此的生活中上演。"你的诗歌中,弥漫着行旅与观看的因素,你通过观看想要表达一种什么样的认知或诗歌意识?

朱　朱:旅行作为整个生命的隐喻,仍然有言说不尽的可能性。我留意过不少关于旅行的诗歌文本,甚至打算什么时候写上一篇文章。卡瓦菲斯用两首看似矛盾的诗为旅行确立了两极,一首是《伊萨卡岛》,另一首是《城市》。两者的口吻都很绝对,一首诗告诉你,旅途就是人生的全部,"沿途所得已经让你富甲四方";另一首相反,是帕斯卡尔式的,佩索阿式的:你最好一生都留在一个地方,保持足够的专注和耐心,真相总有一天在你面前敞显。在这两极之间,是毕肖普的那首《途中问》,摇摆、逡巡,无比生动的记录。

对我来说,沧桑远未历尽,很多地方都值得去看一看,同时,我也准备好了做一个室内旅行者——德·梅伊斯特式的,维尔姆·哈默肖伊式的。

胡　桑:你觉得诗歌是一种储存未来的方式吗?
朱　朱:写诗就是尽量返回混沌,不被观念束缚,深信"顽念比观念重要"。事实上,我们所有的谈论都应该被当作事后的逻辑化。我在这里谈到的这些,都是后设式的,当我写《清河县》时,并不明确地觉知,自己作为一个主体已经涣散了。我的那些诗集也是一样,《皮箱》里的镂空感,《故事》里的囚禁感,《五大道的冬天》里的游牧感……总的来说,这些都是事后浮现的胎记。当我们生活在一段时光之中,我们会在最好的写作中耗尽这段时光的潜能,然后回过头来才意识到,原来是这样的,我们其实在更早一些的时刻已经变得难以为继,需要缄默上很长一段才能重启,所以可以说,好的诗歌不是储存了未来,而是动用了未来。

周瓒(张亦蕾 摄)

周瓒

当代诗歌剧场与跨界实验

周瓒生于1969年，江苏南通人。她是诗人、译者、戏剧工作者和学者，供职于中国社科院文学研究所。印象中，周瓒老师一直在拓展现代汉诗可能的边界。从写诗、译诗到演诗，她跨越的边界，恰是现代汉诗自设的藩篱。就像是她借用茨维塔耶娃的诗句创立了女性诗歌刊物《翼》（1998）："倘若灵魂生就一对翅膀——那么，/高楼也罢，茅舍也罢，又何必在乎！/管它什么成吉思汗，什么游牧群落！/在这个世界上，有两个敌人，/两个密不可分的孪生子：/饥饿者的饥饿和饱食者的饱食！"像男性作家一样，女性也需要创作的平台。她们想要一对翅膀，不仅可以飞翔，还能发出震颤的声响。

提到这震颤的声响，最早注意周瓒老师的文章，还是她在《透过诗歌的潜望镜》一书中提到"个人的声音"。在她看来，"'个人的声音'是诗歌独特的声音表现，可以说，每个诗人的成功必须依赖于此种'个体声音'的特异"。正是这一说法，启发我在现代汉诗的研究中，去关注那些在声音方面独具辨识度的个体诗人。与周瓒老师结缘，正是因为我对现代汉诗声音问题多年来的困惑。我想，我们的共识就在于，诗人表达声音的方式是丰富多样的，且渗透于语音、语调、语法和辞章结构之中。

十三年前，她加入北京帐篷戏剧小组，作为北京流火帐篷剧社成员开始从事戏剧工作。第二年，她便与曹克非创办瓢虫剧社，这些年陆续尝试了不少诗歌剧场实践活动。2019年2月，我将近些年关注的"当代诗歌剧场"的相关问题发给周瓒老师。时隔一年，收到长达一万六千字的回复。此篇访谈聚焦于"当代诗歌剧场与跨界实验"，结合周瓒老师十余年从事的诗歌剧场实践，从编、导与演三个维度探讨诗文本与剧场的融合与交流。她以诗歌与戏剧的跨界实验为出发点，涉及诗歌、身体与影像在剧场的创造性表现，延伸至演员、观众的观演体验，多视点解读当代诗歌走向跨界实验的可能。

翟月琴：2008年，您和曹克非共同创办了瓢虫剧社，英文名字为Ladybird。在这之前，有过戏剧方面的尝试吗？创办瓢虫剧社，是怎样的契机和考虑？

周　瓒：在跟导演曹克非一起创办瓢虫剧社之前，我是个地道的戏剧爱好者，喜欢看戏，读剧本，但直接参与戏剧写作和制作的经历并不多。2003年前后，诗人成婴曾邀请我跟她一起改编过三岛由纪夫的能剧剧本《班女》，参加当时林兆华策划的戏剧节，但因故未成。之后，近距离地接触一个剧团的经验，是2007年参与了樱井大造的帐篷戏剧《变幻痂壳城》在北京朝阳文化馆门前的公演，我作为志愿者去搭帐篷，并在演出时帮助维持入场秩序。

　　2008年7月，曹克非、诗人多多和我相约在朝阳9剧场看了一场来自韩国的剧团（剧团名为"梯子移动研究所"）演出的《沃伊采克》。当然，这之前克非和我经常一起相约看戏。梯子移动研究所剧团把毕希纳的名篇，也是德国戏剧史上的经典之作——《沃伊采克》，表现得相当令人惊艳。十几名演员清一色的黑背心黑长裤，带着一模一样的木椅登场，用它们搭建各种舞台布景和道具。他们用丰富的肢体语言和质地朴实的木椅，以多变而紧凑的节奏，酣畅淋漓地演绎了这部经典剧作。看过戏后,我们三人一起吃夜宵,交流观剧感受,席间我们中的一位忽然冒出组一个剧团的想法,另外两人便积极响应,一拍即合。现在回想起来,2008 年左右北京的小剧场氛围其实相当不错,我们虽然一时起兴,但很快就付诸行动,周围也不缺喜欢戏剧、愿意每周抽出一天(通常是周末)参加排练的朋友。此外,克非的艺术家朋友王国锋免费让我们使用他在 798 的工作室作为排练场。

当时,导演曹克非在北京的小剧场界也颇活跃,此前排了《在路上》《习惯势力》《火脸》《终点站——北京》和《斯特林堡情书》等小剧场作品。诗人多多对戏剧也有很大热情,有一段时间,只要在北京,他都会抽时间来参与我们的排练、聚谈。

翟月琴:Ladybird,女人和鸟。这个名字,或许代表您未来创作戏剧的一个方向?

周　瓒:剧团的名字是克非、多多及当时的剧社成员们起的。2008 年秋天,我刚好去美国出了一趟差。我还在国外的时候,他们起了这个名字,据说是从甲壳虫乐队得到的启发。瓢虫的英文名 Ladybird 又刚好是女人和鸟的组合,非常适合我们。导演和编剧都是女性,开始的时候成员大多也是女性。鸟的意象和我主持的诗刊《翼》又有着意外的巧合。此外,克非和我共同的朋友——诗人翟永明也是瓢虫剧社的积极支持者,她只要来北京就会参与我们的讨论或聚会。

翟月琴:起初,瓢虫剧社选择的两个剧目,都是推出剧作:其一是《远方》(2009),根据英国当代女剧作家卡瑞·邱琪儿(Caryl

Churchill)的同名剧改编;其二是《最后的火焰》(2009),由德国当代女剧作家德艾·罗尔(Dea Loher)编剧。这两部戏,涉及"暴力"和"交通事故"等社会问题,为什么会选择这两部戏?也许从一开始,就想触及一些现实题材?

周　瓒:选择这两部剧作具有偶然性,但当然也体现了我们自觉的关注方向。剧社成立不久,大家商量找一些短一点的剧本让大家试练。《远方》是我当时刚好从台湾诗人、剧作家、导演鸿鸿主持的诗刊《卫生纸》上读到的,非常喜欢,推荐给了克非。德艾·罗尔是克非熟悉的德国当代剧作家,《最后的火焰》是她翻译过来的。这两位女剧作家都积极关注社会问题,但艺术风格又非常不同。《远方》从人性、历史的角度探讨暴力,有着凝练的思辨和诗意;而《最后的火焰》则取材日常生活,透过一起交通事故牵引出背后一个家庭和一连串的人物,老年痴呆症患者、吸毒的不良少年、精神失常的军人、焦虑的警察等,他们的故事折射出欧洲当前的各种社会矛盾与问题。两部剧作都具有鲜明的女性意识和女性主义色彩,对于瓢虫剧社的成员而言,选择这两位欧洲女剧作家的作品进行试演既是自我训练,也是与之对话。

翟月琴:到了 2010 年,《企图破坏仪式的女人》算是"女性诗歌、戏剧、音乐、现代舞互演绎"的开始。这种诗歌与戏剧跨界演出的想法,是怎么萌生的?

周　瓒:2010 年 5 月的一个下午,我和克非在北京草场地看了田戈兵导演的新戏《朗诵》。这个肢体剧探讨了词语(或声音)和身体的关系。导演在剧中运用了不同类型的语言文本,包括经典文学作品选段、说明文、身体检查报告等,演员被要求背诵这些文本，同时用丰富、突变的身体形态对这些文本加以诠释。不过，也可以反过来描述这个过程，导演从肢体表现出发，加入不同类型的语言文本，在身体节奏丰富的运动中，语言像是砸向它们的石块一般，冲撞着，拉扯着，语言解读着又似乎对抗着身体。我的观剧感受是，语言文本和人的身体产生一种类似于诗歌中不同类型的词语组合时所形成的意义张力。我理解但不太赞同田戈兵导演对于语言文本的极端怀疑态度。也是在看了这部戏之后，我记得，和克非一起喝茶谈戏，交谈中突然冒出了排一个有关诗歌的剧场作品的念头。回想起来，应该跟我对《朗诵》中所体现的排斥文学文本的极致表达有关吧。既然田导那般不信赖文学文本，那我们何不将文学文本中最具代表性的诗歌搬到剧场里来试一试？

翟月琴：其实，诗歌改编为戏剧，20世纪90年代以来大陆诗坛也有过类似尝试。比如，1994年牟森改编过于坚的长诗《0档案》，2005年李六乙改编徐伟长的《口供，或为我叹息》为《口供》，2006年孟京辉根据西川的《镜花水月》和《近景·远景》改编成《镜花水月》。您是否看过这些演出，怎么看这种新的艺术现象？我想，这绝不仅仅是为了传播当代诗歌。

周　瓒：我看过《口供》和《镜花水月》，但没有看过牟森的《零档案》，我只在孟京辉的《先锋戏剧档案》一书中读到该剧剧本和相关访谈。说到新千年以来的当代诗歌状况，我当时对诗坛或所谓诗歌圈子颇有些厌烦。新千年的第一个五年里，诗人们大多数在互联网论坛活动，写诗发帖子并发起论战。我在诗生活网站上担任两个论坛的版主，一度沉迷网络诗歌交流，继而有些厌倦，个人兴趣遂转移到了戏剧上。我几乎是怀着新鲜、兴奋的心情看了《口供》和《镜花水月》，惊讶于诗句激发出的身体和舞台行动或是优美，或是扭曲，或是激烈，或是轻柔，或是混乱，或是拘谨，诸如此类。剧场中出现了诗歌，当然不是简单地传播了诗歌，而是运用和发现了诗歌，甚至可能是解放了诗歌；同时，应该说，诗歌也刺激了当代剧场，扩大了剧场中的表达元素，丰富了剧场语言。

翟月琴：这些导演纷纷选择诗歌文本予以改编，不知是什么动力驱使之？

周　瓒：我理解你的疑惑，但我不能代替他们（这些导演）回答或揣测他们选择诗歌文本予以改编的驱动力，也许你应该去采访一下他们。当然，我前面的回答（关于看了《朗诵》之后起意做诗歌剧场的经历）也许还不足以充分说明我参与诗歌剧场实践的驱动力，因为那更像是一时兴起。待这种依凭直觉的一时兴起过去之后，也等到我们开始正式的诗歌剧场编剧、讨论和排练的时候，这个问题才真正变得日益急迫了。我的思考带出了四个元素，即语言、身体、身份和空间，我认为诗歌剧场实践是对这四种元素在当代剧场中的重新激活。正因如此，我也才持续地摸索和实践，从2010年那次开始，做了不止一部诗歌剧场作品。稍稍回顾一下，你也会发现，你刚才提到的那些导演，大概只做了一回就没有继续下去了。

　　说到这里，我想把这个话题展开一下，我所谈及的内容仅限于我自己的思考，而且可能是基于编剧和表演者视角的思考。因为你知道，导演的视角很可能跟我完全不一样。我多半从一名诗人、编剧及剧场研究者的身份来思考语言、身体、身份与空间等问题。

首先说说剧场语言。随着戏剧的日益市场化和商业化,当代剧场中的语言多半是模仿电视剧的,而且观众也经常抱着一种看故事的心态看戏。当然,戏剧可以也应该讲一个好的故事,但是我们发现,在讲故事的过程中大部分编剧的语言观念相当薄弱,只满足于日常化的写实性的对白和独白。把诗歌带到剧场里来,某种意义上是用诗歌语言——凝练抽象的语言——去冲击过度生活化、口水化的戏剧语言。

其次是剧场中的身体观念。我们知道,戏剧演员需要身体训练,以适应舞台上自然和有力的角色呈现,但仅仅把身体训练的功能理解为更好或更真实地表演并不够也不恰当。我在北京的帐篷剧场与导演樱井大造的交流中,发现他指导演员时有一种看法非常有意思。他观察中国的年轻人,发现不同年代出生的年轻人的身体感是不一样的。比如说六七十年代出生的人身体是向上的,因为接受的教育跟身体是直接相连的,有些身体不可能被轻易消费,或者用他的话来说"是有内容的"。他认为"80后""90后"年轻人的身体是缺乏深度的。同时,他把文化、语言跟人的行走姿态或者站立姿态连接起来,他说帐篷戏剧中大多数角色都是劳动者,劳动者的身体重心都比较低,因为他们要弯腰干农活。而我们多少能够理解,在市场化的小剧场空间里面,中国演员的身体已经被规训了,成为一种"舞台腔"的身体。而在我们理想的诗歌剧场里身体呈现应是多样的,不应等同于小剧场里面的那些专业演员们被规训了的身体性。我们邀请了专业的舞者、戏剧演员,以及素人艺术家跟我们一起来排练,在不同的身体碰撞当中就会产生一种新的身体性,达到一种新的舞台呈现。

第三是身份问题。我们不完全找专业演员,甚至我们不要专业演员,如果有专业演员或者专业舞者来的话,我们希望他的身体表现不要那么职业化,这样一种方法也是我们做诗歌剧场实践时要去思考的,即你要把你的身份带到这样一个剧场里面来。身份中携带着你的问题和观点,把它们带入剧组交流,产生一种新的工作方式。

　　最后一点是有关空间的思考。我们可以在专业的剧场里面演出诗歌剧场的作品,也可以在非剧场的空间表演,甚至我们更愿意在非剧场空间来呈现。为什么?因为诗歌本身不是纯粹的戏剧文本,诗歌文本有它的多样性,它跟空间的关系在我们演出的时候能产生一种瞬间的张力和表现力。

翟月琴:提到跨界,戏剧人陈思安的思考颇有启发性。她认为"跨界"的表述不能概括诗文本与剧场的流动性与延展性,而应该以精神内核选择适当的表现形式:"诗歌的特殊性在于,其内在精神含量及所指要远大于文字形式本身:并不是所有断了行来写的字都叫诗。诗歌剧场的实践也如此,所选择的形式皆由其精神内核所指向所决定。而诗歌的另外一个特殊性则是,具有极强的流动性,思维所及之处,一切皆可入诗。诗歌剧场的创作思维延承了这种流动性,所谓的'跨界'对应诗歌剧场的创作来说,是一个业已过时的词汇,留下的问题和探索进深仅在于,如何为作品的内核挑选最为恰当的表现形式。"[①] 您如何理解"跨界"?是否有更贴切的词汇概括这种艺术现象?

周　瓒:"跨界"这个词只是显示了创作者身份变化和艺术分类的结果,显示一个诗人搞起戏剧这么个事情,或者说,诗歌和戏剧相当

---

① 陈思安:《诗无穷流动》,《新诗评论》2018年总第22辑,北京大学出版社2018年版。

不同，需要我们格外注意。然而，为什么一个诗人不能搞搞戏剧、电影或其他事情（且不仅限于艺术）呢？诗歌和戏剧果真有那么不同吗？所以，我赞同陈思安的理解，在我们进行诗歌剧场实践的时候，我们关注的其实是如何以当代戏剧的形式来呈现诗歌的"精神内核"，或者说，诗歌文本向剧场索取一种与其诗性相称的戏剧性。因为诗以语言为载体，而戏剧的介质主要是身体并包括了语言，故而也可以说，诗歌在剧场中所处理的是如何用身体传达诗歌语言的全部意涵，出声地念出诗歌（所谓的朗诵）只是一种方式而已。对于创作者而言，跨不跨界或许没那么重要，他/她只考虑如何使一种艺术形式得到最恰当、完备的表达，不管这种形式是诗还是戏剧，而从另一角度看，当代的不同艺术形式之间也存在着相互激发和影响的现象，因为一些艺术手段本身就是不分边界的，比如隐喻、象征、反讽、并置等，仅是承载它们的介质不同而已，而这也许就是创作者自觉跨界的结果吧。

翟月琴：其他地区这方面的演出情况，您了解吗？

周　瓒：在诗歌剧场的实践过程中，我们有自觉地了解和关注各地的相关创作与演出情况。比如，我们从网上看过美国著名导演罗伯特·威尔逊根据莎士比亚十四行诗改编成的剧场演出，看过西班牙著名的弗朗明哥舞蹈大师玛利亚·佩姬根据佩索阿、博尔赫斯、尤瑟纳尔等的诗创作的舞蹈，也了解到台湾的剧场工作者改编狄金森、西尔维娅·普拉斯的剧场表演。这些当然在剧场创作中是相当小众和个别的，但他们的舞台呈现都带有先锋、实验气质，然而，这些创作者并没有把这些工作看成是一种"跨界"。

翟月琴：我最近也在读通常被认为是剧作家的梅特林克（1862—1949）、布莱希特（1898—1956）、阿尔托（1898—1976）等的诗。艺术家尝试不同文体的写作，似乎是一种常态。您似乎也关注当下的跨文体写作，想请您详细谈一谈。

周　瓒：正如你所说的，艺术家写诗是一种常态，而诗人做点艺术就变成了"跨界"，这是相当有趣的现象。换言之，诗歌作为一门语言艺术，大概门槛不是很高吧，相反，其他艺术，诸如绘画、音乐、舞蹈及舞台艺术，门槛就相对高一些。作为文学批评工作者，我确实比较关注"跨文体写作"现象。我所观察到的部分当代剧场工作者努力尝试打破传统的观演形式，在剧本写作和舞台呈现上都努力跨越各种界限。剧场文本可以是非故事性的，比如我们所选择的是诗歌，田戈兵导演还选择过各种生活文本，比如在《朗诵》一剧中的说明书、医院诊断书等，李建军导演选择普通人登台讲述他们自己的生活故事，曹克非导演选择让她的剧组成员分享各种文本，然后由剧作家统筹为一部剧作。此外，我了解的日本帐篷剧场导演樱井大造有着独特的剧本创作方式，即先由参与帐篷剧场的成员进行"自主稽古"（一种简短的自主表演），然后大家讨论，导演点评，最后由一位编剧（经常是大造本人）再根据这些素材创作一部新剧作。当然，细心的观者会发现，大造的新剧也往往会借鉴之前剧作的一些片段和信息。这些多样的文本创作法显示了当代中国剧场工作者的活跃思路。

翟月琴：陈均对"跨文体写作"（又称"混合性写作"）词条进行梳理，他认为20世纪90年代以来诗人打破诗歌与散文、戏剧、小说的界限,"将其他文类的形式和诗歌的精神杂糅在一起,从而体现一种新的写作可能性"①。在姜涛看来,这是文本的社会历史性体现,是内在的诗歌语言与外部生活语言的相互渗透。② 您怎么看?

周 瓒:从你的引述中可以看到,陈均和姜涛对同一问题的理解角度并不太一样。20世纪90年代的当代先锋诗歌呈现出强劲的活力,那时候的写作场域是敞开的、流动的,写作个体思路活跃、开放,出现了你引用到的这个概念,描述的是一部分诗人自觉的写作探索。有关不同文体之间的差异我们似乎一直有理论和观念可循,比如"诗是抒情"(或"诗言情")的这样一种观念,大概是80年代被普遍接受的观念,虽然当时针对的更多是此前相当长的一段时期当代诗歌被要求服务于政治那样的写作方向。在为朦胧诗张目的批评话语中,让诗歌回归抒情是最具说服力的一条。这样看来,90年代诗人们从其他文体吸收表达手段,自觉拓展新诗抒情性之外的元素,就是对于写作可能性的进一步打开。"跨文体写作"或"混合性写作"是从写作形态上对先锋诗歌的实验性进行的一种现象描述。姜涛的观点应是基于对"文本"概念的理解。当代文学批评话语中,"作品"被"文本"取代,意味着对文学的生产过程、批评的对象以及文学接受的动态的把握。"文本"提示了自身的生成、开放和包容的特性,因而既有其"社会历史性",也具有其能动性。

---

① 陈均:《90年代部分诗学词语梳理》,载五家新、孙文波编,《中国诗歌:九十年代备忘录》,人民文学出版社2000年版,第403页。
② 姜涛:《"混杂"的语言:诗歌批评的社会学可能——以西川〈致敬〉为分析个案》,载张桃州、孙晓娅主编,《内外之间:新诗研究的问题与方法》,社会科学文献出版社2012年版,第171页。

那种认为存在一种值得诗人去寻找的所谓诗性的或优美的语言的观念基本是可疑的，取而代之的是不断探索和创造的实验意识，要求诗人们自觉地将诗歌语言的历史性和可能性结合起来，在具体的写作实践中焕发诗歌语言的生机与活力。

翟月琴：20世纪90年代以来，诗人们也在诗歌内部开展混合语体的写作，比如侯马的《他手记》、柏桦的《水绘仙侣——1642—1651：冒辟疆与董小宛》、西川的《个人好恶》等。可以理解为，这是诗人的一种艺术自觉吗？就像孙文波在《我理解的90年代：个体写作、叙事及其他》中提到的："90年代，诗人则更愿意在写作中呈现出这种关系（诗同人性、时间、存在的关系）在具体时间和空间中的样态，使之由景象、细节、故事的准确和生动来体现，力求做到对空洞、过度、嚣张的反对。……现在，构成诗歌的已不再是单纯的、正面的抒情了，不但出现了文体的综合化，还有诸如反讽、戏谑、独白、引文、嵌入等等方法亦作为手段加入到诗歌的构成中。"[①]

周　瓒：正如你列举的这几位诗人所做的，"混合语体的写作"帮助他们实现了个人写作的阶段性突破，但也要注意的是，90年代以来的"文体的综合化"并未形成诗歌写作的主流。当然，孙文波所提到的那些艺术手段在现代诗写作中得到普遍运用，那是不争的事实。从理论上讲，诗人的技艺越精湛，他/她创作的文本的艺术性也就越强。与其考察90年代以来当代诗人在诗歌内部开展混合语体的写作实绩，进而肯定其必要性或前瞻

---

① 孙文波：《我理解的90年代：个体写作、叙事及其他》，载王家新、孙文波编，《中国诗歌：九十年代备忘录》，人民文学出版社2000年版，第14页。

性,不如仍然回到当代写作者基于经验的拓展的需求本身来谈论这个话题。侯马、柏桦和西川的实践是否成功另说,但的确为汉语现代诗歌打开了新的语言和经验向度,口语的、散文的、日常生活记录的、文体混搭的……总之,这些实践说明了诗人对于经验的创造性转换的执着,远远大于抒情或言志的热情,这是否可以称得上"艺术的自觉"呢?或是一种经验的自觉?

翟月琴:当下,诗剧场备受艺术工作者的青睐,譬如上海的"测不准"和深圳的"第一朗读者"。诗剧场毕竟与诗剧又是两个概念,与前者的实验性相比,诗剧的历史可谓源远流长。当然,讨论二者,同样关系到剧场性与文学性的差别。您认为呢?

周瓒:我一直使用的概念是"诗歌剧场",是将作为文体总称的"诗歌"与后戏剧剧场视域下的"剧场"组合而成的一个概念。也许你所引用的"诗剧场"带有实验性,但在观念上它其实是临时的、非自觉的,它的着眼点基本是诗及诗的传播,而非在剧场中或对剧场的新探索。我在汉斯·蒂斯·雷曼的"后戏剧剧场"意义上使用"诗歌剧场"这个概念,雷曼提出"剧场文本遵循的法则与错置规律与视觉、听觉、姿势、建筑等剧场艺术符号并没有什么区别"。换句话说,在后戏剧剧场中,文本(或戏剧剧本)不再是具有戏剧性的传统的文学性剧本,而应是能够使得当代剧场得以"自我反思"与"自我命题化"的文本,而在我看来,诗歌可以充任这类文本。在诗歌剧场中,诗歌文本"仅被视为剧场创作的一个元素、一个层面、一种'材料',而不是剧场创作的统领者"①。诗歌剧场打破了传统的戏剧性和文学性的区分,试图在开放的戏剧构作中,再造和发明新的戏剧性和文学性。此外,我也曾把诗歌剧场与皮娜·鲍什的舞蹈剧场概念进行类比,我说诗歌剧场就类似于舞蹈剧场,但你也知道的,皮娜的"舞蹈剧场"和"舞剧"不是一回事。当代诗剧的写作是另一个话题,我就不多说了。

翟月琴:就像于坚所说:"戏剧不再是剧本的努力,它的文本就是它自身的运动。戏剧的开始就是它被创造出来的开始。它的结束也就是它创造过程的结束或暂停。"② 从诗歌到戏剧,尤其要考虑剧场性。

周 瓒:我不知道于坚在什么语境下发表这番观点,大概跟他参与实验戏剧的经历有关吧。他的长诗《0档案》被牟森导演改编成实验戏剧,而这部实验戏剧也调动了在当时很前卫的表演和呈现的手段,比如影像、现代舞、参与者的即兴讲述等。这些元素的引入带来了非传统的剧场性,建立在布莱希特的"间离"前提之上,并且是一种更深入、更彻底的间离,甚至有了一种浸没效果。也许正因如此,才有了于坚的关于戏剧是脱离了或超越了剧本的一个运动过程的理解。

翟月琴:您编剧的《乘坐过山车飞向未来》,融合了玛格丽特·阿特伍德、马雁、翟永明、吕约、周瓒、巫昂、曹疏影、尹丽川、宇向等女诗人的诗歌文本。您曾经特别强调诗人的个性化声音:

---

① [德] 汉斯·雷曼著,亦男译:《后戏剧剧场》,北京大学出版社2010年版,第3页。
② 于坚:《戏剧作为动词,与艾滋有关》,载于坚,《正在眼前的事物》,云南人民出版社2004年版,第240页。

"每一个诗人的成功都必依赖于此种'个体声音'的特异。"① 能谈谈这些诗人的个体化声音特点吗？在这场演出中，每一位诗人的声音是否有所体现？

周　瓒：诗人声音的个体性是由现代诗歌自身的特点决定的，自由体诗歌没有固定的格律，也没有风格上的规定性，对于尚且年轻的中国新诗而言，每一位写作者都肩负着语言探索与文体建构的任务。在自由体的现代诗歌中，诗人的声音形态决定了一首诗的总体情绪和风格，通过呼吸般的微妙变化，在选词、语顿、句长和音高等方面呈现出来。一个诗人有他/她自己较统一的声音特点，而具体到每一首诗又各有其声音气质。这需要通过对每个诗人的研究来判断。在排演时，我们既注意准确把握每个诗人每首诗的声音特征，也会尊重每个演员对诗歌文本的声音阐释。诗歌剧场的表演并非为了还原某个诗人的声音特征，而是为了尽量靠近其声音的真实性并打开其声音的可能性。

翟月琴：您说过："诗歌剧场实践更侧重于发明身体语言和行动的方向，促成语言文本的视觉转换，从抒情诗的语言文字（诗的声音）向着同样具有抒情性的诗意演示（包括声音和画面）转换。"可否列举一些实例具体谈一谈？

周　瓒：你有看过我们的演出视频，所以我举的这些例子可能对你来说更易理解，而对于没有观看诗歌剧场作品的读者来说，我不确定我的转述是否有效。瑞士学者埃米尔·施塔格尔在《诗学的基本概念》中提出以抒情式、叙事式和戏剧式来代替抒情作品（诗歌）、叙事作品（小说）和戏剧作品（戏剧）的诗学分类，

---

① 周瓒：《透过诗歌写作的潜望镜》，社会科学文献出版社 2007 年版，第 213 页。

并以"回忆""呈现"和"紧张"三个词语来概括这三种文学类型的本质特点。如果我们大致同意他的描述，在将诗歌文本搬上舞台时，我们所做的工作就是将显示内心活动的"回忆"转换为展示戏剧性的"紧张"，而舞台上的紧张感是通过演员的声音、神情、动作、行动的方向等身体表达展现出来的。所以，在舞台上仅仅进行诗歌朗诵是非常单一且单薄的，因为它所涉及的行动只是声音和神情，当然也可以配合一些程式化的或无意识的动作。在《乘坐过山车飞向未来》中，你看到我们是如何表现马雁的诗作《我们乘坐过山车飞向未来》的，它作为本剧最后一个段落呈现，几乎全体演员都参与了，像是一场群戏。一方面看起来，一群演员把这首诗读了一遍，不同的读法交织；另一方面，演员们戴着各式各样的面具，为了丰富诗歌语言的表现力，还以恐惧和狂喜作为外化情绪传达，像是从诗句延伸开去的表情和笑声杂糅在爬行、畏缩和挤成一团的身体运动中，不断增强着戏剧的紧张感。

翟月琴：2011年，《瞧，土格哩子》在深圳演出。在此之前，您走访深圳与成都，接触不同身份、职业、年龄的普通人，并组织戏剧工作坊和访谈。这些素材被融入二十个不同的场景中予以展示，这其中，现实经过了怎样的艺术化的处理？

周　瓒：我参与了这部戏前期的调研、工作坊和访问，以及排练中的编剧和构作。这是一次委约创作，有相对明确的主题（关于"幸福"），而工作方式又是一个 working in progress（进行中）的戏剧实践。作为主创者之一，我参与了整个过程。从素材的搜集到工作坊的设计，我们都力图结合当代剧场的诸种方法，比如"一人一故事""问题剧场""诗歌剧场"等形式，来结构素材,达到你所说的"艺术化的处理"。在这个过程中,包括演员在内的主创人员被要求根据所了解的素材和自己的体会提出他们的问题,自然地,个人经验和社会热点都得到打开和触及,不同的看法和立场也显露出来。经过反复的讨论、辩论,形成一些瞬间,不是问题得到解答或者大家形成共识的瞬间,而是展现富于戏剧性的瞬间。这大概也算是一种艺术处理吧。

翟月琴:《随黄公望游富春山》是根据诗人翟永明的同名长诗改编而成。将画卷延展出一出戏剧,一定不能脱离空间的转换,您怎么理解这种空间性?

周　瓒:由一幅画卷到一首长诗,再到你看到的一出戏剧,这三种艺术类型各有其空间性,绘画被称为空间的艺术(相应的,音乐被称为时间的艺术),它占据固定的位置,展示可视的固定的空间,而画作内部的空间性则是另一个话题。在长卷《富春山居图》中,有中国传统绘画的散点透视所呈现的平面化的空间,它的景深是铺展出来的。此外,"这种一边展示,一边卷起的颇为隐秘、流动的"观画方式,又为长卷画作的接受增添了一种时间性。长诗《随黄公望游富春山》的空间性需要借助想象活动,通过阅读完成。一方面,可以说,长诗是时间性的,读者必须从第一行开始阅读,直到读完最后一行,才能了解这首长诗的整体面貌;另一方面,熟悉了长诗整体的读者又可以任意选读其中的一首、一节或一行,翻开诗集任意挑选,皆因长诗本身的空间性所决定,这首长诗由三十首独立的短诗构成。诚如诗集标题"随黄公望游富春山"所示,这个行动本是空间的转移,所谓移步换景,景随情迁。翟永明这首长诗的空间性可以用这两个短语来大致描述。跟随游览的结构也让我们联想到但丁的《神曲》，那是西方文化中的典型的空间呈现。到了同名剧场作品中，我们还要加上剧场这个环境空间，来考察戏剧表现的多层性。剧场中的空间性呈现了固定而又流动、可见而又富于想象的特征。我们根据长诗也是剧作的核心元素——"穿行"，构作出一个主体结构，并根据所采用的诗节内容进行场景和场次的切换。当然，并没有一个故事性的线索引导观众从头至尾欣赏该剧，不如说，是翟永明长诗中的不同段落担任着引路之职。诗人跟随黄公望，我们跟随诗人，同时，作为当代观者的我们还可以任意"穿行"于舞台（观看的流动性）和诗句想象"穿越古今"世界（联想的多重性）。我们试图唤起的，正是这种基于观看和想象主导的剧场的空间性。

翟月琴：《随黄公望游富春山》自 2014 年北京青年戏剧节（朝阳 9 剧场）首演以来，经过 2015 年成都 8 点空间、朝阳 9 剧场的两次复排、2016 年两岸小剧场艺术节（台湾戏曲中心/高雄市立图书馆小剧场）和 2016 年国家话剧小剧场的演出。作为编剧，您既构思改编了长诗，也与导演、演员等合作创作。请问，这其中，各个版本有没有特别的变化？

周　瓒：除了你列举的这几次演出外，2017 年《随黄公望游富春山》还受城市戏剧节之邀，在北京、重庆、广州、东莞、深圳等地巡演，连续四年排了四个版本。其实，几乎每一次复排都有改进，不仅剧本有增删变动，而且演员阵容和舞台呈现也进行了不断的修改。2014 年我们决定将《随黄公望游富春山》改编成戏剧的时候，事实上翟永明还没有写完这首诗，我们读到的是未定稿。2014 版的剧本是由四位演员出演，我在改编时也将表演人数（四人）、舞美设计和 9 剧场演出的空间特征考虑进来，这一版中，有四块白纱制成的带轮子的屏风作为主要道具，当然它并不能直接唤起观众有关绘画长卷的联想，但是，屏风作为一个带有传统色彩的意象在舞台上可以发挥灵活的组合与运动的功能，也能带动想象。到了第二个版本中，翟永明把她看演出的体会写成一首诗（即长诗第二十七节），并完成了长诗诗稿，结集出版。2015年复排时，演员增至六名，导演陈思安要求我将长诗中的第二十七节加进剧本，同时，舞美也做了很大的改变，设计了两幅用两根木轴撑开白色的棉布制成的长卷样道具，似乎是模拟《富春山居图》被烧毁后断成的两截。显然，这两幅道具在剧中发挥的作用跟纱布屏风完全不同，因而舞台风格也发生了变化。到了2016年复排第三版的时候，导演又要求我为剧作写几段独白，独白的发出者为诗人、画中人、黄公望等。独白的构思也调整了剧作的基本结构，使得这部戏的内在线索变得相对清晰起来。剧本并不是仅由翟永明的诗歌文本构成，还有我写的有关这幅画流传的小故事，模仿皮影戏的方式呈现。当然，在后戏剧剧场视域中，导演陈思安的这些合理、灵活和能动的调整、改动都是正常的而有效的。

翟月琴：在台湾的演出，是什么契机促成的？观众回馈过一些现场感受吗？

周　瓒：剧组受邀参加2016年的两岸小剧场艺术节。以此为契机，《随黄公望游富春山》进行了第三次复排和巡演。在台北和高雄两地的演出，应该说在台湾的反响还是不错的。特别是台湾剧场工作者朋友的回馈，让我们特别感动，他们不仅跟我们分享了台湾小剧场中曾经的诗歌剧场经验，也对《随黄公望游富春山》这部剧提出了自己的看法。

翟月琴：据我所知，在台湾将诗改为戏剧，早在 1985 年诗人白灵、杜十三发起的声光诗实验，就曾经尝试将四十首诗歌改编为短剧。其中包括北岛的《触电》、洛夫的《剁指》、向明的《仁爱路》等。这种尝试，是早期诗歌完成舞台呈现的雏形。后来，也出现了一些影像诗，参加台北艺术节的竞赛单元。无论是声光诗还是影像诗，都像是艺术工作者将诗改编为剧的一种未完成式。您认为这样的尝试，未来还有生存的艺术空间吗？

周　瓒：当然，你这个提问并非向我这样的艺术工作者寻求某种预测，这年头做预测的似乎属于出身于艺术管理专业的人士吧。我理解你的发问主要基于一种担心，或者怀疑，这类跨界艺术实验自身究竟有没有更大的发展空间？同时，在当前的文化生产和传播空间中，它的接受度究竟有多大？而我只能从艺术工作者对于创造性的执着来进行一次乐观的估测。诗歌剧场实践在两岸虽然一直算是小众的尝试，但未来应该还有生存艺术空间的，虽然它的市场效应并不很高。你题中所涉及的声光诗是一种舞台实践，而参与艺术节的影像诗实际上属于当代艺术，随着影像艺术的增多，我们经常会在当代艺术展览中看到这种影像诗。

翟月琴：2017 年 9 月 22 日至 24 日，在南京 TPM 紫麓戏剧空间·戍度剧场，举办"诗歌·影像——灵晕的追寻"艺术节。这场艺术节由 TPM 紫麓戏剧空间和歌德学院（中国）共同发起，得到德国诗歌之家、德国斑马诗歌电影节协助。能分享一下在艺术节的观摩体验吗？您怎么看诗歌与影像的关系？

周　瓒：与你上个问题中的影像诗相类似，这个艺术节是从德国的斑马诗歌电影节引入的，诗歌电影虽是另一个话题，但也属于从诗歌出发的"跨界"尝试。我在2017年的这个艺术节上看到了各种风格的诗歌电影，主要是从斑马诗歌电影节的历届获奖作品中选出来的。诗歌电影和作为当代艺术的影像诗有所不同：影像诗更侧重影像，以图像和图像的运动演绎出诗意，体现诗性，即便其中用到语言，但语言形式的诗并非核心元素；而诗歌电影是从诗歌文本（往往是一首诗）出发而制作的影像文本，作为出发点的诗歌似乎更重要。当然，中国这类诗歌电影作品并不多，我曾看到过台湾的诗人叶觅觅和阿芒根据诗歌拍摄的电影和影像，她们的作品比较接近诗歌电影。从诗歌到影像也有着媒介表意功能的转换，语言艺术作品的声音和视觉性都需要得到外化和具象化，与剧场化诗歌不同的是，影像化诗歌时相对可能更自由，毕竟没有舞台空间的限制，同时，虽然电影的历史比戏剧要短很多，但是影像技术突飞猛进，且普及到了几乎每个借助移动智能手机的人都会使用的程度，这样看来，诗歌和影像的关系将来会得到更深广的开掘吧。

翟月琴：记得台湾演出过《给普拉斯》，编剧周曼农和演员徐堰玲都颇有实力，算是相当有代表性的小剧场诗剧。您是否看过这场演出，能谈谈感受吗？

周　瓒：很遗憾，没有看过现场演出。但在网上看到过片段，虽然是大约十分钟左右的剪辑合成，但是冲击力依然很强。台湾莎妹剧团出品的这部剧剧本应算是编剧周曼农写下的一首长诗，由廖俊逞执导，徐堰玲担任主演。无论是舞美设计还是主演的表现都非常出色，但因为不清楚全剧总共有多长，单谈看到片段剪辑，有一种让人窒息的感受，又有些歇斯底里。这部剧就像一个漫长的独白,导演的语言也富于暗示性和象征,颇贴合普拉斯的生活,尤其是她生命中最后日子的状态。这部《给普拉斯》的确是一部相当有代表性的优秀的小剧场诗剧。

翟月琴:2015 年,我有幸去蓬蒿剧场观看了《吃火》。这部戏改编自玛格丽特·阿德伍德的同名诗集。您担任编剧,陈思安是导演。能谈谈你们合作的过程吗?

周　瓒:我翻译的玛格丽特·阿特伍德的诗集《吃火》2015 年 3 月由河南大学出版社出版,当时沉迷戏剧的我决定做一部诗歌剧场作品。如你所知,之前我已经和曹克非合作,做了两部诗歌剧场作品《企图破坏仪式的女人》(2010)和《乘坐过山车飞向未来》(2011),这两部剧场作品的共同点是选择的文本出自不同诗人(当然都是女诗人)之手。陈思安是诗人、小说家和编剧,此前也有过小剧场编导的经验。我们的合作始于 2012 年,她邀请我参加她编剧的《溺水》一剧,作为艺术指导。2013 年在北京公演的帐篷戏剧作品《赛博格·堂吉诃德》,我任编剧,思安担任灯光设计。2014 年 9 月北京国际青年戏剧节上,我和陈思安合作,将翟永明的长诗《随黄公望游富春山》搬上舞台。而这一次,我们决定以诗歌剧场作品《吃火》参加北京南锣鼓巷戏剧节,《吃火》的诗歌文本由我挑选,出自《吃火》一集中的不同文本,构作部分我们俩讨论决定,同时,邀请年轻的音乐人、舞者和戏剧演员参与,剧组成员中也包括诗人。

翟月琴:所选的演员,也与《随黄公望游富春山》不同。能介绍一下,他们怎么成为您剧中的角色的吗?

周　瓒:《随黄公望游富春山》2014 年的版本不知道你有没有看过,那一次我参与了演出，而合作的舞者也是之后在《吃火》中担任编舞和表演者的王宣淇，宣淇又邀请了舞者朱凤伟参加表演。音乐人是老翟（翟晓菲），之前在一次《翼》的诗歌活动中跟他合作过。此外，陈思安还邀请了两位话剧演员阮思航、张巍以及诗人李君兰参与演出。从把诗歌带到当代剧场中的那一刻起，我们就很留意剧场工作者对诗歌的兴趣和态度。渐渐地，我们也发现了演员、舞者、音乐人中的诗人和爱诗者。我们尽量邀请这些人参与诗歌剧场的创作，因为他们要么有诗歌写作的经验，要么对诗歌抱有强烈的兴趣，这些都会在他们各自的舞台工作中体现出来。

翟月琴：您也时常作为剧中角色，活跃于舞台上。跟您接触下来，我揣测您不算是特别愿意或是善于言说的诗人。表演却需要敞开自我去展示身体、语言和表情，对您而言，这是一种怎样的体验？

周　瓒：我大约确属你所说的不善言谈或拙于表达的人吧，而且生性腼腆，容易害羞，但我发现这种个性与成为一名表演者似乎也不矛盾。有一类演员在生活中少言寡语，而在舞台上却可以收放自如。表演的确需要天赋，我觉得我其实并不擅长表演，但是努力打开自己，试着通过诗歌在舞台上表达自我，作为一个生性爱较真的人来说，我算是有进步的。在我的写作中始终有一个目标，就是通过写诗、写文章来认识自我，这个自我不仅是一个个体的我本人，而且也是一类人，一群人，女人及人类，我只是一个代表者。写作的自我认识功能带有私密性，但也有普遍性的意义。表演也是广义的写作，或某种意义上的身体写作。

翟月琴：这种剧场的表演性，与诵读个人的诗歌，想必也是截然不同的感受？而与戏剧相比，您写诗也许更个人化甚至私密化？

周　瓒：是的，两种感受截然不同。诵读个人的诗歌还是相对可控吧，看怎么诵读了，也有诗人善于表演，诵读的可看性、可感性都很强。我曾经也挺怕读自己的诗的，总觉得有一种泄密感。现在好一些了，除了参加戏剧演出锻炼了我，让我能适应大庭广众之外，大概也因为我的写作更开阔了，我自己也并不再只信任它的私密性。此外，我还尝试写诗剧、朗诵诗，写 slam poetry（司朗诗）①，或期待有朝一日成为一名 spoken words artist（演话艺术家）。

翟月琴：您个人的诗歌创作中，有关戏剧情境的营造方面，能举些例子吗？

周　瓒：我有过不少这方面的尝试，而且，如我前面所提到的，文学表现手段或技法其实都是通用的，比如戏剧性的独白、对话，描绘一个生活场景，带入观察视点的切换、移动，以及刻画一个戏剧性的人物，让他/她独白、行动和选择等。大部分抒情性的诗歌带有独白色彩，是抒情主人公的内心情感的抒发和情绪的宣泄。20 世纪 90 年代以来，当代诗歌中的叙事性是在抒情性之外增添的观察视角和讲述口吻，观察者的旁观、冷静和客观，讲述者的有距离与有条理都为叙事性的诗歌增强了一种写实剧的场景感。而插入性的对话、自言自语等，又使得场景中的人物和声音增多且丰富起来，也营造了某种特定的戏剧情

---

① 根据英文谐音翻译，指专司朗诵的诗。

境。早年的诗《黑暗中的舞者》是我比较有意识的尝试，1998年9、10月间集中写下的《晨歌》等一批短诗中，我在抒情者的观察中加入了角色的声音。再后来的写作，这些技巧也逐步成熟起来了，或者运用得更自如了吧。

翟月琴：在演出中，关于语言与沉默的关系，您如何处理？

周　瓒：非常神奇的是，就像写诗中我的手（无论是握笔的手还是敲击键盘的手）会阻止我拖沓与絮叨一样，在表演中，身体也会教导我沉默，或在某些时刻沉默比说话更可靠。所以，关于语言与沉默的关系，我愿意倾听和尊重我的身体，用我全部的感知来协调。

翟月琴：演员李增辉曾提到过，加入瓢虫剧社后，以自主排练的形式参与即兴演出。作为演员之一，即兴演出的一些情况，可以分享吗？

周　瓒：剧组的密集排练一般不对外公开，特别是需要演员即兴的时候，导演会认为如果公开，可能会影响演员的坦诚和自信。所以，你知道，在排练中的即兴有时候会成为最终演出的素材，但是如果这些即兴素材被用到剧场作品中，就成了可以分享的一部分了。自主排练方法的运用其实在帐篷剧场中更普遍也更自觉，而且它有一个专门的名称，即我上文所说的"自主稽古"。帐篷剧场中的演职员大多为非剧场专业出身，他们在自主排练时需要更多的激励与保护，也因此，"自主稽古"只在剧组内部进行，而帐篷戏剧也有其独特的表现风格和视觉冲击力。

翟月琴：戏剧人曹克非发起的纪实剧场，您参与过吗？可以略做介绍吗？

周　瓒：很遗憾，我没有参与过。我跟克非合作的时间也算不短，她当时主要居住在北京，偶尔会去瑞士和德国，去欧洲排戏。那些年间她在欧洲进行的几个戏剧项目基本属于纪实剧场，但即使在欧洲，这些作品也与中国有关，涉及文化差异、移民等议题。在和克非合作的剧作中，《远方》的改编中加入了纪实剧场的元素，而《瞧，土格哩子》中有相当多的纪实成分，也让我多少对纪实剧场的工作方式有些了解。纪实剧场往往基于一个社会议题，有非常急迫的现实针对性，主创者一般先召集参与者，挑选对议题感兴趣或贴合议题的合作者，形成一个剧组。纪实剧场的创作方法是比较多样的：一种是以参与者、合作者提供的素材（访谈、讨论等）为基础，重新创作剧本，由专业演员根据这个二次加工的剧本排练演出；另一种方法是对素材进行简单的修订和编排，由素材提供者直接登台表演，以自述的方式呈现，当然，为了舞台呈现的丰富和立体，导演可能会在排练中，训练这些素人表演者，进行其他形式的舞台表现，比如唱歌、表演戏曲、跳舞等；还有一种方法是构作出一种统一的舞台形式，让参与者在这种形式内讲述自己的故事，这类作品带有实验性和先锋戏剧的特征。在纪实剧场中，环境、影像、互动等元素得到广泛的运用。这些归纳来自我看到的一些纪实剧场作品的印象，而可举的例子很多，想必你比我更了解吧。

翟月琴：就目前的实验而言，您认为存在什么困境吗？无论是经济的或是艺术的。

周　瓒：跟所有的实验戏剧和先锋艺术面临的情况差不多吧。这些年由于自上而下日益增强的各种政治和文化的管控，造成了实验艺术的空间也越来越狭小，没有资助，没有剧场支持，没有观众，戏剧艺术的实验就会相当艰难。因为戏剧不是个人性或私人性的艺术，它需要众人、集体的合作、协作，而一旦工作环境恶化，实验戏剧就会被迫从文化市场上消失。翟永明跟我谈起过她的几个朋友曾想发起一个诗歌戏剧节，而到目前为止尚未实现。我也曾受到来自艺术节的邀请，有望在某艺术节上演出一场诗歌剧场作品，但终因申请不到资金而作罢。我记得，2013年北京的小剧场里被要求安装监控摄像头，剧本审查也越来越严苛，有一些剧本已经过审，通过排练，得到公演的戏，却在演出几场后遭禁。我作为当代文学的研究者对此体会犹深，前辈的文学批评家和学者们曾经讨论过的当代文学史上的一个重要议题，即解离政治和文学的捆绑式关系，为文学争取自主性、本体性，到今天似乎又需要我们去重新面对了。

翟月琴：同样，您对目前的舞台呈现，还有不满意之处吗？

周　瓒：不满意是肯定的，很多方面都不满意。我从2010年开始尝试诗歌剧场实践，几年间只做了四个作品，实在是太少了。也因为做得少，或者没有条件多尝试，目前的作品还是不够成熟，需要更多、更密切、更广泛地跟剧场工作者、艺术家、策展人和诗人合作。已经做过的作品也期待能够获得复排的机会，这样可以改进得更好一些。

翟月琴：对于普通读者而言，诗歌是精英而高雅的艺术；相比较而言，因为戏剧要走进大众，观众更乐见通俗易懂的演出形式。一旦嵌入晦涩难懂的文本入戏，观众总会发出"看不懂"的声音。这是不可跨越的隔膜，还是有需要磨合的必要？

周　瓒：在我们所谈到的情形中，"看不懂"包括两点：一是不懂晦涩的诗文本，二是不懂抽象的舞台呈现。无论是当代诗歌还是戏剧，都不得不面对这类叫嚷着"不懂"的一群读者与受众。在一些技术性的层面上，比如演员读出的诗句不容易被观众一下子听明白，我们会改进和尝试解决，比如以加字幕、印刷小册子等方式；而对于不能领会修辞和抽象化的表达的读者及观众，我觉得是无法通过一次戏剧演出来解决这个问题的。这几乎是文化生产和传播中的某个死结，从创作者的角度看，是得去培养实验艺术的受众群体，但是，这也不应该变成创作者的义务。换句话说，观众、读者难道不应该也去思考一下"为什么就你看不懂"这个问题呢？！

附录

奚密
现代汉诗：作为新的美学典范

1982年，奚密开始专注于现代汉诗研究。她一以贯之地发现并矫正着学界的各种误解，试图以边缘化为起点，进而为现代汉诗的差异性正名。一方面，她从误解、失望和轻视的噪音世界中突围而出，洞悉现代汉诗的差异性，并提出"四个同心圆""边缘诗学""当代中国的诗歌崇拜""噪音诗学""环形结构"等一系列重要的理论术语，归纳出现代汉诗的历史发展脉络，她的研究方法、思路和内容都极具借鉴价值；另一方面，她又拥有中国与西方、古典与现代的宏观视野，将现代汉诗置于历时与共时的诗歌背景中加以考量，试图整合大陆与港台，乃至华语诗歌之间的裂隙，并立足真正意义上的"世界诗歌"以沟通诗王国的共性追求。

2012年至2013年，在加州大学戴维斯分校期间，我有幸师从奚密教授访学。2013年7月，在她的办公室完成口头采访。言谈间，可见她对现代诗文本的独特见地，对现代诗传播方式的包容之心。初稿整理完成后，虽未及时发表，却作为现代汉诗研究的典范，常读常新。2019年，经由新加坡南洋理工大学张松建教授约稿，我重新修订、补充了这篇沉淀六年的访谈稿。

此篇访谈聚焦"现代汉诗"这一新的美学典范，以奚密教授从事现代汉诗研究的缘由为出发点，辐射至她在现代诗歌史、理论、批评和翻译四个维度的建树。以此为基础，审视现代诗与古典诗在语言、形式和音乐性上的隔膜，并衍生出诗与歌、诗与戏剧的跨界思考；扩展汉诗的地域范围,结合大陆、台湾和香港等其他华语地区的创作特点,分析其间的关联及差异性;以诗文本为中心,针对创作与评论的标准问题,讨论现代诗暗含的征候与出路。可以说,奚密教授透过不同视点的全新诠释,为通往命名为现代汉诗的花园铺展了多条路径。

翟月琴:您为什么选择"现代汉诗"作为学术研究对象?

奚　密:在美国念比较文学研究所期间,我的博士论文写的是有关《诗经》的《隐喻和转喻:中西方诗学比较研究》,完全不涉及现代汉诗。我最早接触现代汉诗是在高中的时候,只是当时读起来感觉有点"隔",没有继续读下去的兴趣。一直到博士学位拿到后,偶然再接触现代汉诗,才产生了共鸣。就开始像补课一样,我从五四一直读到当代,然后写了英文专著 *Modern Chinese Poetry: Theory and Practice since* 1917(《现代汉诗:一九一七年以来的理论与实践》)[①],从此对现代汉诗的研究和翻译没有停过。其实,将古典与现代分割开来,本来就是一种伪二元对立。中国诗歌有悠久伟大的传统,现代汉诗才刚过百年,只能说是它的一个支流,但这个支流已经有了可喜可贺的成绩。我们肯定现代诗,并不表示不爱古典诗,反之亦然。套句美国俗语,这是"拿橘子和苹果来比"。

翟月琴:您提到最初读现代汉诗时,会觉得"隔"。朦胧诗以后,读者确实普遍反映"看不懂"现代诗。以您的阅读经验而言,到底应该以什么心态去尝试接受现代诗?

---

① Michelle Yeh: *Modern Chinese Poetry: Theory and Practice since 1917*,(New Haven: Yale University Press, 1991);奚密著,奚密、宋炳辉译:《现代汉诗:一九一七年以来的理论与实践》,上海三联书店 2008 年版。

奚　密：在《20世纪台湾现代诗选》的导论里,我提到现代汉诗"隔"的一个重要原因是美学典范的戏剧性变化所造成的"陌生化"结果。在几年前的一篇论文里,我称之为古典诗的"恋物癖化"(fetishization)[①]。

简单地说就是,中国人长期以来对古典诗歌的熟悉和推崇体现在两种影响上。第一,中文融入了大量的古典诗词的经典章句和典故,成为日常语言不可分割的一部分。我们说话和写作都离不开古典文学。这就好像现代英语里的很多用语都来自文学经典,最明显的例子就是莎士比亚。诗歌的持久影响力在于它能透过感染力塑造语言的深度与广度。当有一天中国人不自觉地在日常语言中使用现代诗的词句时,那就表示现代诗已经融入并改变了汉语。

古典诗歌的第二个影响是,它在汉语里的长期积淀意味着其美学典范的自然化和普世化。因此,在阅读现代诗时,读者会不自觉地将古典美学典范投射在它身上。当他们在现代诗里感受不到长期以来接受和期待的美感经验时,他们就会质疑:"这是诗吗?为什么跟我所理解的诗有那么大的落差呢?"从五四到现在,这类疑问多少一直存在着。只有透过教育体系和文化推广,让大众更多地接触现代诗,才能逐渐改变读者对现代诗的质疑,开阔他们对所谓"诗"和"诗意"的认知,进而接受及欣赏新的美学典范。

翟月琴：一般读者对现代汉诗的预期,还停留在古典诗歌时代。提到古

[①] Michelle Yeh, "Modern Poetry in Chinese: Challenges and Contingencies," *A Companion to Modern Chinese Literature*, Yingjin Zhang, ed. (Hoboken, NJ: John Wiley & Sons, 2015), pp. 151—166.

典诗歌之美,声音美或者说音乐美是不可或缺的条件。然而,早在1953年,纪弦在《诗是诗,歌是歌,我们不说诗歌》中,曾重新释义现代诗的音乐性,尤其强调诗与歌的差异。诗与歌分离后,诗的音乐性如何体现?

奚　密:纪弦在《现代诗季刊》上发表的这篇评论,我认为是现代汉诗史上很关键的一篇文论。为什么说诗与歌要分家?因为押韵是古典诗歌的一个要素,所谓"无韵不成诗"。但是前卫取向的现代诗在声音这方面也力图突破,不再依赖固定的格律。相对来说,押韵不是现代诗的特点,它更多出现在现代歌里。一般来说,流行歌如果不押韵,唱起来比较拗口,听起来也不顺耳。

　　但这并不表示现代诗不重视音乐性,只是它展现的音乐性绝对不是回到押韵或其他定式,而是朝向更自然的节奏,更多元的变化。其实,只要是声音,本就具备某种音乐性,即使它难以规律化和公式化,就好像有些人讲话特别好听,有一种自然的抑扬顿挫,那就是音乐性。诗歌不是一般口语,需要诗人的刻意经营,透过语法的变化和声音的组合来创造节奏和韵律。理论上,每一首现代诗都有属于它自己的独特的音乐性。现代汉诗不追求朗朗上口的效果,而是某种内在的音乐性。所谓内在的音乐性,就是有机的音乐性。在没有格律的束缚下,现代诗的音乐性是完全开放的,它取决于诗的思想和感情。形式和内容的有机结合在古典诗歌中不是都不存在,只是程度的问题。现代诗的开放形式使它的音乐性更抽象,更灵活,更多样。所以我们不需要狭隘地要求现代诗的音乐性。比如说商禽,一般读者认为他的散文诗很口语化,不像传统意义上的诗。其实,他擅长用绵长的句型和低调的叙述口气,其节奏与他想表达的内容紧密契合,震撼力很强。如果把商禽的诗与古典诗相比,大部分的读者会说古典诗优美,但这就误解了现代诗的音乐性。

翟月琴：是这样的,尽管现代汉诗摆脱了平仄、押韵、字数和对仗等规定性的限制,但却反而呈现出更为多元的音乐性。希尼曾经说过:"找到了一个音调的意思是你可以把自己的感情诉诸自己的语言,而且你的语言具有你对它们的感觉。"①说起音乐,我感兴趣的是您平时喜欢听哪些歌,从中是否也能够产生对诗的联想?

奚　密：从高一开始直到大学毕业,每星期天我在台北的某个电台主持西洋音乐节目,做了七年的 DJ。初中时代我就迷上西洋音乐,而且发现听流行歌是学习英语很好的途径,尤其是抒情歌,旋律慢,每一个字每一句话都听得很清楚,容易跟着学。我系里的一位日本同事跟我说,她想通过周杰伦的歌来学中文。我告诉她:"这可不成!周杰伦的很多歌节奏快,咬字也不清楚,连中国人都不见得听得懂,更不要说外国人了。"

大抵来说,听流行歌能让你学到日常语言,简单易懂。至于歌与诗有什么关系?其实很多好歌也是诗,一些歌手也是诗人,例如加拿大的蓝纳·科恩(Leonard Cohen)、美国的鲍勃·迪伦(Bob Dylan)。听众并不刻意地去分类。我认为,诗与歌不需要严格的区分,两者有重叠,也有差异。有些读者对

---

① ［爱尔兰］西默斯·希尼著,吴德安等译:《希尼诗文集》,作家出版社 2001 年版,第 255 页。

诗的理解仍限于风花雪月的抒情、优美文字的堆砌，或所谓"诗意"的营造。也许歌曲可以这样，但是现代诗远远超过这些。歌有旋律，即使歌词没有什么新意，只要配上动听的旋律，它就可以有巨大的感染力。

翟月琴： 有关诗与歌的重叠，鲍勃·迪伦大概最具代表性了。2016年，他获得诺贝尔文学奖，一度引起争议。翻看"诺贝尔文学奖为什么颁给鲍勃·迪伦"的讨论，可谓众说纷纭。您是如何评价他的作品，又怎样理解这种争议性？

奚　密： 如前所说，我们不需要严格的区分诗与歌，因为诗有很多种，歌谣便是其一。作为美国20世纪60年代新民歌运动的首席代表，迪伦赋予民歌前所未有的深度和广度，他写的很多歌词具有丰富的内涵和原创的语言，有些已经成为当代美语的一部分。说它们是诗，又有何不可呢？

翟月琴： 大陆诗人通常不会有意识地写歌词。据我所知，大概除了周云蓬等音乐人兼具诗人身份之外，诗人与音乐人更多时候是以合作的方式出现的。对于这点，您怎么看？

奚　密： 我觉得这两种类型都很好。台湾有些诗人也写歌词，包括夏宇、陈克华、路寒袖等。夏宇过去严格地将她的诗与歌词分开，包括用不同的笔名。2011年她出版了《这只斑马》《那只斑马》，收集了多首歌词，李格第/夏宇之间的区分好像没那么重要了。陈克华的歌词通常与他的诗很不一样。路寒袖本身就写闽南语歌，诗与歌是合一的。

现代诗当然可以与歌词重叠。但一般来说，我并不建议诗人有意地将诗写成歌词，或者把诗谱成歌曲，因为这样会给自己一些不必要的局限。不是所有的好诗都适合谱曲;我们甚至可以说,大多数的好诗都不宜谱曲,因为它们的语言太复杂了。相反的,有的现代诗谱成歌后诗的效果强化了。回顾五四时期,有些成功的例子如刘半农的《教我如何不想她》和徐志摩的《偶然》。这些诗押韵,并且有整齐的形式,比较适合谱成歌。至于当代诗,也有一些被谱成歌曲的。木心的《从前慢》是我非常喜欢的一个例子。

翟月琴:1994年,牟森改编过于坚的长诗《0档案》。在您写的《诗与戏剧的互动:于坚〈0档案〉探微》一文中,提到舞台剧别具一格的改编特色。您认为,录音机播放的《0档案》的声音不是封闭的,而是将文本的声音与机器的声音、演员的声音等交织在一起,显得破碎、扭曲和断裂,立体式地展示了人对机器的抵抗、个人对公共性的对抗、生命对死亡的反抗。① 事实上,新世纪以来,诗与戏剧的互动更为繁荣多元化,譬如李六乙改编徐伟长的《口供,或为我叹息》为《口供》(2005),孟京辉根据西川的《镜花水月》和《近景·远景》改编成《镜花水月》(2006),周瓒改编诗人翟永明的同名诗歌《随黄公望游富春山》为舞台剧(2014)。不可否认,诗与戏剧结合,成为当下的跨界热潮。在您看来,这种同题异体的改编现象,是盛极一时的潮流还是新诗发展的一种趋势?当然,有相当多的诗人善于营造戏剧情境。这些诗歌文本即便没有改编为舞台剧,其本身蕴含的戏剧效果,也有待进一步发现。是否可以请您谈一

---

① [美] 奚密:《诗与戏剧的互动:于坚〈0档案〉探微》,《诗探索》1998年第3期,第109页。

谈想法？

奚　密：任何现代诗的改编我都乐见，只要它能凸显诗的意义，推广诗的能见度和接受度。毕竟，诗在当代文化里是一个小众的文类，不论在教育体系还是在大众文化里。这一类艺术形式的结合也有相当长的历史。除了上面谈到的诗与歌的转换，在大陆和港台，都可以看到用音乐、舞蹈、戏剧、电影等形式来演绎诗的尝试。

翟月琴：回到诗本身，您在《为现代诗一辩》[①] 这篇访谈中，提到过评价好诗的标准。2012 年，台湾诗人杨牧获得了纽曼文学奖。作为评委之一，您认为："如果非要说谁是当今最伟大的华语诗人，我会说，杨牧。"是杨牧先生诗歌的哪些特质，为他博得了如此赞誉？

奚　密：在《岛屿写作：朝向一首诗的完成》这部纪录片中，我也提到过，当代写作者中，杨牧是最伟大的诗人。当然我也预料到这个评价会产生争议。但是我认为杨牧作品的语言和视野高度是其他诗人难以企及的，即使放眼百年现代汉诗史。从 1956 年至今，他的创作生涯已超过一甲子，作品不但没有间断，而且屡有突破。"叶珊"时期，年轻的诗人即沉浸于中国古典诗词、英国浪漫主义和欧美现代主义。60 年代中到 70 年代中，从台湾到美国，从大学毕业生到比较文学博士，他将这三股文学资源有机地融为一体。"叶珊"到"杨牧"的过渡象征了诗人更开阔的视野、更成熟的语言。所谓"杨牧体"，表现在他独一无二的语法、语气、文字、意象多方面。他擅长"戏剧独白"

---

① 奚密、崔卫平：《为现代诗一辩》，《读书》1999 年第 5 期。

(dramatic monologue),将这个来自西方的形式带到一个现代汉诗不曾有的高度。宇文所安称他为一位"彻底双重文化"的诗人。他对中西方文学、哲学、宗教、历史的深厚修养,对诗本质的不断思考,对诗的永恒意义的信念,都透过独特的想象力表现在他的作品里。

翟月琴: 我想,这也是您判断诗歌优劣的标准,正像您所说的:"一首好诗里没有一个字是多余的。没有一个字是浪费的。仅仅不起负面作用还不够,应该是每个字都发挥正面作用。一首好诗呈现一个饱满的情感结构,一个完整统一的艺术效果。它的各个元素(包括语义、形式、意象、声音、节奏等等)相辅相成,缺一不可。"① 现在看来,口语入诗依然是大陆诗坛最受争议的语言问题,乃至后来开始流行口水诗。您对口语写作持什么态度?

奚 密: 新诗肇始就以追求口语为标的;甚至可以说,它有口语而没有诗。20世纪20年代以后,诗人开始有意识地追求诗而不仅仅是白话诗。归根结底,我们只要求好诗,不管它是用什么类型的语言写的。诗的语言应该具有高度的弹性和韧性,足以承载诗所欲表达的思想和情感。现代诗当然用的是口语,但是口语的定义也因地而异,因人而异,没有什么放诸四海而皆准的口语。大陆对口语诗的标榜,自有其历史语境,但是这不表示口语诗不需要艺术转化的功力,没有高下之分。

翟月琴: 关于20世纪90年代以来出现的"下半身"和"垃圾派"诗

---

① 奚密、崔卫平:《为现代诗一辩》,《读书》1999年第5期。

歌，一度将诗歌拉下圣坛，甚至模糊了诗与非诗的标准。在这样的背景下，一大批诗人纷纷在大陆诗坛亮相。您怎么看？

奚　密：不论诗的崇高化，还是诗的反崇高化，都其来有自，因此都值得我们研究。而且，我相信，它们都可能产生好诗。问题是，我们该如何理解好诗？我的基本前提是，诗的好坏和题材、风格、主题都没有必然的关系，而取决于诗的语言、形式、内容之间结合的程度，以及想象力的原创性的高下。

　　当然，当代诗歌的数量庞大，尤其是在相对于世界大多数的国家仍然推崇诗歌的中国。这也是为什么我认为我们需要更多专业的研究者去分析、诠释、评价现代诗。从历史的角度来看，当代最受欢迎或最有名的诗人未必在后代得到很高的评价，毕竟能够留下来的诗作比例是很小的。我们可以秉持不同的诗歌立场，也可以欣赏多元的诗歌风格，不需要标榜其一而排斥其他。建立一种客观的学术标准才能让诗歌经得起时间的考验和历史的审视。

翟月琴：随着20世纪90年代叙事诗、口语化诗歌的涌入，汉语诗歌陷入批评失范的处境。从专业角度而言，您认为目前最缺乏的是怎样的诗歌批评和理论研究？政治意识形态和西方理论话语的介入，似乎仍然是当下诗歌研究的主流。对此，您的观点是什么？

奚　密：其实我的回答很简单，就是我们需要更多的学者参与到现代汉诗研究中。不管是海外还是内地，与小说、电影、文化研究相比，从事现代汉诗研究的学者还是比较少。至于使用什么样的理论或分析角度，完全看个人选择。我不认为有所谓最好的或唯一的方法和角度，但是一味迷信理论，"头重脚轻"的研究是不可取的。我的理想是以文本、文类史、文学史研究为基础，进而归纳出新的理论心得，而不是理论先行，将文本作为"样板"，对文类史和文学史视而不见。

翟月琴：您曾提到"Game-Changer"（"改变游戏的人"）[①] 的概念，撰写过《杨牧：台湾现代诗的 Game-Changer》和《早期新诗的 Game-Changer：重评徐志摩》两篇文章。比如徐志摩作为"Game-Changer"，他是以宗教式的虔诚和朝圣的情怀，参与了浪漫主义在中国本土环境中的发生、演变和修正。其实，您也一直关注当代汉语诗人，他们以文学场域中的参与者身份具有相当的自主性，正是这种自主性推动了文学史的"变"。据您目前的研究而言，是否可以列举几位当代诗坛中的"Game-Changer"？您给出的理由，可以简单讲一讲吗？

奚　密：我比较关注的是夏宇和海子，他们在各自的文学场域里都发挥了承先启后的作用，深刻地影响了诗坛的生态和诗歌的发展。因为这是我正在写的两章，细节我还是暂时保密！

翟月琴：在孙康宜、宇文所安主编的《剑桥中国文学史》（生活·读书·新知三联书店，2013）中，由您撰写中国现当代文学部

[①] 奚密：《杨牧：台湾现代诗的 Game-Changer》，《台湾文学学报》2010 年第 17 期。"Game-Changer"指的是"第一，作为文学史的推动者，Game-Changer 是一位作家，或是一个作家群，透过作品和其他文本实践（诸如结社、编辑、出版、朗诵、座谈、论战等），建立新的文学习尚与价值，进而改变了文学场域的生态，对当代或者后代的发展造成深远的影响。第二，Game-Changer 常常出现在文学史的转捩点，当旧的典范日益衰微，而新的典范方兴未艾之际。Game-Changer 往往从边缘出发，透过作品和其他文学实践，突破旧的思维及书写模式，在文坛上建立优越的地位，而造成上述影响"。

分。能谈谈您的文学史书写立场是什么吗？关于诗歌文本，您又是如何选择并纳入文学史视野的？

奚　密：不同于大多数的文学史，我们不将文类一一分开论述，而是从历史脉络的角度来看待各种文类的发展和变迁。要说文学立场，大概有两个特点：第一，相对于一般文学史，现代诗歌的比重比较大。例如中国60到70年代的地下诗歌史（不仅仅是我们熟悉的那一段），此前以英文写作的中国现代文学史里很少涉及这个议题。借用多多的说法，我有意将那些"被埋葬的诗人"回归历史。当然，由于篇幅所限，许多地下诗歌的资料不得不割舍。第二，基本上，我们看到大陆、台湾和香港文学三足鼎立，港台文学得到较多的篇幅，而不是仅仅作为大陆的"配角"。这样做会有一些意外的收获，例如文类之间的比较视角，大陆和港台文学发展的平行和对比，还有诗歌在现代文学文化中担任的先锋或"先知"的角色。

翟月琴：您在《现代汉诗：一九一七年以来的理论与实践》（Modern Chinese Poetry：Theory and Practice since 1917）中首次从诗学理论意义上提出"现代汉诗"概念①，其后又在《中国式的后现代？——现代汉诗的文化政治》的注释中做出解释，"现代汉诗意指1917年文学革命以来的白话诗"。这种提法，既在时间上超越了中国大陆在现当代诗歌上的分野，同时又在地域上超越了中国大陆与其他以汉语进行诗歌创作的地区之间的分野。② 事实上，您通常将大陆与台湾、香港诗统一纳入到现代

---

① 1980年，芒克等创办杂志《现代汉诗》，尽管首次提出"现代汉诗"，但仍停留在创作层面，并没有对这一概念进行学术界定。
② 奚密：《中国式的后现代——现代汉诗的文化政治》，《中国研究》1998年第37期。

汉诗的研究框架中。它们之间的关联或者区别有哪些？

奚　密：大陆、台湾、香港、澳门之间的差异是必然的，我们还可以将新马和其他海外华文区纳入研究的视野。1949年以后，大陆、台湾、香港、澳门的文化历史语境和政治环境不同，诗歌路线的发展也不一样。战后台湾是现代汉诗史上的一个黄金时代，即使在国民党的"白色恐怖"统治下，诗人还是能在缝隙中争取到自己的空间，维持某种程度的创作自由。又因为台湾与美国的密切关系，诗人得到很多欧美文学的资讯，对现代诗的发展有很大的推动力。香港比战后台湾更为开放，因为不论哪个政治立场、哪种意识形态，都可以在香港找到活动的空间，又由于香港被英国割占，对欧美文学的接受也非常全面。战后台湾和香港都创造了蓬勃的现代主义诗歌。当时的台湾和香港之间有很多互动，例如两地的文学杂志会互相刊登作品。相对而言，1949年以后的中国大陆，自由写作的空间大幅度缩小。这点从大部分1949年以前的诗人辍笔改而从事文学翻译或者文学研究就可见一斑。

港台选择性地延续了五四新诗的传统，又结合了本土的历史语境和文化环境，产生了颇有特色的作品。新时期的大陆诗歌与官方意识形态之间仍然存在某种内在联系，这也影响了其创作取向。在某种意义上，港台的现代主义思潮在1978年以后的大陆以另外一种面貌展现。历史是不断重复的，但每一次的再现又带着新的时代意义和文学特色。

翟月琴：近些年，大陆出版界陆续推出台湾的诗人及其作品。2013年，江苏文艺出版社推出了《洛夫诗全集》（上、下）；台湾诗人杨牧的散文集《奇来前书》（2013）、《奇来后书》（2014）和诗集

《杨牧诗选》(2015) 由广西师范大学出版社出版；还有陈黎的《蓝色一百击：陈黎诗选》(新星出版社，2017) 和《小宇宙》《跨世纪诗选》《想象花莲》(华东师范大学出版社，2017—2018)。但总体来说，目前大陆对台湾诗人的介绍还远远不够，您是否愿意谈谈在出版台湾诗歌方面的一些建议？

奚　密：我很高兴杨牧和陈黎的诗进入了大陆读者的视野。撇开市场因素不谈，我寄望大陆能进一步拓展出版面。过去，大陆关注的是最年长的一代台湾诗人。他们各有其优秀之处。但是，台湾诗坛起码是"五代同堂"的局面，各个世代都有原创性很强的诗人。希望大陆出版界能更全面地介绍台湾诗人，加强对中生代和年轻世代的关注。

翟月琴：您多年从事英译现代汉诗的编选和翻译工作，比如《现代汉诗选集》(*Anthology of Modern Chinese Poetry*, Yale University Press, 1991) 和《园丁无踪：杨牧诗选》(*No Trace of the Gardener*, Yale University Press, 1998) 等。您认为这类工作最大的难度是什么？

奚　密：这包括两个方面：第一，编辑要有宏观的角度和清楚的原则。艾略特说过，每一个时代都应该有自己的译本。现代汉诗已经有很多英文译本，但随着文学的历史发展和现代汉诗研究的积累，我们需要不断地重新筛选所谓的经典。这是份艰难的工作，因为没有一个译本能让每一个读者都满意，也没有必要让每一个读者都满意，它只是代表了编者独特的眼光。第二，译者需要面对翻译的技术难度和文本的文化属性的双重挑战。理想的译者不仅精通中英文，还要对诗本身及其文化语境有深入的理解，并具备世界文学的素养。